西游記

〔明〕吴承恩·著

读·香山書院

·插图版·

第四册

吉林出版集团有限责任公司

情乱性从因爱欲

两个齐脱了上盖直裰，将背心套上。才紧带子，不知怎么立站不稳，扑的一跌。原来这背心儿赛过绑缚手，霎时间，把他两个背剪手贴心捆了。慌得个三藏跌足报怨，急忙上前来解，那里便解得开？三个人在那里吆喝之声不绝，却早惊动了魔头也。

第五十回　情乱性从因爱欲　神昏心动遇魔头

诗曰：

心地频频扫，尘情细细除。莫教坑堑陷毗卢。本体常清净，方可论元初。

性烛须挑剔，曹溪任吸呼。勿令猿马气声粗。昼夜绵绵息，方显是功夫。

这一首词，牌名《南柯子》，单道着唐僧脱却通天河寒冰之灾，踏白鼋负登彼岸。四众奔西，正遇严冬之景，但见那林光漠漠烟中淡，山骨棱棱水外清。师徒们正当行处，忽然又遇一山，阻住去道。路窄崖高，石多岭峻，人马难行。三藏在马上兜住缰绳，叫声『徒弟。』时有孙行者引八戒、沙僧近前侍立道：『师父，有何吩咐？』三藏道：『你看那前面山高，只恐有虎狼作怪，妖兽伤人，今番是必仔细！』行者道：『师父放心莫虑。我等兄弟三人，性和意合，归正求真，使出荡怪降妖之法，怕甚么虎狼妖兽！』三藏闻言，只得放怀前进。到于谷口，促马登崖，抬头观看，好山：

嵯峨矗矗，峦削巍巍。嵯峨矗矗冲霄汉，峦削巍巍碍碧空。怪石乱堆如坐虎，苍松斜挂似飞龙。岭上鸟啼娇韵美，崖前梅放异香浓。涧水潺湲流出冷，巅云黯淡过来凶。又见那飘飘雪，凛凛风，咆哮饿虎吼山中。寒鸦拣树无栖处，野鹿寻窝没定踪。可叹行人难进步，皱眉愁脸把头蒙。

师徒四众，冒雪冲寒，战澌澌，行过那巅峰峻岭，远望见山凹中有楼台高耸，房舍清幽。唐僧马上欣然道：『徒弟啊，这一日又饥又寒，幸得那山凹里有楼台房舍，断乎是庄户人家，庵观寺院；且去化些斋饭，吃了再走。』行者闻言，急睁睛看，只见那壁厢凶云隐隐，恶气纷纷，回首对唐僧道：『师父，那厢不是好处。』三藏道：『见有楼台亭宇，如何不是好处？』行者笑道：『师父啊，你那里知道？西方路上多有妖怪邪魔，善能点化庄宅。不拘甚么楼台房舍，馆阁亭宇，俱能指化了哄人。你知道「龙生九种」，内有一种名「蜃」，蜃气放出，就如楼阁浅池。若遇大江昏迷，蜃现此势。倘有鸟鹊飞腾，定来歇翅。那怕你上万论千，尽被他一气吞之。此意害人最重。那壁厢气色凶恶，断不可入。』

三藏道：『既不可入，我却着实饥了。』行者道：『师父果饥，且请下马，就在这平处坐下，待我别处化些斋来你吃。』三藏依言下马。八戒采定缰绳，沙僧放下行李，即去解开包裹，取出钵盂，递与行者。行者接钵盂在手，吩咐沙僧道：『贤弟，却不可前进。好生保护师父稳坐于此，待我化斋回来，再往西去。』沙僧领诺。行者又向三藏道：『师父，这去处少吉多凶，切莫要动身别往。老孙化斋去也。』唐僧道：『不必多言，但要你快去快来。我在这里等你。』行者转身欲行，却又回来道：『师父，我知你没甚坐性，我与你个安身法儿。』即取金箍棒，幌了一幌，将那平地下周围画了一道圈子，请唐僧坐在中间；着八戒、沙僧侍立左右，把马与行李都放在近身。对唐僧合掌道：『老孙画的这圈，强似那铜墙铁壁。凭他甚么虎豹狼虫，妖魔鬼怪，俱莫敢近。但只不许你们走出圈外，只在中间稳坐，保你无虞；但若出了圈儿，定遭毒手。千万，千万！至嘱，至嘱！』三藏依言，师徒俱端然坐下。

行者才起云头，寻庄化斋，一直南行，忽见那古树参天，乃一村庄舍。按下云头，仔细观看，但只见：

雪欺衰柳，冰结方塘。疏疏修竹摇青，郁郁乔松凝翠。几间茅屋半装银，一座小桥斜砌粉。篱边微吐水仙花，檐下长垂冰冻箸。飒飒寒风送异香，雪漫不见梅开处。

行者随步观看庄景，只听得呀的一声，柴扉响处，走出一个老者，手拖藜杖，头顶羊裘，身穿破衲，足踏蒲鞋，拄着杖，仰身朝天道：『西北风起，明日晴了。』说不了，后边跑出一个哈巴狗儿来，望着行者，汪汪的乱吠。老者却才转过头来，看见行者捧着钵盂，打个问讯道：『老施主，我和尚是东土大唐钦差上西天拜佛求经者。适路过宝方，我师父腹中饥馁，特造尊府募化一斋。』老者闻言，点头顿杖道：『长老，你且休化斋，你走错路了。』行者道：『不错。』老者道：『往西天大路，在那直北下。此间到那里有千里之遥，还不去找大路而行？』行者笑道：『正是直北下。我师父现在大路上端坐，等我化斋哩。』那老者道：『这和尚胡说了。你师父在大路上等你化斋，似这千里之遥，就会走路，也须得六七日；走回去又要六七日，却不饿坏他也？』行者笑道：『不瞒老施主说。我才然离了师父，还不上一盏热茶之时，却就走到此处。如今化了斋，还要趁去作午斋哩。』老者见说，心中害怕道：『这和尚是鬼，是鬼！』急抽身往里就走。行者一把扯住道：『施主那里去？有斋快化些儿。』老者道：『不方便，不方便！别转一家儿罢！』行者道：『你这施主，好不会事！你说我离此有千里之遥，若再转一家，却不又有千里？真是饿杀我师父也。』那老者道：『实不瞒你说。我家老小六七口，才淘了三升米下锅，还未曾煮熟。你且到别处去转转再来。』行者道：『古人云：「走三家不如坐一家。」我贫僧在此等一等罢。』那老者见缠得紧，恼了，举藜杖就打。行者公然不惧，被他照光头上打了七八下，只当与他拂痒。那老者道：『这是个撞头的和尚！』行者笑道：『老官儿，凭你怎么打，只要记得杖数明白。一杖一升米，慢慢量来。』那老者闻言，急丢了藜杖，跑进去把门关了，只嚷：『有鬼，有鬼！』慌得那一家儿战战兢兢，把前后门俱关上。行者见他关了门，心中暗想：『这老贼才说淘米下锅，不知是虚是实。常言道：「道化贤良释化愚。」且等老孙进去看看。』好大圣，捻着诀，使个隐身遁法，径走入厨中看处，果然那锅里气腾腾的，煮了半锅干饭。就把钵盂往里一掗，满满的掗了一钵盂，即驾云回转不题。

却说唐僧坐在圈子里，等待多时，不见行者回来，欠身怅望道：『这猴子往那里化斋去了！』八戒在旁笑道：『知他往那里耍子去来！化甚么斋，却教我们在此坐牢！』三藏道：『怎么谓之坐牢？』八戒道：『师父，你原来不知。古人划地为牢。他将棍子划个圈儿，强似铁壁铜墙，假如有虎狼妖兽来时，如何挡得他住？只好白白的送与他吃罢了。』三藏道：『悟能，凭你怎么处治。』八戒道：『此间又不藏风，又不避冷，若依老猪，只该顺着路，往西且行。师兄化了斋，驾了云，必然来快，让他赶来。如有斋，吃了再走。如今坐了这一会，老大脚冷！』三藏闻此言，就是晦气星进宫：遂依呆子，一齐出了圈外。沙僧牵了马，八戒担了担，那长老顺路步行前进。

不一时，到了那楼阁之所，原来是坐北向南之家。门外八字粉墙，有一座倒垂莲升斗门楼，都是五色装的。那门儿半开半掩。八戒就把马拴在门枕石鼓上。沙僧歇了担子。三藏畏风，坐于门限之上。八戒道：『师父，这所在想是公侯之宅，相辅之家。前门外无人，想必都在里面烘火。你们坐着，让我进去看看。』唐僧道：『仔细耶！莫要冲撞了人家。』呆子道：『我晓得。自从归正禅门，这一向也学了些礼数，不比那村莽之夫也。』

那呆子把钉钯撒在腰里，整一整青锦直裰，斯斯文文，走入门里。只见是三间大厅，帘栊高控，静悄悄全无人

迹，也无桌椅家火。转过屏门，往里又走，乃是一座穿堂。堂后有一座大楼，楼上窗格半开，隐隐见一顶黄绫帐幔。呆子道：『想是有人怕冷，还睡哩。』他也不分内外，拽步走上楼来，用手掀开看时，把呆子唬了一个跳踵。原来那帐里，象牙床上，白媸媸的一堆骸骨，骷髅有巴斗大，腿挺骨有四五尺长。呆子定了性，止不住腮边泪落，对骷髅点头叹云：『你不知是：

那代那朝元帅体，何邦何国大将军。
当时豪杰争强胜，今日凄凉露骨筋。
不见妻儿来侍奉，那逢士卒把香焚？
漫观这等真堪叹，可惜兴王霸业人。』

八戒正才感叹，只见那帐幔后有火光一幌。呆子道：『想是有侍奉香火之人在后面哩。』急转步过帐观看，却是穿楼的窗扇透光。那壁厢有一张彩漆的桌子，桌子上乱搭着几件锦绣绵衣。呆子提起来看时，却是三件纳锦背心儿。

他也不管好歹，拿下楼来，出厅房，径到门外道：『师父，这里全没人烟，是一所亡灵之宅。老猪走进里面，直至高楼之上，黄绫帐内，有一堆骸骨。串楼旁有三件纳锦的背心，被我拿来了，也是我们一程儿造化。此时天气寒冷，正当用处。师父，且脱了褊衫，把他且穿在底下，受用受用，免得吃冷。』三藏道：『不可，不可！律云：「公取窃取皆为盗。」倘或有人知觉，赶上我们，到了当官，断然是一个窃盗之罪。还不送进去与他搭在原处！我们在此避风坐一坐，等悟空来时走路。出家人不要这等爱小。』八戒道：『四顾无人，虽鸡犬亦不知之，但只我们知道，谁人告我？有何证见？就如拾到的一般，那里论甚么公取窃取也！』三藏道：『你胡做啊！虽是人不知之，天何盖焉！玄帝垂训云：「暗室亏心，神目如电。」趁早送去还他，莫爱非礼之物。』

那呆子莫想肯听，对唐僧笑道：『师父啊，我自为人，也穿了几件背心，不曾见这等纳锦的。你不穿，且待老猪穿一穿，试试新，晤晤脊背。等师兄来，脱了还他走路。』沙僧道：『既如此说，我也穿一件儿。』两个齐脱了上盖直裰，将背心套上。才紧带子，不知怎么立站不稳，扑的一跌。原来这背心儿赛过绑缚手，霎时间，把他两个背剪手贴心捆了。慌得个三藏跌足报怨，急忙上前来解，那里便解得开？三个人在那里吆喝之声不绝，却早惊动了魔头也。

话说那座楼房果是妖精点化的，终日在此拿人。他在洞里正坐，忽闻得怨恨之声，急出门来看，果见捆住几个人了。妖魔即唤小妖，同到那厢，收了楼台房屋之形，把唐僧搀住，牵了白马，挑了行李，将八戒、沙僧一齐捉到洞里。老妖魔登台高坐，众小妖把唐僧推近台边，跪伏于地。妖魔问道：『你是那方和尚？怎么这般胆大，白日里偷盗我的衣服？』三藏滴泪告曰：『贫僧是东土大唐钦差往西天取经的。因腹中饥馁，着大徒弟去化斋未回，不曾依得他的言语，误撞仙庭避风。不期我这两个徒弟爱小，拿出这衣物。贫僧决不敢坏心，当教送还本处。他不听吾言，要穿此晤晤脊背，不料中了大王机会，把贫僧拿来。万望慈悯，留我残生，求取真经，永注大王恩情，回东土千古传扬也！』

那妖魔笑道：『我这里常听得人言：有人吃了唐僧一块肉，发白还黑，齿落更生。幸今日不请自来，还指望饶你哩！你那大徒弟叫做甚么名字？往何方化斋？』八戒闻言，即开口称扬道：『我师兄乃五百年前大闹天宫齐天大圣孙悟空也。』

那妖魔听说是齐天大圣孙悟空，老大有些悚惧，口内不言，心中暗想道：『久闻那厮神通广大，如今不期而会。』教：『小的们，把唐僧捆了；将那两个解下宝贝，换两条绳子，也捆了。且抬在后边，待我拿住他大徒弟，一发刷洗，却好凑笼蒸吃。』众小妖答应一声，把三人一齐捆了，抬在后边。将白马拴在槽头，行李挑在屋里。众妖都磨兵器，准备擒拿行者不题。

却说孙行者自南庄人家摄了一钵盂斋饭，驾云回返旧路；径至山坡平处，按下云头，早已不见唐僧，不知何往。棍划的圈子还在，只是人马都不见了。回看那楼台处所，亦俱无矣，惟见山根怪石。行者心惊道：『不消说了！他们定是遭那毒手也！』急依路看着马蹄，向西而赶。

行有五六里，正在凄怆之际，只闻得北坡外有人言语。看时，乃一个老翁，毡衣苫体，暖帽蒙头，足下踏一双半新半旧的油靴，手持着一根龙头拐棒，后边跟一个年幼的僮仆，折一枝腊梅花，自坡前念歌而走。

行者放下钵盂，觌面道个问讯，叫：『老公公，贫僧问讯了。』那老翁即便回礼道：『长老那里来的？』行者道：『我们东土来的，往西天拜佛求经。一行师徒四众。我因师父饥了，特去化斋，教他三众坐在那山坡平处相候。

情乱性从因爱欲
神昏心动遇魔头

妖魔即唤小妖，同到那厢，收了楼台房屋之形，把唐僧搀住，牵了白马，挑了行李，将八戒、沙僧一齐捉到洞里。老妖魔登台高坐，众小妖把唐僧推近台边，跪伏于地。妖魔问道：『你是那方和尚？怎么这般胆大，白日里偷盗我的衣服？』

及回来不见，不知往那条路上去了。动问公公，可曾看见？』老者闻言，呵呵冷笑道：『你那三众，可有一个长嘴大耳的么？』行者道：『有！有！有！』『又有一个晦气色脸的，牵着一匹白马，领着一个白脸的胖和尚么？』行者道：『是！是！是！』老翁道：『你们走错路了。你休寻他，各人顾命去也。』行者道：『那白脸者是我师父，那怪样者是我师弟。我与他共发虔心，要往西天取经，如何不寻他去！』老翁道：『我才然从此过时，看见他错走了路径，闯入妖魔口里去了。』行者道：『烦公公指教指教，是个甚么妖魔，居于何方，我好上门取索他等，往西天去也。』老翁道：『这座山，叫做金兜山。山前有个金兜洞。那洞中有个独角兕大王。那大王神通广大，威武高强。那三众此回断没命了。你若去寻，只怕连你也难保，不如不去之为愈也。我也不敢阻你，也不敢留你，只凭你心中度量。』

行者再拜称谢道：『多蒙公公指教。我岂有不寻之理！』把这斋饭倒与他，将这空钵盂自家收拾。那老翁放下拐棒，接了钵盂，递与僮仆，现出本象，双双跪下，叩头叫：『大圣，小神不敢隐瞒。我们两个就是此山山神、土地，在此候接大圣。这斋饭连钵盂，小神收下，让大圣身轻好施法力。待救唐僧出难，将此斋还奉唐僧，方显得大圣至恭至孝。』行者喝道：『你这毛鬼讨打！既知我到，何不早迎？却又这般藏头露尾，是甚道理？』土地道：『大圣性急，小神不敢造次，恐犯威颜，故此隐象告知。』行者息怒道：『你且记打！好生与我收着钵盂，待我拿那妖精去来！』土地、山神遵领。

这大圣却才束一束虎筋绦，拽起虎皮裙，执着金箍棒，径奔山前，找寻妖洞。转过山崖，只见那乱石磷磷，翠崖边有两扇石门，门外有许多小妖，在那里轮枪舞剑。真个是：

烟云凝瑞，苔藓堆青。崚嶒怪石列，崎岖曲道萦。猿啸鸟啼风景丽，鸾飞凤舞若蓬瀛。向阳几树梅初放，弄暖千竿竹自青。陡崖之下，深涧之中，陡崖之下雪堆粉，深涧之中水结冰。两林松柏千年秀，几簇山茶一样红。

这大圣观看不尽，拽开步径至门前，厉声高叫道：『那小妖，你快进去与你那洞主说，我本是唐朝圣僧徒弟齐天大圣孙悟空。快教他送我师父出来，免教你等丧了性命！』

那伙小妖，急入洞里报道：『大王，前面有一个毛脸勾嘴的和尚。称是齐天大圣孙悟空，来要他师父哩。』那魔王闻得此言，满心欢喜道：『正要他来哩！我自离了本宫，下降尘世，更不曾试试武艺。今日他来，必是个对手。』即命：『小的们取出兵器。』那洞中大小群魔，一个个精神抖擞，即忙抬出一根丈二长的点钢枪，递与老怪。老怪传令，教：『小的们，各要整齐。进前者赏，退后者诛！』众妖得令，随着老怪，腾出门来。叫道：『那个是孙悟空？』行者在旁闪过，见那魔王生得好不凶丑：

独角参差，双眸幌亮。顶上粗皮突，耳根黑肉光。舌长时搅鼻，口阔版牙黄。毛皮青似靛，筋挛硬如钢。比犀难照水，象牯不耕荒。全无喘月犁云用，倒有欺天振地强。两只焦筋蓝靛手，雄威直挺点钢枪。细看这等凶模样，不枉名称兕大王！

孙大圣上前道：『你孙外公在这里也！快早还我师父，两无毁伤！若道半个「不」字，我教你死无葬身之地！』那魔喝道：『我把你这个大胆泼猴精！你有些甚么手段，敢出这般大言！』行者道：『你这泼物，是也不曾见我老孙的手段！』那妖魔道：『你师父偷盗我的衣服，实是我拿住了，如今待要蒸吃。你是个甚么好汉，就敢上我的门来取讨！』行者道：『我师父乃忠良正直之僧，岂有偷你甚么妖物之理？』妖魔道：『我在山路边点化一座仙庄，你师父潜入里面，心爱情欲，将我三领纳锦绵装背心儿偷穿在身，见有赃证，故此我才拿他。你今果有手段，即与我比势。假若三合敌得我，饶了你师之命；如敌不过我，教你一路归阴！』

神昏心动遇魔头

老魔王唏唏冷笑道：『那猴不要无礼，看手段！』即忙袖中取出一个亮灼灼白森森的圈子来，望空抛起，叫声：『着！』唿喇一下，把金箍棒收做一条，套将去了。弄得孙大圣赤手空拳，翻筋斗逃了性命。那妖魔得胜回归洞，行者朦胧失主张。

行者笑道：『泼物！不须讲口！但说比势，正合老孙之意。走上来，吃吾之棒！』那怪物那怕甚么赌斗，挺钢枪劈面迎来。这一场好杀！你看那：

金箍棒举，长杆枪迎。金箍棒举，亮藿藿似电掣金蛇；长杆枪迎，明幌幌如龙离黑海。那门前小妖擂鼓，排开阵势助威风；这壁厢大圣施功，使出纵横逞本事。他那里一杆枪，精神抖擞；我这里一条棒，武艺高强。正是英雄相遇英雄汉，果然对手才逢对手人。那魔王口喷紫气盘烟雾，这大圣眼放光华结绣云。只为大唐僧有难，两家无义苦争抢。

他两个战经三十合，不分胜负。那魔王见孙悟空棍法齐整，一往一来，全无些破绽，喜得他连声喝采道：『好猴儿，好猴儿！真个是那闹天宫的本事！』这大圣也爱他枪法不乱，右遮左挡，甚有解数，也叫道：『好妖精，好妖精！果然是一个偷丹的魔头！』二人又斗了二三十合。

那魔王把枪尖点地，喝令小妖齐来。那些泼怪，一个个拿刀弄杖，执剑轮枪，把个孙大圣围在中间。行者公然不惧，只叫：『来得好！来得好！正合吾意！』使一条金箍棒，前迎后架，东挡西除。那伙群妖，莫想肯退。行者忍不住焦躁，把金箍棒丢将起去，喝声『变！』即变做千百条铁棒，好便似飞蛇走蟒，盈空里乱落下来。那伙妖精见了，一个个魄散魂飞，抱头缩颈，尽往洞中逃命。老魔王唏唏冷笑道：『那猴不要无礼，看手段！』即忙袖中取出一个亮灼灼白森森的圈子来，望空抛起，叫声：『着！』唿喇一下，把金箍棒收做一条，套将去了。弄得孙大圣赤手空拳，翻筋斗逃了性命。那妖魔得胜回归洞，行者朦胧失主张。这正是：

道高一尺魔高丈，性乱情昏错认家。
可恨法身无坐位，当时行动念头差。

毕竟不知这番怎么结果，且听下回分解。

心猿空用千般计

那魔王公然不惧，一只手取出那白森森的圈子来，望空抛起，叫声：『着！』唿喇的一下，把六般兵器套将下来。慌得那哪吒太子，赤手逃生。魔王得胜而回。

第五十一回　心猿空用千般计　水火无功难炼魔

话说齐天大圣，空着手败了阵，来坐于金兜山后，扑梭梭两眼滴泪，叫道：『师父啊！指望和你：

佛恩有德有和融，同幼同生意莫穷。
同住同修同解脱，同慈同念显灵功。
同缘同相心真契，同见同知道转通。
岂料如今无主杖，空拳赤脚怎兴隆！』

大圣凄惨多时，心中暗想道：『那妖精认得我。我记得他在阵上夸奖道：「真个是闹天宫之类！」这等啊，决不是凡间怪物，定然是天上凶星。想因思凡下界。又不知是那里降下来魔头，且须上界去查勘查勘。』

行者这才是以心问心，自张自主，急翻身，纵起祥云，直至南天门外。忽抬头见广目天王，当面迎着长揖道：『大圣何往？』行者道：『有事要见玉帝。你在此何干？』广目道：『今日轮该巡视南天门。』说未了，又见那马、赵、温、关四大元帅作礼道：『大圣，失迎。请待茶。』行者道：『有事哩。』遂辞了广目并四元帅，径入南天门里。直至灵霄殿外，果又见张道陵、葛仙翁、许旌阳、丘弘济四天师并南斗六司、北斗七元都在殿前迎着行者，一齐起手道：『大圣如何到此？』又问：『保唐僧之功完否？』行者道：『早哩，早哩！路遥魔广，才有一半之功。见如今阻住在金㟘山金㟘洞，有一个兕怪，把唐师父拿于洞里，是老孙寻上门与他交战一场，那厮的神通广大，把老孙的金箍棒抢去了，因此难缚魔王。疑是上界那个凶星思凡下界，又不知是那里降来的魔头，老孙因此来寻寻玉帝，问他个钳束不严。』许旌阳笑道：『这猴头还是如此放刁！』行者道：『不是放刁，我老孙一生是这口儿紧些，才寻的着个头儿。』张道陵道：『不消多说，只与他传报便了。』行者道：『多谢，多谢！』

当时四天师传奏灵霄，引见玉陛。行者朝上唱个大喏道：『老官儿，累你，累你！我老孙保护唐僧往西天取经，一路凶多吉少，也不消说。于今来在金㟘山金㟘洞，有一兕怪，把唐僧拿在洞里，不知是要蒸，要煮，要晒。是老孙寻上他门，与他交战，那怪却就有些认得老孙，卓是神通广大，把老孙的金箍棒抢去，因此难缚妖魔。疑是上天凶星，思凡下界，为此老孙特来启奏。伏乞天尊垂慈洞鉴，降旨查勘凶星，发兵收剿妖魔，老孙不胜战栗屏营之至！』却又打个深躬道：『以闻。』旁有葛仙翁笑道：『猴子是何前倨后恭？』行者道：『不敢，不敢！不是甚前倨后恭，老孙于今是没棒弄了。』

彼时玉皇天尊闻奏，即忙降旨可韩司知道：『既如悟空所奏，可随查诸天星斗，各宿神王，有无思凡下界，随即复奏施行，以闻。』可韩丈人真君领旨，当时即同大圣去查。先查了四天门门上神王官吏；次查了三微垣垣中大小群真；又查了雷霆官将陶、张、辛、邓、苟、毕、庞、刘；最后才查三十三天，天天自在；又查二十八宿：东七宿，角、亢、氐、房、参、尾、箕，西七宿，斗、牛、女、虚、危、室、壁，南七宿，北七宿，宿宿安宁；又查了太阳、太阴、水、火、木、金、土七政；罗睺、计都、炁、孛四余。满天星斗，并无思凡下界。行者道：『既是如此，我老孙也不消上那灵霄宝殿。打搅玉皇大帝，深为不便。你自回旨去罢。我只在此等你回话便了。』那可韩丈人真君依命。孙行者等候良久，作诗纪兴曰：

『风清云霁乐升平，神静星明显瑞祯。

河汉安宁天地泰，五方八极偃戈旌。』

那可韩司丈人真君，历历查勘，回奏玉帝道：『满天星宿不少，各方神将皆存，并无思凡下界者。』玉帝闻奏：『着孙悟空挑选几员天将，下界擒魔去也。』四大天师奉旨意，即出灵霄宝殿，对行者道：『大圣啊，玉帝宽恩，言天宫无神思凡，着你挑选几员天将，擒魔去哩。』行者低头暗想道：『天上将不如老孙者多，胜似老孙者少。想我闹天宫时，玉帝遣十万天兵，布天罗地网，更不曾有一将敢与我比手。向后来，调了小圣二郎，方是我的对手。如今那怪物手段又强似老孙，却怎么得能彀取胜？』许旌阳道：『此一时，彼一时，大不同也。常言道，「一物降一物」哩。你好违了旨意？但凭高见，选用天将，勿得迟疑误事。』行者道：『既然如此，深感上恩。果是不好违旨。一则老孙又不可空走这遭，烦旌阳转奏玉帝，只教托塔李天王与哪吒太子。他还有几件降妖兵器，且下界与那怪见一仗，以看如何。果若能擒得他，是老孙之幸；若不能，那时再作区处。』

真个那天师启奏了玉帝，玉帝即令李天王父子，率领众部天兵，与行者助力。那天王即奉旨来会行者。行者又对天师道：『蒙玉帝遣差天王，谢谢不尽。还有一事，再烦转达：但得两个雷公使用，等天王战斗之时，教雷公在云端里下个雷揳，照顶门上锭死那妖魔，深为良计也。」天师笑道：『好，好，好！』天师又奏玉帝，传旨教九天府下点邓化、张蕃二雷公，与天王合力缚妖救难。遂与天王、孙大圣径下南天门外。

顷刻而到。行者道：『此山便是金𡸣山。山中间乃是金𡸣洞。列位商议，却教那个先去索战？』天王停下云头，扎住天兵在于山南坡下，道：『大圣素知小儿哪吒，曾降九十六洞妖魔，善能变化，随身有降妖兵器，须教他先去出阵。』行者道：『既如此，等老孙引太子去来。』那太子抖擞雄威，与大圣跳在高山，径至洞口，但见那洞门紧闭，崖下无精。行者上前高叫：『泼魔！快开门！还我师父来也！』那洞里把门的小妖看见，急报道：『大王，孙行者领着一个小童男，在门前叫战哩。』那魔王道：『这猴子铁棒被我夺了，空手难争，想是请得救兵来也。』叫：『取兵器！』魔王绰枪在手，走到门外观看。那小童男生得相貌清奇，十分精壮。真个是：

玉面娇容如满月，朱唇方口露银牙。
眼光掣电睛珠暴，额阔凝霞发髻鬉。
绣带舞风飞彩焰，锦袍映日放金花。
环绦灼灼攀心镜，宝甲辉辉衬战靴。
身小声洪多壮丽，三天护教恶哪吒。

魔王笑道：『你是李天王第三个孩儿，名唤做哪吒太子，却如何到我这门前呼喝？』太子道：『因你这泼魔作乱，困害东土圣僧，奉玉帝金旨，特来拿你！』魔王大怒道：『你想是孙悟空请来的。我就是那圣僧的魔头哩！量你这小儿曹有何武艺，敢出浪言！不要走！吃吾一枪！』

这太子使斩妖剑，劈手相迎。他两个搭上手，却才赌斗，那大圣急转山坡，叫：『雷公何在？快早去，着妖魔下

个雷掮，助太子降伏来也！』邓、张二公，即踏云光。正欲下手，只见那太子使出法来，将身一变，变作三头六臂，手持六般兵器，望妖魔砍来；那魔王也变作三头六臂，三柄长枪抵住。这太子又弄出降妖法力，将六般兵器抛将起去。是那六般兵器？却是砍妖剑、斩妖刀、缚妖索、降魔杵、绣球、火轮儿。大叫一声：『变！』一变十，十变百，百变千，千变万，都是一般兵器，如骤雨冰雹，纷纷密密，望妖魔打将去。那魔王公然不惧，一只手取出那白森森的圈子来，望空抛起，叫声：『着！』唿喇的一下，把六般兵器套将下来。慌得那哪吒太子，赤手逃生。魔王得胜而回。

邓、张二雷公，在空中暗笑道：『早是我先看头势，不曾放了雷掮。假若被他套将去，却怎么回见天尊？』二公按落云头，与太子来山南坡下，对李天王道：『妖魔果神通广大！』悟空在旁笑道：『那厮神通也只如此，争奈那个圈子利害。不知是甚么宝贝，丢起来善套诸物。』哪吒恨道：『这大圣甚不成人！我等折兵败阵，十分烦恼，都只为你，你反嘻笑何也！』行者道：『你说烦恼，终然我老孙不烦恼？我如今没计奈何，哭不得，所以只得笑也。』天王道：『似此怎生结果？』行者道：『凭你等再怎计较，只是圈子套不去的，就可拿住他了。』天王道：『套不去者，惟水火最利。常言道：「水火无情。」』行者闻言道：『说得有理！你且稳坐在此，待老孙再上天走走来。』邓、张二公道：『又去做甚的？』行者道：『老孙这去，不消启奏玉帝，只到南天门里，上彤华宫，请荧惑火德星君来此放火，烧那怪物一场，或者连那圈子烧做灰烬，捉住妖魔。一则取兵器还汝等归天，二则可解脱吾师之难。』太子闻言甚喜，道：『不必迟疑，请大圣早去早来。我等只在此拱候。』

行者纵起祥光，又至南天门外。那广目与四将迎道：『大圣如何又来？』行者道：『李天王着太子出师，只一阵，被那魔王把六件兵器捞了去了。我如今要到彤华宫请火德星君助阵哩。』四将不敢久留，让他进去。至彤华宫，只见那火部众神，即入报道：『孙悟空欲见主公。』那南方三炁火德星君，整衣出门迎进道：『昨日可韩司查点小宫，更无一人思凡。』行者道：『已知。但李天王与太子败阵，失了兵器，特来请你救援救援。』星君道：『那哪吒乃三坛海会大神，他出身时，曾降九十六洞妖魔，神通广大；若他不能，小神又怎敢望也？』行者道：『因与李天王计议，天地间至利者，惟水火也。那怪物有一个圈子，善能套人的物件，不知是甚么宝贝，故此说火能灭诸物，特请星君领火部到下方纵火烧那妖魔，救我师父一难。』

火德星君闻言，即点本部神兵，同行者到金岘山南坡下，与天王、雷公等相见了。天王道：『孙大圣，你还去叫那厮出来，等我与他交战。待他拿动圈子，我却闪过，教火德帅众烧他。』行者笑道：『正是，我和你去来。』火德共太子、邓、张二公立于高峰之上，与他挑战。

这大圣到了金岘洞口，叫声：『开门！快早还我师父！』那妖又急通报道：『孙悟空又来了！』那魔帅众出洞，见了行者道：『你这泼猴，又请了甚么兵来耶？』这壁厢转上托塔天王，喝道：『泼魔头！认得我么？』魔王笑道：『李天王，想是要与你令郎报仇，欲讨兵器么？』天王道：『一则报仇要兵器，二来是拿你救唐僧！不要走！吃吾一刀！』那怪物侧身躲过，挺长枪，随手相迎。他两个在洞前，这场好杀！你看那：

天王刀砍，妖怪枪迎；刀砍霜光喷烈火，枪迎锐气迸愁云。一个是金岘生成的恶怪，一个是灵霄殿差下的天神。那一个因欺禅性施威武，这一个为救师灾展大伦。天王使法飞沙石，魔怪争强播土尘。播土能教天地暗，飞沙善着海江浑。两家努力争功绩，皆为唐僧拜世尊。

那孙大圣，见他两个交战，即转身跳上高峰，对火德星君道：『三炁用心者！』你看那个妖魔与天王正斗到好处，却又取出圈子来。天王看见，即拨祥光，败阵而走。这高峰上火德星君，忙传号令，教众部火神，一齐放火。这一场真个利害。好火：

经云：『南方者火之精也。』虽星星之火，能烧万顷之田；乃三炁之威，能变百端之火。今有火枪、火刀、火弓、火箭，各部神祇，所用不一。但见那半空中，火鸦飞噪；满山头，火马奔腾。双双赤鼠，对对火龙：双双赤鼠喷烈焰，万里通红；对对火龙吐浓烟，千方共黑。火车儿推出，火葫芦撒开。火旗摇动一天霞，火棒搅行盈地燎。说甚么宁戚鞭牛，胜强似周郎赤壁。这个是天火非凡真利害，烘烘火或火或火风红！

那妖魔见火来时，全无恐惧。将圈子望空抛起，唿喇一声，把这火龙、火马、火鸦、火鼠、火枪、火刀、火弓、火箭，一圈子又套将下去，转回本洞，得胜收兵。

这火德星君，手执着一杆空旗，招回众将，会合天王等，坐于山南坡下，对行者道：『大圣啊，这个凶魔，真是罕见！我今折了火具，怎生是好？』行者笑道：『不须报怨。列位且请宽坐坐，待老孙再去去来。』天王道：『你又往那里去？』行者道：『那怪物既不怕火，断然怕水。常言道：「水能克火。」等老孙去北天门里，请水德星君施布水势，往他洞里一灌，把魔王淹死，取物件还你们。』天王道：『此计虽妙，但恐连你师父都渰杀也。』行者道：『没事，渰死我师，我自有个法儿教他活来。如今稽迟列位，甚是不当。』火德道：『既如此，且请行，请行。』

好大圣，又驾筋斗云，径到北天门外。忽抬头，见多闻天王向前施礼道：『孙大圣何往？』行者道：『有一事要入乌浩宫见水德星君。你在此作甚？』多闻道：『今日轮该巡视。』正说处，又见那庞、刘、苟、毕四大天将，进礼邀茶。行者道：『不劳，不劳，我事急矣！』遂别却诸神，直至乌浩宫，着水部众神即时通报。众神报道：『齐天大圣孙悟空来了。』水德星君闻言，即将查点四海五湖、八河四渎、三江九派并各处龙王俱遣退。整冠束带，接出宫门，迎进宫内道：『昨日可韩司查勘小宫，恐有本部之神，思凡作怪，正在此点查江海渎之神，尚未完也。』行者道：『那魔王不是江河之神，此乃广大之精。先蒙玉帝差李天王父子并两个雷公下界擒拿，被他弄个圈子，将六件神兵套去。老孙无奈，又上彤华宫请火德星君帅火部众神放火，又将火龙、火马等物，一圈子套去。我想此物既不怕火，必然怕水，特来告请星君，施水势，与我捉那妖精，取兵器归还天将。吾师之难，亦可救也。』水德闻言，即令黄河水伯神王：『随大圣去助功。』水伯自衣袖中取出一个白玉盂儿道：『我有此物盛水。』行者道：『看这盂儿能盛几何？妖魔如何渰得？』水伯道：『不瞒大圣说。我这一盂，乃是黄河之水。半盂就是半河，一盂就是一河。』行者喜道：『只消半盂足矣。』遂辞别水德，与黄河神急离天阙。

那水伯将盂儿望黄河舀了半盂，跟大圣至金峨山，向南坡下见了天王、太子、雷公、火德，具言前事。行者道：『不必细讲，且教水伯跟我去。待我叫开他门，不要等他出来，就将水往门里一倒，那怪物一窝子可都淹死，我却去

心猿空用千般计
水火无功难炼魔

那魔闻说，带了宝贝，绰枪就走，响一声，开了石门。这水伯将白玉盂向里一倾，那妖见水来，撒了长枪，即忙取出圈子，撑住二门。只见那股水骨都都的都往外泛将出来，慌得孙大圣急纵筋斗，与水伯跳在高峰。那天王同众都驾云停于高峰之前观看，那水波涛泛涨，着实狂澜。

捞师父的尸首，再救活不迟。』那水伯依命，紧随行者，转山坡，径至洞口，叫声：『妖怪开门！』那把门的小妖，听得是孙大圣的声音，急又去报道：『孙悟空又来矣！』

那魔闻说，带了宝贝，绰枪就走，响一声，开了石门。这水伯将白玉盂向里一倾，那妖见水来，撒了长枪，即忙取出圈子，撑住二门。只见那股水骨都都的都往外泛将出来，慌得孙大圣急纵筋斗，与水伯跳在高峰。那天王同众都驾云停于高峰之前观看，那水波涛泛涨，着实狂澜。好水！真个是：

一勺之多，果然不测。盖唯神功运化，利万物而流涨百川。只听得那潺潺声振谷，又见那滔滔势漫天。雄威响若雷奔走，猛涌波如雪卷颠。千丈波高漫路道，万层涛激泛山岩。冷冷如漱玉，滚滚似鸣弦。触石沧沧喷碎玉，回湍渺渺漩窝圆。低低凹凹随流荡，满涧平沟上下连。

行者见了心慌道：『不好啊！水漫四野，淹了民田，未曾灌在他的洞里，曾奈之何？』唤水伯急忙收水。水伯道：『小神只会放水，却不会收水。常言道：「泼水难收。」』咦！那座山却也高峻，这场水只奔低流。须臾间，四散而归涧壑。又只见那洞外跳出几个小妖，在外边吆吆喝喝，伸拳逻袖，弄棒拈枪，依旧喜喜欢欢耍子。天王道：『这水原来不曾灌入洞内，枉费一场之功也！』

行者忍不住心中怒发，双手轮拳，闯至妖魔门首，喝道：『那里走！看打！』唬得那几个小妖，丢了枪棒，跑入洞里，战兢兢的报道：『大王！打将来了！』魔王挺长枪，迎出门前道：『这泼猴老大惫懒！你几番家敌不过我，纵水火亦不能近，怎么又踵将来送命？』行者道：『这儿子反说了哩！不知是我送命，是你送命！走过来，吃老外公一拳！』那妖魔笑道：『这猴儿强勉缠帐！我倒使枪，他却使拳。那般一个筋骨呙子拳头，只好有个核桃儿大小，怎么称得个锤子起也？罢，罢，罢！我且把枪放下，与你走一路拳看看！』行者笑道：『说得是，走上来！』

那妖撩衣进步，丢了个架手，举起两个拳来，真似打油的铁锤模样。这大圣展足挪身，摆开解数，在那洞门前，与那魔王递走拳势。这一场好打！咦！

拽开大四平，踢起双飞脚。韬肋劈胸墩，剜心摘胆着。仙人指路，老子骑鹤。饿虎扑食最伤人，蛟龙戏水能凶恶。魔王使个蟒翻身，大圣却施鹿解角。翘跟淬地龙，扭腕拿天橐。青狮张口来，鲤鱼跌子跃。盖顶撒花，绕腰贯索。迎风贴扇儿，急雨催花落。妖精便使观音掌，行者就对罗汉脚。长拳开阔自然松，怎比短拳多紧削。两个相持数十回，一般本事无强弱。

他两个在那洞门前厮打，只见这高峰头，喜得个李天王厉声喝采，火德星鼓掌夸称。那两个雷公与哪吒太子，帅众神跳到跟前，都要来相助；这壁厢群妖摇旗擂鼓，舞剑轮刀一齐护。孙大圣见事不谐，将毫毛拔下一把，望空撒起，叫：『变！』即变做三五十个小猴，一拥上前，把那妖缠住，抱腿的抱腿，扯腰的扯腰，抓眼的抓眼，挦毛的挦毛。那怪物慌了，急把圈子拿将出来。大圣与天王等见他弄出圈套，拨转云头，走上高峰逃阵。那妖把圈子往上抛起，唿喇的一声，把那三五十个毫毛变的小猴收为本相，套入洞中，得了胜，领兵闭门，贺喜而去。

这太子道：『孙大圣还是个好汉！这一路拳，走得似锦上添花；使分身法，正是人前显贵。』行者笑道：『列位在此远观，那怪的本事，比老孙如何？』李天王道：『他拳松脚慢，不如大圣的紧疾。他见我们去时，也就着忙；又见你使出分身法来，他就急了，所以大弄个圈套。』行者道：『魔王好治，只是圈子难降。』火德与水伯道：『若还取胜，除非得了他那宝贝，然后可擒。』行者道：『他那宝贝如何可得？只除是偷去来。』邓、张二公笑道：『若要行偷礼，除大圣再无能者，想当年大闹天宫时，偷御酒，偷蟠桃，偷龙肝、凤髓及老君之丹，那是何等手段！今日正该拿此处用也。』行者道：『好说，好说！既如此，你们且坐，等老孙打听去来。』

好大圣，跳下峰头，私至洞口，摇身一变，变做个麻苍蝇儿。真个秀溜！你看他：

翎翅薄如竹膜，身躯小似花心。手足比毛更奘，星星眼窟明明。善自闻香逐气，飞时迅速乘风。称来刚压定盘星，可爱些些有用。

轻轻的飞在门上，爬到门缝边，钻进去。只见那大小群妖，舞的舞，唱的唱，排列两旁。老魔王高坐台上，面前摆着些蛇肉、鹿脯、熊掌、驼峰、山蔬果品，有一把青磁酒壶，香喷喷的羊酪椰醪，大碗家宽怀畅饮。行者落于小妖丛里，又变做一个獾头精，慢慢的演近台边，看彀多时，全不见宝贝放在何方。急抽身转至台后，又见那后厅上高吊着火龙吟啸，火马号嘶。忽抬头，见他的那金箍棒靠在东壁，喜得他心痒难挝，忘记了更容变象，走上前拿了铁棒，现原身丢开解数，一路棒打将出去。慌得那群妖胆战心惊，老魔王措手不及，却被他推倒三个，放倒两个，打开一条血路，径自出了洞门。这才是：

魔头骄傲无防备，主杖还归与本人。

毕竟不知吉凶如何，且听下回分解。

悟空大闹金兜洞

大圣满心欢喜，将毫毛拿起来，呵了两口热气，叫声：『变！』即变作三五十个小猴；教他都拿了刀、剑、杵、索、球、轮及弓、箭、枪、车、葫芦、火鸦、火鼠、火马，一应套去之物，跨了火龙，纵起火势，从里边往外烧来。只听得烘烘火或火或，扑扑乒乓，好便似咋雷连炮之声。

第五十二回　悟空大闹金兜洞　如来暗示主人公

话说孙大圣得了金箍棒，打出门前，跳上高峰，对众神满心欢喜。李天王道：『你这场如何？』行者道：『老孙变化进他洞去，那怪物越发唱唱舞舞的，吃得胜酒哩，更不曾打听得他的宝贝在那里。我转他后面，忽听得马叫龙吟，知是火部之物。东壁厢靠着我的金箍棒，是老孙拿在手中，一路打将出来也。』众神道：『你的宝贝得了，我们的宝贝何时到手？』行者道：『不难，不难。我有了这根铁棒，不管怎的，也要打倒他，取宝贝还你。』正讲处，只听得那山坡下锣鼓齐鸣，喊声振地。原来是兕大王帅众精灵来赶行者。行者见了，叫道：『好，好，好！正合吾意！列位请坐，待老孙再去捉他。』

好大圣，举铁棒劈面迎来，喝道：『泼魔那里走，看棍！』那怪使枪支住，骂道：『贼猴头！着实无礼！你怎么白昼劫吾物件？』行者道：『我把你这个不知死的孽畜！你倒弄圈套白昼抢夺我物！那件儿是你的？不要走！吃老爷一棍！』那怪物轮枪隔架。这一场好战：

大圣施威猛，妖魔不顺柔。两家齐斗勇，那个肯干休！这一个铁棒如龙尾，那一个长枪似蟒头。这一个棒来解数如风响，那一个枪架雄威似水流。只见那彩雾朦朦山岭暗，祥云叆叇树林愁。满空飞鸟皆停翅，四野狼虫尽缩头。那阵上小妖呐喊，这壁厢行者抖擞。一条铁棒无人敌，打遍西方万里游。那杆长枪真对手，永镇金兜称上筹。相遇这场无好散，不见高低誓不休。

那魔王与孙大圣战经三个时辰，不分胜败，早又见天色将晚。妖魔支着长枪道：『悟空，你住了。天昏地暗，不是个赌斗之时，且各歇息歇息，明朝再与你比迸。』行者骂道：『泼畜休言！老孙的兴头才来，管甚么天晚！是必与你定个输赢！』那怪物喝一声，虚幌一枪，逃了性命，帅群妖收转干戈，入洞中将门紧紧闭了。

这大圣拽棍方回，天神在岸头贺喜，都道：『是有能有力的大齐天，无量无边的真本事！』行者笑道：『承过奖，承过奖！』李天王近前道：『此言实非褒奖，真是一条好汉子！这一阵也不亚当时瞒地网罩天罗也！』行者道：『且休题夙话。那妖魔被老孙打了这一场，必然疲倦。我也说不得辛苦，你们都放怀坐坐，等我再进洞去打听他的圈子，务要偷了他的，捉住那怪，寻取兵器，奉还汝等归天。』太子道：『今已天晚，不若安眠一宿，明早去罢。』行者笑道：『这小郎不知世事！那见做贼的好白日里下手？似这等掏摸的，必须夜去夜来，不知不觉，才是买卖哩。』火德与雷公道：『三太子休言。这件事我们不知。大圣是个惯家熟套，须教他趁此时候，一则魔头困倦，二来夜黑无防，就请快去，快去！』

好大圣，笑唏唏的，将铁棒藏了，跳下高峰，又至洞口。摇身一变，变作一个促织儿。真个：

嘴硬须长皮黑，眼明爪脚丫叉。风清月明叫墙涯，夜静如同人话。泣露凄凉景色，声音断续堪夸。客窗旅思怕闻他，偏在空阶床下。

蹬开大腿，三五跳，跳到门边，自门缝里钻将进去，蹲在那壁根下，迎着里面灯光，仔细观看。只见那大小群妖，一个个狼餐虎咽，正都吃东西哩。行者揲揲锤锤的叫一遍。少时间，收了家火，又都去安排窝铺，各各安身。约摸有一更时分，行者才到他后边房里，只听那老魔传令，教：『各门上小的醒睡！恐孙悟空又变甚么，私入家偷盗。』又有些该班坐夜的，涤涤托托，梆铃齐响。

这大圣越好行事。钻入房门，见有一架石床，左右列几个抹粉搽胭的山精树鬼，展铺盖伏侍老魔，脱脚的脱脚，解衣的解衣。只见那魔王宽了衣服，左胳膊上，白森森的套着那个圈子，原来像一个连珠镯头模样。你看他更不取下，转往上抹了两抹，紧紧的勒在胳膊上，方才睡下。行者见了，将身又变，变作一个黄皮虼蚤，跳上石床，钻入被里，爬在那怪的胳膊上，着实一口，叮的那怪翻身骂道：『这些少打的奴才！被也不抖，床也不拂，不知甚么东西，咬了我这一下！』他却把圈子又捋上两捋，依然睡下。行者爬上那圈子，又咬一口。那怪睡不得，又翻过身来道：『刺闹杀我也！』

行者见他关防得紧，宝贝又随身，不肯除下，料偷他的不得。跳下床来，还变做促织儿，出了房门，径至后面，只听得龙吟马嘶。原来那层门紧锁，火龙、火马，都吊在里面。行者现了原身，走近门前，使个解锁法，念动咒语，用手一抹，扢扠一声，那锁双锁俱就脱落；推开门，闯将进去观看，原来那里面被火器照得明晃晃的，如白日一般。忽见东西两边斜靠着几件兵器，都是太子的砍妖刀等物，并那火德的火弓、火箭等物。行者映火光，周围看了一遍，又见那门背后一张石桌子上有一个篾丝盘儿，放着一把毫毛。大圣满心欢喜，将毫毛拿起来，呵了两口热气，叫声：

『变！』即变作三五十个小猴；教他都拿了刀、剑、杵、索、球、轮及弓、箭、枪、车、葫芦、火鸦、火鼠、火马，一应套去之物，跨了火龙，纵起火势，从里边往外烧来。只听得烘烘火或火或，扑扑乒乒，好便似咋雷连炮之声。慌得那些大小妖精，梦梦查查的，抱着被，蒙着头，喊的喊，哭的哭，一个个走头无路，被这火烧死大半。美猴王得胜回来，只好有三更时候。

却说那高峰上，李天王众位，忽见火光幌亮，一拥前来。见行者骑着龙，喝喝呼呼，纵着小猴，径上峰头，厉声高叫道：『来收兵器！来收兵器！』火德与哪吒答应一声，这行者将身一抖，那把毫毛复上身来。哪吒太子收了他六件兵器，火德星君着众火部收了火龙等物，都笑吟吟赞贺行者不题。

却说那金皘洞里火焰纷纷，唬得个兕大王魂不附体，急欠身开了房门，双手拿着圈子，东推东火灭，西推西火消，满空中冒烟突火，执着宝贝跑了一遍，四下里烟火俱熄。急忙收救群妖，已此烧杀大半，男男女女，收不上百十余丁；又查看藏兵之内，各件皆无；又去后面看处，见八戒、沙僧与长老还捆住未解，白龙马还在槽上，行李担亦在屋里。妖魔遂恨道：『不知是那个小妖不仔细，失了火，致令如此！』旁有近侍的告道：『大王，这火不干本家之事，多是个偷营劫寨之贼，放了那火部之物，盗了神兵去也。』老魔方然省悟道：『没有别人，断乎是孙悟空那贼！怪道我临睡时不得安稳！想是那贼猴变化进来，在我这胳膊叮了两口。一定是要偷我的宝贝，见我抹勒得紧，不能下手，故此盗了兵器，纵着火龙，放此狠毒之心，意欲烧杀我也。贼猴啊！你枉使机关，不知我的本事！我但带了这件宝贝，就是入大海而不能溺，赴火池而不能焚哩！这番若拿住那贼，只把刮了点垛，方趁我心！』

说着话，懊恼多时，不觉的鸡鸣天晓。那高峰上太子得了六件兵器，对行者道：『大圣，天色已明，不须怠慢。我们趁那妖魔挫了锐气，与火部等扶住你，再去力战，庶几这次可擒拿也。』行者笑道：『说得有理。我们齐了心，耍子儿去耶！』一个个抖擞威风，喜弄武艺，径至洞口。行者叫道：『泼魔出来！与老孙打者！』原来那里两扇石门被火气化成灰烬，门里边有几个小妖，正然扫地撮灰。忽见众圣齐来，慌得丢了扫帚，撇下灰耙，跑入里面，又报道：『孙悟空领着许多天神，又在门外骂战哩！』

那兕怪闻报大惊。圪迸迸，钢牙咬响；滴溜溜，环眼睁圆。挺着长枪，带了宝贝，走出门来，泼口乱骂道：『我把你这个偷营放火的贼猴！你有多大手段，敢这等藐视我也？』行者笑脸儿骂道：『泼怪物！你要知我的手段，且上前来，我说与你听：

自小生来手段强，乾坤万里有名扬。当时颖悟修仙道，昔日传来不老方。立志拜投方寸地，虔心参见圣人乡。学成变化无量法，宇宙长空任我狂。闲在山前将虎伏，闷来海内把龙降。祖居花果称王位，水帘洞里逞刚强。几番有意图天界，数次无知夺上方。御赐齐天名大圣，敕封又赠美猴王。只因宴设蟠桃会，无简相邀我性刚。暗闯瑶池偷玉液，私行宝阁饮琼浆；龙肝凤髓曾偷吃，百味珍馐我窃尝；千载蟠桃随受用，万年丹药任充肠；天宫异物般般取，圣府奇珍件件藏。玉帝访我有手段，即发天兵摆战场。九曜恶星遭我贬，五方凶宿被吾伤。普天神将皆无敌，十万雄师不敢当。威逼玉皇传旨意，灌江小圣把兵扬。相持七十单二变，各弄精神个个强。南海观音来助战，净瓶杨柳也相帮。老君又使金刚套，把我擒拿到上方。绑见玉皇张大帝，曹官拷较罪该当。即差大力开刀斩，刀砍头皮火焰光。百计千方弄不死，将吾押赴老君堂。六丁神火炉中炼，炼得浑身硬似钢。七七数完开鼎看，我身跳出又凶张。诸神闭户无遮挡，众圣商量把佛央。其实如来多法力，果然智慧广无量。手中赌赛翻筋斗，将山压我不能强。玉皇才设「安天会」，西域方称极乐场。压困老孙五百载，一些茶饭不曾尝。金蝉长老临凡世，东土差他拜佛乡。欲取真经回上国，大唐帝主度先亡。观音劝我皈依善，秉教迦持不放

悟空大闹金兜洞
如来暗示主人公

却说那高峰上，李天王众位，忽见火光幌亮，一拥前来。见行者骑着龙，喝喝呼呼，纵着小猴，径上峰头，厉声高叫道：『来收兵器！来收兵器！』火德与哪吒答应一声，这行者将身一抖，那把毫毛复上身来。

狂。解脱高山根下难，如今西去取经章。泼魔休弄獐狐智，还我唐僧拜法王！』

那怪闻言，指着行者道：『你原来是个偷天的大贼！不要走，吃吾一枪！』这大圣使棒来迎。两个正自相持，这壁厢哪吒太子生嗔，火德星君发狠，即将那六件神兵，火部等物，望妖魔身上抛来。孙大圣更加雄势。一边又雷公使掮，天王举刀，不分上下，一拥齐来。那魔头巍巍冷笑，袖子中暗暗将宝贝取出，撒手抛起空中，叫声：『着！』唿喇的一下，把六件神兵、火部等物、雷公掮、天王刀、行者棒，尽情又都捞去。众神灵依然赤手，孙大圣仍是空拳。妖魔得胜回身，叫：『小的们，搬石砌门，动土修造，从新整理房廊。待齐备了，杀唐僧三众来谢土，大家散福受用。』众小妖领命维持不题。

却说那李天王帅众回上高峰，火德怨哪吒性急，雷公怪天王放刁，惟水伯在旁无语。行者见他们面不厮睹，心

有萦思，没奈何，怀恨强欢，对众笑道：『列位不须烦恼。自古道：「胜败兵家之常。」我和他论武艺，也只如此；但只是他多了这个圈子，所以为害，把我等兵器又套将去了。你且放心，待老孙再去查查他的脚色来也。』太子道：『你前启奏玉帝，查勘满天世界，更无一点踪迹；如今却又何处去查？』行者道：『我想起来，佛法无边。如今且上西天问我佛如来，教他着慧眼观看大地四部洲，看这怪是那方生长，何处乡贯住居，圈子是件甚么宝贝。不管怎的，一定要拿他，与列位出气，还汝等欢喜归天。』众神道：『既有此意，不须久停，快去！快去！』

好行者，说声去，就纵筋斗云，早至灵山。落下祥光，四方观看，好去处：

灵峰疏杰，叠嶂清佳，仙岳顶巅摩碧汉。西天瞻巨镇，形势压中华。元气流通天地远，威风飞彻满台花。时闻钟磬音长，每听经声明朗。又见那青松之下优婆讲，翠柏之间罗汉行。白鹤有情来鹫岭，青鸾着意伫闲亭。玄猴对对擎仙果，寿鹿双双献紫英。幽鸟声频如诉语，奇花色绚不知名。回峦盘绕重重顾，古道湾环处处平。正是清虚灵秀地，庄严大觉佛家风。

那行者正然点看山景，忽听得有人叫道：『孙悟空，从那里来？往何处去？』急回头看，原来是比丘尼尊者。大圣作礼道：『正有一事，欲见如来。』比丘尼道：『你这个顽皮！既然要见如来，怎么不登宝刹，且在这里看山？』行者道：『初来贵地，故此大胆。』比丘尼道：『你快跟我来也。』这行者紧随至雷音寺山门下，又见那八大金刚，雄纠纠的，两边挡住。比丘尼道：『悟空，暂候片时，等我与你奏上去来。』行者只得住立门外。那比丘尼至佛前合掌道：『孙悟空有事，要见如来。』如来传旨令入，金刚才闪路放行。

行者低头礼拜毕，如来问道：『悟空，前闻得观音尊者解脱汝身，皈依释教，保唐僧来此求经，你怎么独自到此？有何事故？』行者顿首道：『上告我佛。弟子自秉迦持，与唐朝师父西来，行至金兜山金兜洞，遇着一个恶魔头，名唤兕大王，神通广大，把师父与师弟等摄入洞中。弟子向伊求取，没好意，两家比迸，被他将一个白森森的一个圈子，抢了我的铁棒。我恐他是天将思凡，急上界查勘不出。蒙玉帝差遣李天王父子助援，又被他抢了太子的六般兵器。及请火德星君放火烧他，又被他将火具抢去。又请水德星君放水淹他，一毫又淹他不着。弟子费若干精神气力，将那铁棒等物偷出，复去索战，又被他将前物依然套去，无法收降。因此特告我佛：望垂慈与弟子看看，果然是何物出身，我好去拿他家属四邻，擒此魔头，救我师父，合拱虔诚，拜求正果。』

如来听说，将慧眼遥观，早已知识。对行者道：『那怪物我虽知之，但不可与你说。你这猴儿口敞，一传道是我说他，他就不与你斗，定要嚷上灵山，反遗祸于我也。我这里着法力助你擒他去罢。』行者再拜称谢道：『如来助我甚么法力？』如来即令十八尊罗汉开宝库取十八粒『金丹砂』与悟空助力。行者道：『金丹砂却如何？』如来道：『你去洞外，叫那妖魔比试。演他出来，却教罗汉放砂，陷住他，使他动不得身，拔不得脚，凭你揪打便了。』行者笑道：『妙，妙，妙！趁早去来！』

那罗汉不敢迟延，即取金丹砂出门。行者又谢了如来。一路查看，止有十六尊罗汉，行者嚷道：『这是那个去处，却卖放人！』众罗汉道：『那个卖放？』行者道：『原差十八尊，今怎么只得十六尊？』说不了，里边走出降龙、伏虎二尊，上前道：『悟空，怎么就这等放刁？我两个在后听如来吩咐话的。』行者道：『忒卖法，忒卖法！才自若嚷迟了些儿，你敢就不出来了。』众罗汉笑呵呵驾起祥云。

不多时，到了金兜山界。那李天王见了，帅众相迎，备言前事。罗汉道：『不必絮繁，快去叫他出来。』这大圣捻着拳头，来于洞口，骂道：『腯泼怪物，快出来与你孙外公见个上下！』那小妖又飞跑去报。魔王怒道：『这贼猴又不知请谁来猖獗也！』小妖道：『更无甚将，止他一人。』魔王道：『那根棒子已被我收来，怎么却又一人到此？

敢是又要走拳？』随带了宝贝，绰枪在手，叫小妖搬开石块，跳出门来，骂道：『贼猴！你几番家不得便宜，就该回避，如何又来吆喝？』行者道：『这泼魔不识好歹！若要你外公不来，除非你服了降，陪了礼，送出我师父、师弟，我就饶你！』那怪道：『你那三个和尚已被我洗净了，不久便要宰杀，你还不识起倒？去了罢！』

行者听说『宰杀』二字，扢蹬蹬，腮边火发，按不住心头之怒，丢了架子，轮着拳，斜行拗步，望妖魔使个挂面。那怪展长枪，劈手相迎。行者左跳右跳，哄那妖魔。妖魔不知是计，赶离洞口南来。行者即招呼罗汉把金丹砂望妖魔一齐抛下，共显神通，好砂！正是那：

似雾如烟初散漫，纷纷霭霭下天涯。白茫茫，到处迷人眼；昏漠漠，飞时找路差。打柴的樵子失了伴，采药的仙童不见家。细细轻飘如麦面，粗粗翻复似芝麻。世界朦胧山顶暗，长空迷没太阳遮。不比嚣尘随骏马，难言轻软衬香车。此砂本是无情物，盖地遮天把怪拿。只为妖魔侵正道，阿罗奉法逞豪华。手中就有明珠现，等时刮得眼生花。

那妖魔见飞砂迷目，把头低了一低，足下就有三尺余深；慌得他将身一纵，跳在浮上一层，未曾立得稳，须臾，又有二尺余深。那怪急了，拔出脚来，即忙取圈子，往上一撇，叫声：『着！』唿喇的一下，把十八粒金丹砂又尽套去，拽回步，径归本洞。

那罗汉一个个空手停云。行者近前问道：『众罗汉，怎么不下砂了？』罗汉道：『适才响了一声，金丹砂就不见矣。』行者笑道：『又是那话儿套将去了。』天王等众道：『这般难伏啊，却怎么捉得他，何日归天，何颜见帝也！』

旁有降龙、伏虎二罗汉，对行者道：『悟空，你晓得我两个出门迟滞何也？』行者道：『老孙只怪你躲避不来，却不知有甚话说。』罗汉道：『如来吩咐我两个说：「那妖魔神通广大，如失了金丹砂，就教孙悟空上离恨天兜率宫太上老君处寻他的踪迹，庶几可一鼓而擒也。」』行者闻言道：『可恨，可恨！如来却也闪赚老孙！当时就该对我说了，却不免教汝等远涉？』李天王道：『既是如来有此明示，大圣就当早起。』

好行者，说声去，就纵一道筋斗云，直入南天门里。时有四大元帅，擎拳拱手道：『擒怪事如何？』行者且行且答道：『未哩！未哩！如今有处寻根去也。』四将不敢留阻，让他进了天门。不上灵霄殿，不入斗牛宫，径至三十三天之外离恨天兜率宫前，见两仙童侍立，他也不通姓名，一直径走，慌得两童扯住道：『你是何人？待往何处去？』行者才说：『我是齐天大圣，欲寻李老君哩。』仙童道：『你怎这样粗鲁？且住下，让我们通报。』行者那容分说，喝了一声，往里径走。忽见老君自内而出，撞个满怀。行者躬身唱个喏道：『老官，一向少看。』老君笑道：『这猴儿不去取经，却来我处何干？』行者道：『取经取经，昼夜无停；有些阻碍，到此行行。』老君道：『西天路阻，与我何干？』行者道：『西天西天，你且休言；寻着踪迹，与你缠缠。』老君道：『我这里乃是无上仙宫，有甚踪迹可寻？』

行者入里，眼不转睛，东张西看。走过几层廊宇，忽见那牛栏边一个童儿盹睡，青牛不在栏中。行者道：『老官，走了牛也！走了牛也！』老君大惊道：『这孽畜几时走了？』正嚷间，那童儿方醒，跪于当面道：『爷爷，弟子睡着，不知是几时走的。』老君骂道：『你这厮如何盹睡？』童儿叩头道：『弟子在丹房里拾得一粒丹，当时吃了，就在此睡着。』老君道：『想是前日炼的「七返火丹」，吊了一粒，被这厮拾吃了。那丹吃一粒，该睡七日哩。那孽畜因你睡着，无人看管，遂乘机走下界去，今亦是七日矣。』即查可曾偷甚宝贝。行者道：『无甚宝贝，只见他有一个圈子，甚是利害。』

老君急查看时，诸般俱在，止不见了『金刚琢』。老君道：『是这孽畜偷了我「金刚琢」去了！』行者道：『原来是这件宝贝！当时打着老孙的是他！如今在下界张狂，不知套了我等多少物件！』老君道：『这孽畜在甚地方？』行者道：『现住金兜山金兜洞。他捉了我唐僧进去，抢了我金箍棒。请天兵相助，又抢了太子的神兵。及请火德星君，又抢了他的火具。惟水伯虽不能淹死他，倒还不曾抢他物件。至请如来着罗汉下砂，又将金丹砂抢去。似你这老官，纵放怪物，抢夺伤人，该当何罪？』老君道：『我那「金刚琢」，乃是我过函关化胡之器，自幼炼成之宝。凭你甚么兵器、水火，俱莫能近他。若偷去我的「芭蕉扇儿」，连我也不能奈他何矣。』

大圣才欢欢喜喜，随着老君。老君执了芭蕉扇，驾着祥云同行，出了仙宫。南天门外，低下云头，径至金兜山界。见了十八尊罗汉、雷公、水伯、火德、李天王父子，备言前事一遍。老君道：『孙悟空还去诱他出来，我好收

如来暗示主人公

如来听说，将慧眼遥观，早已知识。对行者道：『那怪物我虽知之，但不可与你说。你这猴儿口敞，一传道是我说他，他就不与你斗，定要嚷上灵山，反遗祸于我也。我这里着法力助你擒他去罢。』行者再拜称谢道：『如来助我甚么法力？』

他。』这行者跳下峰头，又高声骂道：『腼涎孽畜！趁早出来受死！』那小妖又去报知。老魔道：『这贼猴又不知请谁来也。』急绰枪带宝，迎出门来。行者骂道：『你这泼魔，今番坐定是死了！不要走！吃吾一掌！』急纵身跳个满怀，劈脸打了一个耳括子，回头就跑。那魔轮枪就赶，只听得高峰上叫道：『那牛儿还不归家，更待何日？』那魔抬头，看见是太上老君，就唬得心惊胆战道：『这贼猴真个是个地里鬼！却怎么就访得我的主公来也？』

老君念个咒语，将扇子搧了一下；那怪将圈子丢来，被老君一把接住；又一搧，那怪物力软筋麻，现了本相，原来是一只青牛。老君将『金钢琢』吹口仙气，穿了那怪的鼻子，解下勒袍带，系于琢上，牵在手中。至今留下个拴牛鼻的拘儿，又名『宾郎』，职此之谓。老君辞了众神，跨上青牛背上，驾彩云，径归兜率院；缚妖怪，高升离恨天。

孙大圣才同天王等众打入洞里，把那百十个小妖尽皆打死。各取兵器，谢了天王父子回天，雷公入府，火德归宫，水伯回河，罗汉向西；然后才解放唐僧、八戒、沙僧，拿了铁棒。他三人又谢了行者，收拾马匹行装，师徒们离洞，找大路方走。正走间，只听得路旁叫：『唐圣僧，吃了斋饭去。』那长老心惊。

不知是甚么人叫唤，且听下回分解。

禅主吞餐怀鬼孕

那婆婆喜哈哈的道：『你们在那边河里吃水来？』行者道：『是，在此东边清水河吃的。』那婆婆欣欣的笑道：『好耍子！好耍子！你都进来，我与你说。』行者即挽唐僧，沙僧即扶八戒。两人声声唤唤，腆着肚子，一个个只疼得面黄眉皱，入草舍坐下。

第五十三回 禅主吞餐怀鬼孕 黄婆运水解邪胎

德行要修八百，阴功须积三千。均平物我与亲冤，始合西天本愿。
魔兕刀兵不怯，空劳水火无愆。老君降伏却朝天，笑把青牛牵转。

话说那大路旁叫唤者谁？乃金岘山山神、土地，捧着紫金钵盂叫道：『圣僧啊，这钵盂饭是孙大圣向好处化来的。因你等不听良言，误入妖魔之手，致令大圣劳苦万端，今日方救得出。且来吃了饭，再去走路。莫辜负孙大圣一片恭孝之心也。』三藏道：『徒弟，万分亏你，言谢不尽！早知不出圈痕，那有此杀身之害。』行者道：『不瞒师父说。只因你不信我的圈子，却教你受别人的圈子。多少苦楚，可叹！可叹！』八戒道：『怎么又有个圈子？』行者道：『都是你这孽嘴孽舌的夯货，弄师父遭此一场大难！着老孙翻天覆地，请天兵水火与佛祖丹砂，尽被他使一个白森森的圈子套去。如来暗示了罗汉，对老孙说出那妖的根原，才请老君来收伏，却是个青牛作怪。』三藏闻言，感激不尽道：『贤徒，今番经此，下次定然听你吩咐。』遂此四人分吃那饭。那饭热气腾腾的。行者道：『这饭多时了，却怎么还热？』土地跪下道：『是小神知大圣功完，才自热来伺候。』须臾饭毕。收拾了钵盂，辞了土地、山神。

那师父才攀鞍上马，过了高山。正是：

涤虑洗心皈正觉，餐风宿水向西行。

行够多时，又值早春天气。听了些：

紫燕呢喃，黄鹂睍睆。紫燕呢喃香嘴困，黄鹂睍睆巧音频。满地落红如布锦，遍山发翠似堆茵。岭上青梅结豆，崖前古柏留云。野润烟光淡，沙暄日色曛。几处园林花放蕊，阳回大地柳芽新。

正行处，忽遇一道小河，澄澄清水，湛湛寒波。唐长老勒过马观看，远见河那边有柳阴垂碧，微露着茅屋几椽。行者遥指那厢道：『那里人家，一定是摆渡的。』三藏道：『我见那厢也似这般，却不见船只，未敢开言。』八戒旋下行李，厉声高叫道：『摆渡的！撑船过来！』连叫几遍，只见那柳阴里面，咿咿哑哑的，撑出一只船儿。不多时，相近这岸。师徒们仔细看了那船儿，真个是：

短棹分波，轻桡泛浪。舟敢堂油漆彩，艎板满平仓。船头上铁缆盘窝，船后边舵楼明亮。虽然是一苇之航，也不亚泛湖浮海。纵无锦缆牙樯，实有松桩桂楫。固不如万里神舟，真可渡一河之隔。往来只在两崖边，出入不离古渡口。

那船儿须臾顶岸。有梢子叫云：『过河的，这里去。』三藏纵马近前看处，那梢子怎生模样：

头裹锦绒帕，足踏皂丝鞋。身穿百纳绵裆袄，腰束千针裙布衫。手腕皮粗筋力硬，眼花眉皱面容衰。声音娇

细如莺啭，近观乃是老裙钗。

行者近于船边道：『你是摆渡的？』那妇人道：『是。』行者道：『梢公如何不在，却着梢婆撑船？』妇人微笑不答，用手拖上跳板。沙和尚将行李挑上去，行者扶着师父上跳，然后顺过船来，八戒牵上白马，收了跳板。那妇人撑开船，摇动桨，顷刻间过了河。身登西岸，长老教沙僧解开包，取几文钱钞与他。妇人更不争多寡，将缆拴在傍水的桩上，笑嘻嘻径入庄屋里去了。

三藏见那水清，一时口渴，便着八戒：『取钵盂，舀些水来我吃。』那呆子道：『我也正要些儿吃哩。』即取钵盂，舀了一钵，递与师父。师父吃了有一少半，还剩了多半，呆子接来，一气饮干，却伏侍三藏上马。

师徒们找路西行，不上半个时辰，那长老在马上呻吟道：『腹痛！』八戒随后道：『我也有些腹痛。』沙僧道：『想是吃冷水了？』说未毕，师父声唤道：『疼的紧！』八戒也道：『疼得紧。』他两个疼痛难禁，渐渐肚子大了。用手摸时，似有血团肉块，不住的骨冗骨冗乱动。三藏正不稳便，忽然见那路旁有一村舍，树梢头挑着两个草把。行者道：『师父，好了。那厢是个卖酒的人家。我们且去化他些热汤与你吃，就问可有卖药的，讨贴药，与你治治腹痛。』

三藏闻言甚喜，却打白马。不一时，到了村舍门口下马。但只见那门儿外有一个老婆婆，端坐在草墩上绩麻。行者上前，打个问讯道：『婆婆，贫僧是东土大唐来的，我师父乃唐朝御弟。因为过河吃了河水，觉肚腹疼痛。』那婆婆喜哈哈的道：『你们在那边河里吃水来？』行者道：『是，在此东边清水河吃的。』那婆婆欣欣的笑道：『好要子！好要子！你都进来，我与你说。』

行者即搀唐僧，沙僧即扶八戒。两人声声唤唤，腆着肚子，一个个只疼得面黄眉皱，入草舍坐下。行者只叫：

『婆婆，是必烧些热汤与我师父。我们谢你。』那婆婆且不烧汤，笑唏唏跑走后边，叫道：『你们来看，你们来看！』那里面，蹼蹄蹼踏的，又走出两三个半老不老的妇人，都来望着唐僧哂笑。行者大怒，喝了一声，把牙一嗟，唬得那一家子跌跌蹡蹡，往后就走。行者上前，扯住那老婆子道：『快早烧汤，我饶了你！』那婆子战兢兢的道：『爷爷呀，我烧汤也不济事，也治不得他两个肚疼。你放了我，等我说。』行者放了他，他说：『我这里乃是西梁女国。我们这一国尽是女人，更无男子，故此见了你们欢喜。你师父吃的那水不好了。那条河，唤做子母河。我那国王城外，还有一座迎阳馆驿，驿门外有一个「照胎泉」。我这里人，但得年登二十岁以上，方敢去吃那河里水。吃水之后，便觉腹痛有胎。至三日之后，到迎阳馆照胎水边照去。若照得有了双影，便就降生孩儿。你师吃了子母河水，以此成了胎气，也不日要生孩子。热汤怎么治得？』

三藏闻言，大惊失色道：『徒弟啊！似此怎了？』八戒扭腰撒胯的哼道：『爷爷呀！要生孩子，我们却是男身！那里开得产门？如何脱得出来？』行者笑道：『古人云：「瓜熟自落。」若到那个时节，一定从胁下裂个窟窿，钻出来也。』八戒见说，战兢兢，忍不得疼痛道：『罢了，罢了！死了，死了！』沙僧笑道：『二哥，莫扭，莫扭！只怕错了养儿肠，弄做个胎前病。』那呆子越发慌了，眼中噙泪，扯着行者道：『哥哥！你问这婆婆，看那里有手轻的稳婆，预先寻下几个，这半会一阵阵的动荡得紧，想是催阵疼。快了！快了！』沙僧又笑道：『二哥，既知催阵疼，不要扭动，只恐挤破浆泡耳。』

三藏哼着道：『婆婆啊，你这里可有医家？教我徒弟去买一贴堕胎药吃了，打下胎来罢。』那婆子道：『就有药也不济事。只是我们这正南街上有一座解阳山，山中有一个破儿洞，洞里有一眼「落胎泉」。须得那泉里水吃一口，方才解了胎气。却如今取不得水了，向年来了一个道人，称名如意真仙，把那破儿洞改作聚仙庵，护住落胎泉水，不肯善赐与人；但欲求水者，须要花红表礼，羊酒果盘，志诚奉献，只拜求得他一碗儿水哩。你们这行脚僧，怎么得许多钱财买办？但只可挨命，待时而生产罢了。』行者闻得此言，满心欢喜道：『婆婆，你这里到那解阳山有几多路程？』婆婆道：『有三十里。』行者道：『好了，好了！师父放心，待老孙取些水来你吃。』

好大圣，吩咐沙僧道：『你好仔细看着师父。若这家子无礼，侵哄师父，你拿出旧时手段来，装女齿可虎唬他，等我取水去。』沙僧依命。只见那婆子端出一个大瓦钵来，递与行者道：『拿这钵头儿去，是必多取些来，与我们留着用急。』行者真个接了瓦钵，出草舍，纵云而去。那婆子才望空礼拜道：『爷爷呀，这和尚会驾云！』才进去叫出那几个妇人来，对唐僧磕头礼拜，都称为罗汉菩萨。一壁厢烧汤办饭，供奉唐僧不题。

却说那孙大圣筋斗云起，少顷间见一座山头，阻住云角，即按云光，睁睛看处，好山！但见那：

幽花摆锦，野草铺蓝。涧水相连落，溪云一样闲。重重谷壑藤萝密，远远峰峦树木蘩。鸟啼雁过，鹿饮猿攀。翠岱如屏嶂，青崖似髻鬟。尘埃滚滚真难到，泉石涓涓不厌看。每见仙童采药去，常逢樵子负薪还。果然不亚天台景，胜似三峰西华山！

这大圣正然观看那山不尽，又只见背阴处，有一所庄院，忽闻得犬吠之声。大圣下山，径至庄所，却也好个去处。看那：

小桥通活水，茅舍倚青山。
村犬汪篱落，幽人自往还。

不时来至门首，见一个老道人，盘坐在绿茵之上。大圣放下瓦钵，近前道问讯。那道人欠身还礼道：『那方来者？至小庵有何勾当？』行者道：『贫僧乃东土大唐钦差西天取经者。因我师父误饮了子母河之水，如今腹疼肿胀难

黄婆运水解邪胎

大圣道：『真个不与？』真仙道：『不与，不与！』大圣骂道：『泼孽障！既不与水，看棍！』看一个架手，抢个满怀，不容说，着头便打。那真仙侧身躲过，使钩子急架相还。

禁。问及土人，说是结成胎气，无方可治。访得解阳山破儿洞有「落胎泉」可以消得胎气，故此特来拜见如意真仙，求些泉水，搭救师父。累烦老道指引指引。』那道人笑道：『此间就是破儿洞，今改为聚仙庵了。我却不是别人，即是如意真仙老爷的大徒弟。你叫做甚么名字？待我好与你通报。』行者道：『我是唐三藏法师的大徒弟，贱名孙悟空。』那道人问曰：『你的花红、酒礼，都在那里？』行者道：『我是个过路的挂搭僧，不曾办得来。』道人笑道：『你好痴呀！我老师父护住山泉，并不曾白送与人。你回去办将礼来，我好通报。不然请回。莫想！莫想！』行者道：『人情大似圣旨。你去说我老孙的名字，他必然做个人情，或者连井都送我也。』

那道人闻此言，只得进去通报。却见那真仙抚琴，只待他琴终，方才说道：『师父，外面有个和尚，口称是唐三藏大徒弟孙悟空，欲求落胎泉水，救他师父。』那真仙不听说便罢；一听得说个悟空名字，却就怒从心上起，恶向胆边生；急起身，下了琴床，脱了素服，换上道衣，取一把如意钩子，跳出庵门。叫道：『孙悟空何在？』行者转头，观见那真仙打扮：

头戴星冠飞彩艳，身穿金缕法衣红。足下云鞋堆锦绣，腰间宝带绕玲珑。一双纳锦凌波袜，半露裙襴闪绣绒。手拿如意金钩子，镈利杆长若蟒龙。凤眼光明眉菂竖，钢牙尖利口翻红。额下髯飘如烈火，鬓边赤发短蓬松。形容恶似温元帅，争奈衣冠不一同。

行者见了，合掌作礼道：『贫僧便是孙悟空。』那先生笑道：『你真个是孙悟空，却是假名托姓者？』行者道：『你看先生说话。常言道：「君子行不更名，坐不改姓。」我便是悟空。岂有假托之理？』先生道：『你可认得我么？』行者道：『我因归正释门，秉诚僧教，这一向登山涉水，把我那幼时的朋友也都疏失，未及拜访，少识尊颜。适间问道子母河西乡人家，言及先生乃如意真仙，故此知之。』那先生道：『你走你的路，我修我的真，你来访我怎的？』行者道：『因我师父误饮了子母河水，腹疼成胎，特来仙府，拜求一碗落胎泉水，救解师难也。』

那先生怒目道：『你师父可是唐三藏么？』行者道：『正是，正是。』先生咬牙恨道：『你们可曾会着一个圣婴大王么？』行者道：『他是号山枯松涧火云洞红孩儿妖怪的绰号。真仙问他怎的？』先生道：『是我之舍侄。我乃牛魔王的兄弟。前者家兄处有信来报我，称说唐三藏的大徒弟孙悟空惫懒，将他害了。——我这里正没处寻你报仇，你倒来寻我，还要甚么水哩！』行者陪笑道：『先生差了。你令兄也曾与我做朋友，幼年间也曾拜七弟兄。但只是不知先生尊府，有失拜望。如今令侄得了好处，现随着观音菩萨，做了善财童子，我等尚且不如，怎么反怪我也？』

先生喝道：『这泼猢狲！还弄巧舌！我舍侄还是自在为王好，还是与人为奴好？不得无礼！吃我这一钩！』大圣使铁棒架住道：『先生莫说打的话，且与些泉水去也。』那先生骂道：『泼猢狲！不知死活！如若三合敌得我，与你水去；敌不过，只把你剁为肉酱，方与我侄子报仇。』大圣骂道：『我把你不识起倒的孽障！既要打，走上来看棍！』那先生如意钩劈手相还。二人在聚仙庵好杀：

圣僧误食成胎水，行者来寻如意仙。那晓真仙原是怪，倚强护住落胎泉。及至相逢讲仇隙，争持决不遂如然。言来语去成僝僽，意恶情凶要报冤。这一个因师伤命来求水，那一个为侄亡身不与泉。如意钩强如蝎毒，金箍棒狠似龙巅。当胸乱刺施威猛，着脚斜钩展妙玄。阴手棍丢伤处重，过肩钩起近头鞭。锁腰一棍鹰持雀，压顶三钩蜋捕蝉。往往来来争胜败，返返复复两回还。钩挛棒打无前后，不见输赢在那边。

那先生与大圣战经十数合，敌不得大圣。这大圣越加猛烈，一条棒似滚滚流星，着头乱打。先生败了筋力，倒拖着如意钩，往山上走了。

大圣不去赶他，却来庵内寻水。那个道人早把庵门关了。大圣拿着瓦钵，赶至门前，尽力气一脚，踢破庵门，闯将进去。见那道人伏在井栏上，被大圣喝了一声，举棒要打，那道人往后跑了。却才寻出吊桶来，正自打水，又被那先生赶到前边，使如意钩子把大圣钩着脚一跌，跌了个嘴啃地。大圣爬起来，使铁棒就打。他却闪在旁边，执着钩子道：『看你可取得我的水去！』大圣骂道：『你上来！你上来！我把你这个孽障，直打杀你！』那先生也不上前拒敌，只是禁住了，不许大圣打水。大圣见他不动，却使左手轮着铁棒，右手使吊桶，将索子才突鲁鲁的放下。他又来使钩。大圣一只手撑持不得，又被他一钩钩着脚，扯了个跳踵，连井索通跌下井去了。大圣道：『这厮却是无礼！』爬起来，双手轮棒，没头没脸的打将上去。那先生依然走了，不敢迎敌。大圣又要去取水，奈何没有吊桶，又恐怕来钩扯，心中暗暗想道：『且去叫个帮手来！』

好大圣，拨转云头，径至村舍门首，叫一声：『沙和尚。』那里边三藏忍痛呻吟，猪八戒哼声不绝。听得叫唤，二人欢喜道：『沙僧啊，悟空来也。』沙僧连忙出门接着道：『大哥，取水来了？』大圣进门，对唐僧备言前事。三藏滴泪道：『徒弟啊，似此怎了？』大圣道：『我来叫沙兄弟与我同去。到那庵边，等老孙和那厮敌斗，教沙僧乘便取水来救你。』三藏道：『你两个没病的都去了，丢下我两个有病的，教谁伏侍？』那个老婆婆在旁道：『老罗汉只管放心。不须要你徒弟，我家自然看顾伏侍你。你们早间到时，我等实有爱怜之意；却才见这位菩萨云来雾去，方知你是罗汉菩萨。我家决不敢复害你。』

行者『咄』的一声道：『汝等女流之辈，敢伤那个？』老婆子笑道：『爷爷呀，还是你们有造化，来到我家！若到第二家，你们也不得囫囵了！』八戒哼哼的道：『不得囫囵，是怎么的？』婆婆道：『我一家儿四五口，都是有几岁年纪的，把那风月事尽皆休了，故此不肯伤你。若还到第二家，老小众大，那年小之人，那个肯放过你去！就要与你交合。假如不从，就要害你性命，把你们身上肉，都割了去做香袋儿哩。』八戒道：『若这等，我决无伤。他们都是香喷喷的，好做香袋；我是个臊猪，就割了肉去，也是臊的，故此可以无伤。』行者笑道：『你不要说嘴，省些力气，好生产也。』那婆婆道：『不必迟疑，快求水去。』行者道：『你家可有吊桶？借个使使。』那婆子即往后边取出一个吊桶，又窝了一条索子，递与沙僧。沙僧道：『带两条索子去。恐一时井深要用。』

沙僧接了桶索，即随大圣出了村舍，一同驾云而去。那消半个时辰，却到解阳山界。按下云头，径至庵外。大圣吩咐沙僧道：『你将桶索拿了，且在一边躲着，等老孙出头索战。你待我两人交战正浓之时，你乘机进去，取水就走。』沙僧谨依言命。

孙大圣掣了铁棒，近门高叫：『开门！开门！』那守门的看见，急入里通报道：『师父，那孙悟空又来了也。』那先生心中大怒道：『这泼猴老大无状！一向闻他有些手段，果然今日方知。他那条棒真是难敌。』道人道：『师父，他的手段虽高，你亦不亚与他，正是个对手。』先生道：『前面两回，被他赢了。』道人道：『前两回虽赢，不过是一猛之性；后面两次打水之时，被师父钩他两跌，却不是相比肩也？先既无奈而去，今又复来，必然是三藏胎成身重，埋怨得紧，不得已而来也。决有慢他师之心。管取我师决胜无疑。』

真仙闻言，喜孜孜满怀春意，笑盈盈一阵威风，挺如意钩子，走出门来喝道：『泼猢狲！你又来作甚？』大圣道：『我来只是取水。』真仙道：『泉水乃吾家之井，凭是帝王宰相，也须表礼羊酒来求，方才仅与些须；况你又是我的仇人，擅敢白手来取？』大圣道：『真个不与？』真仙道：『不与，不与！』大圣骂道：『泼孽障！既不与水，看棍！』看一个架手，抢个满怀，不容说，着头便打。那真仙侧身躲过，使钩子急架相还。这一场比前更胜。好杀：

金箍棒，如意钩，二人奋怒各怀仇。飞砂走石乾坤暗，播土扬尘日月愁。大圣救师来取水，妖仙为侄不容求。两家齐努力，一处赌安休。咬牙争胜负，切齿定刚柔。添机见，越抖擞，喷云嗳雾鬼神愁。朴朴兵兵钩棒响，喊声哮吼振山丘。狂风滚滚催林木，杀气纷纷过斗牛。大圣愈争愈喜悦，真仙越打越绸缪。有心有意相争战，不定存亡不罢休。

他两个在庵门外交手，跳跳舞舞的，斗到山坡之下，恨苦相持。不题。

却说那沙和尚提着吊桶，闯进门去，只见那道人在井边挡住道：『你是甚人，敢来取水！』沙僧放下吊桶，取出降妖宝杖，不对话，着头便打。那道人躲闪不及，把左臂膊打折，道人倒在地下挣命。沙僧骂道：『我要打杀你这孽畜，怎奈你是个人身！我还怜你，饶你去罢！让我打水！』那道人叫天叫地的，爬到后面去了。沙僧却才将吊桶向井中满满的打了一吊桶水，走出庵门，驾起云雾，望着行者喊道：『大哥，我已取了水去也！饶他罢！饶他罢！』

大圣听得，方才使铁棒支住钩子道：『你听老孙说，我本待斩尽杀绝，争奈你不曾犯法；二来看你令兄牛魔王的情上。先头来，我被钩了两下，未得水去。才然来，我是个调虎离山计，哄你出来争战，却着我师弟取水去了。老孙若肯拿出本事来打你，莫说你是一个甚么如意真仙，就是再有几个，也打死了。正是打死不如放生，且饶你，教你活几年耳。已后再有取水者，切不可勒措他。』那妖仙不识好歹，演一演，就来钩脚；被大圣闪过钩头，赶上前，喝声：『休走！』那妖仙措手不及，推了一个蹼辣，挣扎不起。大圣夺过如意钩来，折为两段；总拿着又一抉，抉作四段，掷之于地道：『泼孽畜！再敢无礼么？』那妖仙战战兢兢，忍辱无言。这大圣笑呵呵，驾云而起。有诗为证，诗曰：

真铅若炼须真水，真水调和真汞干。
真汞真铅无母气，灵砂灵药是仙丹。
婴儿枉结成胎象，土母施功不费难。
推倒旁门宗正教，心君得意笑容还。

大圣纵着祥光，赶上沙僧，得了真水，喜喜欢欢，回于本处。按下云头，径来村舍。只见猪八戒腆着肚子，倚在门枋上哼哩。行者悄悄上前道：『呆子，几时占房的？』呆子慌了道：『哥哥莫取笑。可曾有水来么？』行者还要耍他，沙僧随后就到，笑道：『水来了！水来了！』三藏忍痛欠身道：『徒弟呀，累了你们也！』那婆婆却也欢喜，几口儿都出礼拜道：『菩萨呀，却是难得！难得！』即忙取个花磁盏子，舀了半盏儿，递与三藏道：『老师父，细细的吃；只消一口，就解了胎气。』八戒道：『我不用盏子，连吊桶等我喝了罢。』那婆子道：『老爷爷，唬杀人罢了！若吃了这吊桶水，好道连肠子肚子都化尽了！』吓得呆子不敢胡为，也只吃了半盏。

那里有顿饭之时，他两个腹中绞痛，只听『毂辘毂辘』三五阵肠鸣。肠鸣之后，那呆子忍不住，大小便齐流。唐

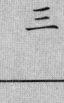

僧也忍不住要往静处解手。行者道：『师父啊，切莫出风地里去。怕人子，一时冒了风，弄做个产后之疾。』

那婆婆即取两个净桶来，教他两个方便。须臾间，各行了几遍，才觉住了疼痛，渐渐的销了肿胀，化了那血团肉块。

那婆婆家又煎些白米粥与他补虚。八戒道：『婆婆，我的身子实落，不用补虚。且烧些汤水与我洗个澡，却好吃粥。』沙僧道：『哥哥，洗不得澡。坐月子的人弄了水浆致病。』八戒道：『我又不曾大生，左右只是个小产，怕他怎的？洗洗儿干净。』真个那婆子烧些汤与他两个净了手脚。唐僧才吃两盏儿粥汤，八戒就吃了十数碗，还只要添。行者笑道：『夯货！少吃些！莫弄做个「沙包肚」，不像模样。』八戒道：『没事，没事，我又不是母猪，怕他做甚？』那家子真个又去收拾煮饭。

老婆婆对唐僧道：『老师父，把这水赐了我罢。』行者道：『呆子，不吃水了？』八戒道：『我的肚腹也不疼了，胎气想是已行散了。洒然无事，又吃水何为？』行者道：『既是他两个都好了，将水送你家罢。』那婆婆谢了行者，将余剩之水，装于瓦罐之中，埋在后边地下，对众老小道：『这罐水，彀我的棺材本也！』众老小无不欢喜。整顿斋饭，调开桌凳，唐僧们吃了斋。消消停停，将息了一宿。

次日天明，师徒们谢了婆婆家，出离村舍。唐三藏攀鞍上马，沙和尚挑着行囊，孙大圣前边引路，猪八戒拢了缰绳。这里才是：

洗净口孽身干净，销化凡胎体自然。

毕竟不知到国界中还有甚么理会，且听下回分解。

法性西来逢女国

二女官早至，对长老下拜。长老一一还礼道：『贫僧出家人，有何德能，敢劳大人下拜？』那太师见长老相貌轩昂，心中暗喜道：『我国中实有造化，这个男子，却也做得我王之夫。』二官拜毕起来，侍立左右道：『御弟爷爷，万千之喜了！』

第五十四回　法性西来逢女国　心猿定计脱烟花

话说三藏师徒别了村舍人家，依路西进，不上三四十里，早到西梁国界。唐僧在马上指道：『悟空，前面城池相近，市井上人语喧哗，想是西梁女国。汝等须要仔细，谨慎规矩，切休放荡情怀，紊乱法门教旨。』三人闻言，谨遵严命。

言未尽，却至东关厢街口。那里人都是长裙短袄，粉面油头。不分老少，尽是妇女。正在两街上做买做卖，忽见他四众来时，一齐都鼓掌呵呵，整容欢笑道：『人种来了！人种来了！』慌得那三藏勒马难行。须臾间就塞满街道，惟闻笑语。八戒口里乱嚷道：『我是个销猪！我是个销猪！』行者道：『呆子，莫胡谈。拿出旧嘴脸便是。』八戒真个把头摇上两摇，竖起一双蒲扇耳，扭动莲蓬吊搭唇，发一声喊，把那些妇女们唬得跌跌爬爬。有诗为证，诗曰：

圣僧拜佛到西梁，国内衡阴世少阳。
农士工商皆女辈，渔樵耕牧尽红妆。
娇娥满路呼人种，幼妇盈街接粉郎。
不是悟能施丑相，烟花围困苦难当！

遂此众皆恐惧，不敢上前。一个个都捻手矬腰，摇头咬指，战战兢兢，排塞街傍路下，都看唐僧。孙大圣却也弄出丑相开路，沙僧也装夊齿可虎维持。八戒采着马，掬着嘴，摆着耳朵。一行前进，又见那市井上房屋齐整，铺面轩昂，一般有卖盐卖米，酒肆茶房；鼓角楼台通货殖，旗亭候馆挂帘栊。

师徒们转湾抹角，忽见有一女官侍立街下，高声叫道：『远来的使客，不可擅入城门。请投馆驿注名上簿，待下官执名奏驾，验引放行。』三藏闻言下马，观看那衙门上有一匾，上书『迎阳驿』三字。长老道：『悟空，那村舍人家传言是实，果有迎阳之驿。』沙僧笑道：『二哥，你却去「照胎泉」边照照，看可有双影。』八戒道：『莫弄我！我自吃了那盏儿落胎泉水，已此打下胎来了，还照他怎的？』三藏回头吩咐道：『悟能，谨言，谨言！』遂上前与那女官作礼。

女官引路，请他们都进驿内，正厅坐下，即唤看茶。又见那手下人尽是三绺梳头，两截穿衣之类。你看他拿茶的也笑。少顷，茶罢。女官欠身问曰：『使客何来！』行者道：『我等乃东土大唐王驾下钦差上西天拜佛求经者。我师父便是唐王御弟，号曰唐三藏。我乃他大徒弟孙悟空。这两个是我师弟：猪悟能、沙悟净。一行连马五口。随身有通关文牒，乞为照验放行。』那女官执笔写罢，下来叩头道：『老爷恕罪。下官乃迎阳驿驿丞，实不知上邦老爷，知当远接。』拜毕起身，即令管事的安排饮馔。道：『爷爷们宽坐一时，待下官进城启奏我王，倒换关文，打发领给，送老爷们西进。』三藏欣然而坐不题。

且说那驿丞整了衣冠，径入城中五凤楼前，对黄门官道：『我是迎阳馆驿丞，有事见驾。』黄门即时启奏。降旨传宣至殿，问曰：『驿丞有何事来奏？』驿丞道：『微臣在驿，接得东土大唐王御弟唐三藏。有三个徒弟，名唤孙悟空、猪悟能、沙悟净，连马五口，欲上西天拜佛取经。特来启奏主公，可许他倒换关文放行？』女王闻奏，满心欢喜，对众文武道：『寡人夜来梦见金屏生彩艳，玉镜展光明，乃是今日之喜兆也。』众女官拥拜丹墀道：『主公，怎见得是今日之喜兆？』女王道：『东土男人，乃唐朝御弟。我国中自混沌开辟之时，累代帝王，更不曾见个男人至此。幸今唐王御弟下降，想是天赐来的。寡人以一国之富，愿招御弟为王，我愿为后，与他阴阳配合，生子生孙，永传帝业，却不是今日之喜兆也？』众女官拜舞称扬，无不欢悦。

驿丞又奏道：『主公之论，乃万代传家之好；但只是御弟三徒凶恶，不成相貌。』女王道：『卿见御弟怎生模样？他徒弟怎生凶丑？』驿丞道：『御弟相貌堂堂，丰姿英俊，诚是天朝上国之男儿，南赡中华之人物。那三徒却是形容狞恶，相貌如精。』女王道：『既如此，把他徒弟与他领给，倒换关文，打发他往西天，只留下御弟，有何不可？』众官拜奏道：『主公之言极当，臣等钦此钦遵。但只是匹配之事，无媒不可。自古道：「姻缘配合凭红叶，月老夫妻系赤绳。」』女王道：『依卿所奏，就着当驾太师作媒，迎阳驿丞主婚，先去驿中与御弟求亲。待他许可，寡人却摆驾出城迎接。』那太师、驿丞，领旨出朝。

却说三藏师徒们在驿厅上正享斋饭，只见外面人报：『当驾太师与我们本官老姆来了。』三藏道：『太师来却是何意？』八戒道：『怕是女王请我们也。』行者道：『不是相请，就是说亲。』三藏道：『悟空，假如不放，强逼成亲，却怎么是好？』行者道：『师父只管允他，老孙自有处治。』说不了，二女官早至，对长老下拜。长老一一还礼道：『贫僧出家人，有何德能，敢劳大人下拜？』那太师见长老相貌轩昂，心中暗喜道：『我国中实有造化，这个男子，却也做得我王之夫。』二官拜毕起来，侍立左右道：『御弟爷爷，万千之喜了！』三藏道：『我出家人，喜从何来？』太师躬身道：『此处乃西梁女国，国中自来没个男子。今幸御弟爷爷降临，臣奉我王旨意，特来求亲。』三藏道：『善哉，善哉！我贫僧只身来到贵地，又无儿女相随，止有顽徒三个，不知大人求的是那个亲事？』驿丞道：『下官才进朝启奏，我王十分欢喜道：夜来得一吉梦，梦见金屏生彩艳，玉镜展光明。知御弟乃中华上国男儿，我王愿以一国之富，招赘御弟爷爷为夫，坐南面称孤，我王愿为帝后。传旨着太师作媒，下官主婚，故此特来求这亲事也。』三藏闻言，低头不语。太师道：『大丈夫遇时，不可错过。似此招赘之事，天下虽有；托国之富，世上实稀。请御弟速允，庶好回奏。』长老越加痴痖。

八戒在旁掬着碓挺嘴，叫道：『太师，你去上复国王：我师父乃久修得道的罗汉，决不爱你托国之富，也不爱你倾国之容；快些儿倒换关文，打发他往西去，留我在此招赘，如何？』太师闻说，胆战心惊，不敢回话。驿丞道：『你虽是个男身，但只形容丑陋，不中我王之意。』八戒笑道：『你甚不通变。常言道：「粗柳簸箕细柳斗，世上谁见男儿丑？」』行者道：『呆子，勿得胡谈，任师父尊意。可行则行，可止则止。莫要担阁了媒妁工夫。』

三藏道：『悟空，凭你怎么说好。』行者道：『依老孙说，你在这里也好。自古道「千里姻缘似线牵」哩。那里再有这般相应处？』三藏道：『徒弟，我们在这里贪图富贵，谁却去西天取经？那不望坏了我大唐之帝主也？』太师道：『御弟在上，微臣不敢隐言。我王旨意，原只教求御弟为亲，教你三位徒弟赴了会亲筵宴，发付领给，倒换关文，往西天取经去哩。』行者道：『太师说得有理。我等不必作难，情愿留下师父，与你主为夫。快换关文，打发我们西去。待取经回来，好到此拜爷娘，讨盘缠，回大唐也。』那太师与驿丞对行者作礼道：『多谢老师玉成之恩！』

八戒道：『太师，切莫要「口里摆菜碟儿」。既然我们许诺，且教你主先安排一席，与我们吃钟肯酒，如何？』太师道：『有，有，有，就教摆设筵宴来也。』那驿丞与太师欢天喜地，回奏女主不题。

却说唐长老一把扯住行者，骂道：『你这猴头，弄杀我也！怎么说出这般话来，教我在此招婚，你们西天拜佛，我就死也不敢如此！』行者道：『师父放心。老孙岂不知你性情，但只是到此地，遇此人，不得不将计就计。』三藏道：『怎么叫做将计就计？』行者道：『你若使住法儿不允他，他便不肯倒换关文，不放我们走路。倘或意恶心毒，喝令多人，割了你肉，做甚么香袋啊，我等岂有善报？一定要使出降魔荡怪的神通。你知我们的手脚又重，器械又凶，但动动手儿，这一国的人，尽打杀了。他虽然阻当我等，却不是怪物妖精，还是一国人身；你又平素是个好善慈悲的人，在路上一灵不损；若打杀无限的平人，你心何忍！诚为不善了也。』三藏听说，道：『悟空，此论最善。但恐女主招我进去，要行夫妇之礼，我怎肯丧元阳，败坏了佛家德行；走真精，坠落了本教人身。』行者道：『今日允了亲事，他一定以皇帝礼，摆驾出城接你；你更不要推辞，就坐他凤辇龙车，登宝殿，面南坐下，问女王取出御宝印信来，宣我们兄弟进朝，把通关文牒用了印，再请女王写个手字花押，佥押了交付与我们。一壁厢教摆筵宴，就当与女王会喜，就与我们送行。待筵宴已毕，再叫排驾，只说送我们三人出城，回来与女王配合。哄得他君臣欢悦，更无阻挡之心，亦不起毒恶之念，却待送出城外，你下了龙车凤辇，教沙僧伺候左右，伏侍你骑上白马，老孙却使个定身法儿，教他君臣人等皆不能动，我们顺大路只管西行。行得一昼夜，我却念个咒，解了术法，还教他君臣们苏醒回城。一则不伤了他的性命，二来不损了你的元神。这叫做「假亲脱网」之计。岂非一举两全之美也？』三藏闻言，如醉方醒，似梦初觉，乐以忘忧，称谢不尽，道：『深感贤徒高见。』四众同心合意，正自商量不题。

却说那太师与驿丞不等宣诏，直入朝门白玉阶前，奏道：『主公佳梦最准，鱼水之欢就矣。』女王闻奏，卷珠

法性西来逢女国
心猿定计脱烟花

不多时，大驾出城，早到迎阳馆驿。忽有人报三藏师徒道：『驾到了。』三藏闻言，即与三徒，整衣出厅迎驾。女王卷帘下辇道：『那一位是唐朝御弟？』太师指道：『那驿门外香案前穿襕衣者便是。』女王闪凤目，簇蛾眉，仔细观看，果然一表非凡。

帘，下龙床，启樱唇，露银齿，笑吟吟娇声问曰：『贤卿见御弟，怎么说来？』太师道：『臣等到驿，拜见御弟毕，即备言求亲之事。御弟还有推托之辞，幸亏他大徒弟慨然见允，愿留他师父与我王为夫，面南称帝，只教先倒换关文，打发他三人西去；取得经回，好到此拜认爷娘，讨盘费回大唐也。』女王笑道：『御弟再有何说？』太师奏道：『御弟不言，愿配我主；只是他那二徒弟，先要吃席肯酒。』

女王闻言，即传旨，教光禄寺排宴。一壁厢排大驾，出城迎接夫君。众女官即钦遵王命，打扫宫殿，铺设庭台。一班儿摆宴的，火速安排；一班儿摆驾的，流星整备。你看那西梁国虽是妇女之邦，那銮舆不亚中华之盛。但见：

六龙喷彩，双凤生祥：六龙喷彩扶车出，双凤生祥驾辇来。馥郁异香蔼，氤氲瑞气开。金鱼玉佩多官拥，宝髻云鬟众女排。鸳鸯掌扇遮銮驾，翡翠珠帘影凤钗。笙歌音美，弦管声谐。一片欢情冲碧汉，无边喜气出灵台。

三檐罗盖摇天宇，五色旌旗映御阶。此地自来无合卺，女王今日配男才。

不多时，大驾出城，早到迎阳馆驿。忽有人报三藏师徒道：『驾到了。』三藏闻言，即与三徒，整衣出厅迎驾。女王卷帘下辇道：『那一位是唐朝御弟？』太师指道：『那驿门外香案前穿襴衣者便是。』女王闪凤目，簇蛾眉，仔细观看，果然一表非凡。你看他：

丰姿英伟，相貌轩昂。齿白如银砌，唇红口四方。顶平额阔天仓满，目秀眉清地阁长。两耳有轮真杰士，一身不俗是才郎。好个妙龄聪俊风流子，堪配西梁窈窕娘。

女王看到那心欢意美之处，不觉淫情汲汲，爱欲恣恣，展放樱桃小口，呼道：『大唐御弟，还不来占凤乘鸾也？』三藏闻言，耳红面赤，羞答答不敢抬头。猪八戒在旁，掬着嘴，饧眼观看那女王，却也袅娜。真个：

眉如翠羽，肌似羊脂。脸衬桃花瓣，鬟堆金凤丝。秋波湛湛妖娆态，春笋纤纤娇媚姿。斜身单红绡飘彩艳，高簪珠翠显光辉。说甚么昭君美貌，果然是赛过西施。柳腰微展鸣金佩，莲步轻移动玉肢。月里嫦娥难到此，九天仙子怎如斯。宫妆巧样非凡类，诚然王母降瑶池。

那呆子看到好处，忍不住口嘴流涎，心头撞鹿，一时间骨软筋麻，好便似雪狮子向火，不觉的都化去也。

只见那女王走近前来，一把扯住三藏，俏语娇声，叫道：『御弟哥哥，请上龙车，和我同上金銮宝殿，匹配夫妇去来。』这长老战兢兢立站不住，似醉如痴。行者在侧教道：『师父不必太谦，请共师娘上辇。快快倒换关文，等我们取经去罢。』长老不敢回言，把行者抹了两抹，止不住落下泪来。行者道：『师父切莫烦恼。这般富贵，不受用还待怎么哩？』三藏没及奈何，只得依从。揩了眼泪，强整欢容，移步近前，与女主：

同携素手，共坐龙车。那女主喜孜孜欲配夫妻，这长老忧惶惶只思拜佛。一个要洞房花烛交鸳侣，一个要西宇灵山见世尊。女帝真情，圣僧假意。女帝真情，指望和谐同到老；圣僧假意，牢藏情意养元神。一个喜见男身，恨不得白昼并头谐伉俪；一个怕逢女色，只思量即时脱网上雷音。二人和会同登辇，岂料唐僧各有心！

那些文武官见主公与长老同登凤辇，并肩而坐，一个个眉花眼笑，拨转仪从，复入城中。孙大圣才教沙僧挑着行李，牵着白马，随大驾后边同行。猪八戒往前乱跑，先到五凤楼前，嚷道：『好自在，好现成呀！这个弄不成，这个弄不成！吃了喜酒进亲才是！』唬得些执仪从引导的女官，一个个回至驾边道：『主公，那一个长嘴大耳的，在五凤楼前嚷道，要喜酒吃哩。』女主闻奏，与长老倚香肩，偎并桃腮，开檀口，俏声叫道：『御弟哥哥，长嘴大耳的是你那个高徒？』三藏道：『是我第二个徒弟。他生得食肠宽大，一生要图口肥；须是先安排些酒食与他吃了，方可行事。』女主急问：『光禄寺安排筵宴，完否？』女官奏道：『已完，设了荤素两样，在东阁上哩。』女王又问：『怎么两样？』女官奏道：『臣恐唐朝御弟与高徒等平素吃斋，故有荤素两样。』女王却又笑吟吟，偎着长老的香腮道：『御弟哥哥，你吃荤吃素？』三藏道：『贫僧吃素，但是未曾戒酒。须得几杯素酒，与我二徒弟吃些。』

说未了，太师启奏：『请赴东阁会宴。今宵吉日良辰，就可与御弟爷爷成亲。明日天开黄道，请御弟爷爷登宝殿，面南，改年号即位。』女王大喜，即与长老携手相搀，下了龙车，共入端门里。但见那：

凤飘仙乐下楼台，阊阖中间翠辇来。
凤阙大开光蔼蔼，皇宫不闭锦排排。
麒麟殿内炉烟袅，孔雀屏边房影迴。
亭阁峥嵘如上国，玉堂金马更奇哉。

既至东阁之下，又闻得一派笙歌声韵美，又见两行红粉貌娇娆。正中堂排设两般盛宴：左边上首是素筵，右边上首是荤筵。下两路尽是单席。那女王敛袍袖，十指尖尖，奉着玉杯，便来安席。行者近前道：『我师徒都是吃素。先请师父坐了左手素席，转下三席，分左右，我兄弟们好坐。』太师喜道：『正是，正是。师徒即父子也，不可并肩。』众女官连忙调了席面。女王一一传杯，安了他弟兄三位。行者又与唐僧丢个眼色，教师父回礼。三藏下来，却也擎玉杯，与女王安席。那些文武官，朝上拜谢了皇恩，各依品从，分坐两边，才住了音乐请酒。

那八戒那管好歹，放开肚子，只情吃起。也不管甚么玉屑米饭蒸饼糖糕蘑菇香蕈笋芽木耳黄花菜石花菜紫菜蔓菁芋头萝菔山药黄精，一骨辣噇了个罄尽。喝了五七杯酒，口里嚷道：『看添换来！拿大觥来！再吃几觥，各人干事去。』沙僧问道：『好筵席不吃，还要干甚事？』呆子笑道：『古人云：「造弓的造弓，造箭的造箭。」我们如今招的招，嫁的嫁，取经的还去取经，走路的还去走路，莫只管贪杯误事。快早儿打发关文。正是「将军不下马，各自奔前程。」』女王闻说，即命取大杯来。近侍官连忙取几个鹦鹉杯、鸬鹚杓、金叵罗、银凿落、玻璃盏、水晶盆、蓬莱碗、琥珀钟，满斟玉液，连注琼浆。果然都各饮一巡。

三藏欠身而起，对女王合掌道：『陛下，多蒙盛设，酒已彀了。请登宝殿，倒换关文，赶天早，送他三人出城罢。』女王依言，携着长老，散了筵宴，上金銮宝殿，即让长老即位。三藏道：『不可！不可！适太师言过，明日天开黄道，贫僧才敢即位称孤。今日即印关文，打发他去也。』

女王依言，仍坐了龙床，即取金交椅一张，放在龙床左手，请唐僧坐了，叫徒弟们拿上通关文牒来。大圣便教沙僧解开包袱，取出关文。大圣将关文双手捧上。那女王细看一番，上有大唐皇帝宝印九颗，下有宝象国印，乌鸡国印，车迟国印。女王看罢，娇滴滴笑语道：『御弟哥哥又姓陈？』三藏道：『俗家姓陈，法名玄奘。因我唐王圣恩认为御弟，赐姓我为唐也。』女王道：『关文上如何没有高徒之名？』三藏道：『三个顽徒，不是我唐朝人物。』女王道：『既不是你唐朝人物，为何肯随你来？』三藏道：『大的个徒弟，祖贯东胜神洲傲来国人氏；第二个乃西牛贺州乌斯庄人氏；第三个乃流沙河人氏。他三人都因罪犯天条，南海观世音菩萨解脱他苦，秉善皈依，将功折罪，情愿保护我上西天取经。皆是途中收得，故此未注法名在牒。』女王道：『我与你添注法名，好么？』三藏道：『但凭陛下尊意。』女王即令取笔砚来，浓磨香翰，饱润香毫，牒文之后，写上孙悟空、猪悟能、沙悟净三人名讳，却才取出御印，端端正正印了；又画个手字花押，传将下去。孙大圣接了，教沙僧包裹停当。

那女王又赐出碎金碎银一盘，下龙床递与行者道：『你三人将此权为路费，早上西天；待汝等取经回来，寡人还有重谢。』行者道：『我们出家人，不受金银，途中自有乞化之处。』女王见他不受，又取出绫锦十匹，对行者道：『汝等行色匆匆，裁制不及，将此路上做件衣服遮寒。』行者道：『出家人穿不得绫锦，自有护体布衣。』女王见他不受，教：『取御米三升，在路权为一饭。』八戒听说个『饭』字，便就接了，捎在包袱之间。行者道：『兄弟，行李见今沉重，且倒有气力挑米？』八戒笑道：『你那里知道，米好的是个日消货。只消一顿饭，就了帐也。』遂此合掌谢恩。

三藏道：『敢烦陛下相同贫僧送他三人出城，待我嘱付他们几句，教他好生西去；我却回来，与陛下永受荣华。无挂无牵，方可会鸾交凤友也。』女王不知是计，便传旨摆驾，与三藏并倚香肩，同登凤辇，出西城而去。满城中都盏添净水，炉降真香。一则看女王銮驾，二来看御弟男身。没老没小，尽是粉容娇面，绿鬓云鬟之辈。不多时，大驾出城，到西关之外。

行者、八戒、沙僧，同心合意，结束整齐，径迎着銮舆，厉声高叫道：『那女王不必远送，我等就此拜别。』长老慢下龙车，对女王拱手道：『陛下请回，让贫僧取经去也。』女王闻言，大惊失色，扯住唐僧道：『御弟哥哥，我愿将一国之富，招你为夫。明日高登宝位，即位称君，我愿为君之后，喜筵通皆吃了，如何却又变卦？』八戒听说，发起个风来，把嘴乱扭，耳朵乱摇，闯至驾前，嚷道：『我们和尚家和你这粉骷髅做甚夫妻！放我师父走路！』那女王见他那等撒泼弄丑，唬得魂飞魄散，跌入辇驾之中。

沙僧却把三藏抢出人丛，伏侍上马。只见那路旁闪出一个女子，喝道：『唐御弟，那里走！我和你耍风月儿去来！』沙僧骂道：『贼辈无知！』掣宝杖劈头就打。那女子弄阵旋风，呜的一声，把唐僧摄将去了，无影无踪，不知下落何处。咦！正是：

脱得烟花网，又遇风月魔。

毕竟不知那女子是人是怪，老师父的性命得死得生，且听下回分解。

色邪淫戲唐三藏

色邪淫戏唐三藏

那怪走下亭，露春葱十指纤纤，扯住长老道：『御弟宽心。我这里虽不是西梁女国的宫殿，不比富贵奢华，其实却也清闲自在，正好念佛看经。我与你做个道伴儿，真个是百岁和谐也。』三藏不语。

第五十五回　色邪淫戏唐三藏　性正修持不坏身

却说孙大圣与猪八戒正要使法定那些妇女，忽闻得风响处，沙僧嚷闹，急回头时，不见了唐僧。行者道：『是甚人来抢师父去了？』沙僧道：『是一个女子，弄阵旋风，把师父摄了去也。』行者闻言，唿哨跳在云端里，用手搭凉篷，四下里观看。只见一阵灰尘，风滚滚，往西北上去了，急回头叫道：『兄弟们，快驾云同我赶师父去来！』八戒与沙僧，即把行囊捎在马上，响一声，都跳在半空里去。慌得那西梁国君臣女辈，跪在尘埃，都道：『是白日飞升的罗汉，我主不必惊疑。唐御弟也是个有道的神僧，我们都有眼无珠，错认了中华男子，枉费了这场神思。请主公上辇回朝也。』女王自觉惭愧，多官都一齐回国不题。

却说孙大圣兄弟三人腾空踏雾，望着那阵旋风，一直赶来，前至一座高山，只见灰尘息静，风头散了，更不知怪向何方。兄弟们按落云雾，找路寻访，忽见一壁厢，青石光明，却似个屏风模样。三人牵着马转过石屏，石屏后有两扇石门，门上有六个大字，乃是『毒敌山琵琶洞』。八戒无知，上前就使钉钯筑门。行者急止住道：『兄弟莫忙。我们随旋风赶便赶到这里，寻了这会，方遇此门，又不知深浅如何。倘不是这个门儿，却不惹他见怪？你两个且牵了马，还转石屏前立等片时，待老孙进去打听打听，察个有无虚实，却好行事。』沙僧听说，大喜道：『好，好，好！正是粗中有细，果然急处从宽。』他二人牵马回头。

孙大圣显个神通，捻着诀，念个咒语，摇身一变，变作蜜蜂儿，真个轻巧！你看他：

翅薄随风软，腰轻映日纤。
嘴甜曾觅蕊，尾利善降蟾。
酿蜜功何浅，投衙礼自谦。
如今施巧计，飞舞入门檐。

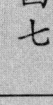

行者自门瑕处钻将进去，飞过二层门里，只见正当中花亭子上端坐着一个女怪，左右列几个彩衣绣服，丫髻两鬏的女童，都欢天喜地，正不知讲论甚么。这行者轻轻的飞上去，钉在那花亭格子上，侧耳才听，又见两个总角蓬头女子，捧两盘热腾腾的面食，上亭来道：『奶奶，一盘是人肉馅的荤馍馍，一盘是邓沙馅的素馍馍。』那女怪笑道：『小的们，搀出唐御弟来。』几个彩衣绣服的女童，走向后房，把唐僧扶出。那师父面黄唇白，眼红泪滴。行者在暗中嗟叹道：『师父中毒了！』

那怪走下亭，露春葱十指纤纤，扯住长老道：『御弟宽心。我这里虽不是西梁女国的宫殿，不比富贵奢华，其实却也清闲自在，正好念佛看经。我与你做个道伴儿，真个是百岁和谐也。』三藏不语。那怪道：『且休烦恼。我知你

在女国中赴宴之时，不曾进得饮食。这里荤素面饭两盘，凭你受用些儿压惊。』

三藏沉思默想道：『我待不说话，不吃东西，此怪比那女王不同，女王还是人身，行动以礼；此怪乃是妖神，恐为加害，奈何？我三个徒弟，不知我困陷在于这里，倘或加害，却不枉丢性命？』……以心问心，无计所奈，只得强打精神，开口道：『荤的何如？素的何如？』女怪道：『荤的是人肉馅馍馍，素的是邓沙馅馍馍。』三藏道：『贫僧吃素。』那怪笑道：『女童，看热茶来，与你家长爷爷吃素馍馍。』一女童，果捧着香茶一盏，放在长老面前。那怪将一个素馍馍劈破，递与三藏。三藏将个荤馍馍囫囵递与女怪。女怪笑道：『御弟，你怎么不劈破与我？』三藏合掌道：『我出家人，不敢破荤。』那女怪道：『你出家人不敢破荤，怎么前日在子母河边吃水高，今日又好吃邓沙馅？』三藏道：『水高船去急，沙陷马行迟。』

行者在格子眼听着两个言语相攀，恐怕师父乱了真性，忍不住，现了本相，掣铁棒喝道：『孽畜无礼！』那女怪见了，口喷一道烟花，把花亭子罩住，教：『小的们，收了御弟！』他却拿一柄三股钢叉，跳出亭门，骂道：『泼猴惫心赖！怎么敢私入吾家，偷窥我容貌！不要走！吃老娘一叉！』这大圣使铁棒架住，且战且退。

二人打出洞外。那八戒、沙僧，正在石屏前等候，忽见他两个争持，慌得八戒将白马牵过道：『沙僧，你只管看守行李、马匹，等老猪去帮打帮打。』好呆子，双手举钯，赶上前叫道：『师兄靠后，让我打这泼贱！』那怪见八戒来，他又使个手段，『呼了』一声，鼻中出火，口内生烟，把身子抖了一抖，三股叉飞舞冲迎。那女怪也不知有几只手，没头没脸的滚将来。这行者与八戒，两边攻住。那怪道：『孙悟空，你好不识进退！我便认得你，你是不认得我。你那雷音寺里佛如来，也还怕我哩。量你这两个毛人，到得那里！都上来，一个个仔细看打！』这一场怎见得好战：

女怪威风长，猴王气概兴。天蓬元帅争功绩，乱举钉钯要显能。那一个手多叉紧烟光绕，这两个性急兵强雾气腾。女怪只因求配偶，男僧怎肯泄元精！阴阳不对相持斗，各逞雄才恨苦争。阴静养荣思动动，阳收息卫爱清清。致令两处无和睦，叉钯铁棒赌输赢。这个棒有力，钯更能，女怪钢叉丁对丁。毒敌山前三不让，琵琶洞外两无情。那一个喜得唐僧谐凤侣，这两个必随长老取真经。惊天动地来相战，只杀得日月无光星斗更！

三个斗罢多时，不分胜负。那女怪将身一纵，使出个倒马毒桩，不觉的把大圣头皮上扎了一下。行者叫声：『苦啊！』忍耐不得，负痛败阵而走。八戒见事不谐，拖着钯彻身而退。那怪得了胜，收了钢叉。

行者抱头，皱眉苦面，叫声：『利害！利害！』八戒到跟前问道：『哥哥，你怎么正战到好处，却就叫苦连天的走了？』行者抱着头，只叫：『疼，疼，疼！』沙僧道：『想是你头风发了？』行者跳道：『不是，不是！』八戒道：『哥哥，我不曾见你受伤，却头疼，何也？』行者哼哼的道：『了不得，了不得！我与他正然打处，他见我破了他的叉势，他就把身子一纵，不知是件甚么兵器，着我头上扎了一下，就这般头疼难禁，故此败了阵来。』八戒笑道：『只这等静处常夸口，说你的头是修炼过的。却怎么就不禁这一下儿？』行者道：『正是。我这头，自从修炼成真，盗食了蟠桃仙酒，老子金丹，大闹天宫时，又被玉帝差大力鬼王、二十八宿，押赴斗牛宫外处斩，那些神将使刀斧锤剑，雷打火烧；及老子把我安于八卦炉，锻炼四十九日，俱未伤损。今日不知这妇人用的是甚么兵器，把老孙头弄伤也！』沙僧道：『你放了手，等我看看。莫破了！』行者道：『不破，不破！』八戒道：『我去西梁国讨个膏药你贴贴。』行者道：『又不肿不破，怎么贴得膏药？』八戒笑道：『哥啊，我的胎前产后病倒不曾有，你倒弄了个脑门痈了。』沙僧道：『二哥且休取笑。如今天色晚矣，大哥伤了头，师父又不知死活，怎的是好！』

行者哼道：『师父没事。我进去时，变作蜜蜂儿，飞入里面，见那妇人坐在花亭子上。少顷，两个丫鬟，捧两盘馍馍：一盘是人肉馅，荤的；一盘是邓沙馅，素的。又着两个女童扶师父出来吃一个压惊，又要与师父做甚么道伴儿。师父始初不与那妇人答话，也不吃馍馍；后见他甜言美语，不知怎么，就开口说话，却说吃素的。那妇人就将一个素的劈开，递与师父。师父将个囫囵荤的递与那妇人。妇人道：「怎不劈破？」师父道：「出家人不敢破荤。」那妇人道：「既不破荤，前日怎么在子母河边饮水高，今日又好吃邓沙馅？」师父不解其意，答他两句道：「水高船去急，沙陷马行迟。」我在格子上听见，恐怕师父乱性，便就现了原身，掣棒就打。他也使神通，喷出烟雾，叫「收了御弟」，就轮钢叉，与老孙打出洞来也。』沙僧听说，咬指道：『这泼贱也不知从那里就随将我们来，把上项事都知道了！』八戒道：『这等说，便我们安歇不成？莫管甚么黄昏半夜，且去他门上索战，嚷嚷闹闹，搅他个不睡，莫教他捉弄了我师父。』行者道：『头疼，去不得！』沙僧道：『不须索战。一则师兄头痛；二来我师父是个真僧，决不以色空乱性。且就在山坡下，闭风处，坐这一夜，养养精神，待天明再作理会。』遂此，三个弟兄，拴牢白马，守护行囊，就在坡下安歇不题。

却说那女怪放下凶恶之心，重整欢愉之色，叫：『小的们，把前后门都关紧了。』又使两个支更，防守行者。但听门响，即时通报。却又教：『女童，将卧房收拾齐整，掌烛焚香，请唐御弟来，我与他交欢。』遂把长老从后边搀出。那女怪弄出十分娇媚之态，携定唐僧道：『常言「黄金未为贵，安乐值钱多。」且和你做会夫妻儿，耍子去也。』

这长老咬定牙关，声也不透。欲待不去，恐他生心害命，只得战兢兢，跟着他步入香房。却如痴如哑，那里抬头举目，更不曾看他房里是甚床铺幔帐，也不知有甚箱笼梳妆。那女怪说出的雨意云情，亦漠然无听。好和尚，真是那：

目不视恶色，耳不听淫声。他把这锦绣娇容如粪土，金珠美貌若灰尘。一生只爱参禅，半步不离佛地。那里会惜玉怜香，只晓得修真养性。那女怪，活泼泼，春意无边；这长老，死丁丁，禅机有在。一个似软玉温香，一个如死灰槁木。那一个，展鸳衾，淫兴浓浓；这一人，束褊衫，丹心耿耿。那个要贴胸交股和鸾凤，这个要面壁归山访达摩。女怪解衣，卖弄他肌香肤腻；唐僧敛衽，紧藏了糙肉粗皮。女怪道：『我枕剩衾闲何不睡？』唐僧道：『我光头服异怎相陪！』那个道：『我愿作前朝柳翠翠。』这个道：『贫僧不是月阇黎。』女怪道：『我美若西施还袅娜。』唐僧道：『我越王因此久埋尸。』女怪道：『御弟，你记得「宁教花下死，做鬼也风流」？』唐僧道：『我的真阳为至宝，怎肯轻与你这粉骷髅……』

色邪淫戏唐三藏
性正修持不坏身

那怪赶过石屏之后，行者叫声：『昴宿何在？』只见那星官立于山坡上，现出本相，原来是一只双冠子大公鸡，昂起头来，约有六七尺高，对着妖精叫一声，那怪即时就现了本象，是个琵琶来大小的蝎子精。星官再叫一声，那怪浑身酥软，死在坡前。

他两个散言碎语的，直斗到更深，唐长老全不动念。那女怪扯扯拉拉的不放，这师父只是老老成成的不肯。直缠到有半夜时候，把那怪弄得恼了，叫：『小的们，拿绳来！』可怜将一个心爱的人儿，一条绳，捆的像个猱狮模样。又教拖在房廊下去，却吹灭银灯，各归寝处。一夜无词。不觉的鸡声三唱。那山坡下孙大圣欠身道：『我这头疼了一会，到如今也不疼不麻，只是有些作痒。』八戒笑道：『痒便再教他扎一下，何如？』行者啐了一口道：『放，放，放！』八戒又笑道：『放，放，放！我师父这一夜倒浪，浪，浪！』沙僧道：『且莫斗口。天亮了，快赶早儿捉妖怪去。』行者道：『兄弟，你只管在此守马，休得动身。猪八戒跟我去。』

那呆子抖擞精神，束一束皂锦直裰，相随行者，各带了兵器，跳上山崖，径至石屏之下。行者道：『你且立住。只怕这怪物夜里伤了师父，先等我进去打听打听。倘若被他哄了，丧了元阳，真个亏了德行，却就大家散火；若不乱性情，禅心未动，却好努力相持，打死精怪，救师西去。』八戒道：『你好痴哑！常言道：「干鱼可好与猫儿作枕头？」就不如此，就不如此，也要抓你几把是！』行者道：『莫胡疑乱说，待我看去。』

好大圣，转石屏，别了八戒。摇身还变个蜜蜂儿，飞入门里。见那门里两个丫鬟，头枕着梆铃，正然睡哩。却到花亭子观看，那妖精原来弄了半夜，都辛苦了，一个个都不知天晓，还睡着哩。

行者飞来后面，隐隐的只听见唐僧声唤。忽抬头，见那步廊下四马攒蹄捆着师父。行者轻轻的钉在唐僧头上，叫：『师父。』唐僧认得声音，道：『悟空来了？快救我命！』行者道：『夜来好事如何？』三藏咬牙道：『我宁死也不肯如此。』行者道：『昨日我见他有相怜相爱之意，却怎么今日把你这般挫折？』三藏道：『他把我缠了半夜，我衣不解带，身未沾床。他见我不肯相从，才捆我在此。你千万救我取经去也！』

他师徒们正然回答，早惊醒了那个妖精。妖精虽是下狠，却还有流连不舍之意；一觉翻身，只听见『取经去也』

一句，他就滚下床来，厉声高叫道：『好夫妻不做，却取甚么经去？』

行者慌了，撇却师父，急展翅，飞将出去，现了本相，叫声：『八戒。』那呆子转过石屏道：『那话儿成了否？』行者笑道：『不曾，不曾。老师父被他摩弄不从，恼了，捆在那里。正与我诉说前情，那怪惊醒了，我慌得出来也。』八戒道：『师父曾说甚来？』行者道：『他只说衣不解带，身未沾床。』八戒笑道：『好，好，好！还是个真和尚！我们救他去！』

呆子粗鲁，不容分说，举钉钯，望他那石头门上尽力气一钯，唿喇喇筑做几块。唬得那几个枕梆铃睡的丫鬟，跑至二层门外，叫声：『开门！前门被昨日那两个丑男人打破了！』那女怪正出房门，只见四五个丫环跑进去报道：『奶奶，昨日那两个丑男人又来把前门已打碎矣。』那怪闻言，即忙叫：『小的们！快烧汤洗面梳妆！』叫：『把御弟连绳抬在后房收了。等我打他去！』

好妖精，走出来，举着三股叉，骂道：『泼猴！野彘！老大无知，你怎敢打破我门！』八戒骂道：『滥淫贱货！你倒困陷我师父，返敢硬嘴！我师父是你哄将来做老公的？快快送出饶你！敢再说半个「不」字，老猪一顿钯，连山也筑倒你的！』那妖精那容分说，抖擞身躯，依前弄法鼻口内喷烟冒火，举钢叉就刺八戒。八戒侧身躲过，着钯就筑。孙大圣使铁棒并力相帮。那怪又弄神通，也不知是几只手，左右遮拦。交锋三五个回合，不知是甚兵器，把八戒嘴唇上，也又扎了一下。那呆子拖着钯，侮着嘴，负痛逃生。行者却也有些醋他，虚丢一棒，败阵而走。那妖精得胜而回，叫小的们搬石块垒叠了前门不题。

却说那沙和尚正在坡前放马，只听得那里猪哼。忽抬头，见八戒侮着嘴，哼将来。沙僧道：『怎的说？』呆子哼道：『了不得，了不得！疼，疼，疼！』说不了，行者也到跟前，笑道：『好呆子啊！昨日咒我是脑门痛，今日却也弄做个肿嘴瘟了！』八戒哼道：『难忍难忍，疼得紧！利害，利害！』

三人正然难处，只见一个老妈妈儿，左手提着一个青竹篮儿，自南山路上挑菜而来。沙僧道：『大哥，那妈妈来得近了，等我问他个信儿，看这个是甚妖精，是甚兵器，这般伤人。』行者道：『你且住，等老孙问他去来。』行者急睁睛看，只见头直上有祥云盖顶，左右有香雾笼身。行者认得，即叫：『兄弟们，还不来叩头，那妈妈是菩萨来也！』慌得猪八戒忍疼下拜，沙和尚牵马躬身，孙大圣合掌跪下，叫声：『南无大慈大悲救苦救难灵感观世音菩萨。』

那菩萨见他们认得元光，即踏祥云，起在半空，现了真象。原来是鱼篮之象。行者赶到空中，拜告道：『菩萨，恕弟子失迎之罪！我等努力救师，不知菩萨下降；今遇魔难难收，万望菩萨搭救搭救！』菩萨道：『这妖精十分利害。他那三股叉是生成的两只钳脚。扎人痛者，是尾上一个钩子，唤做「倒马毒」。本身是个蝎子精。他前者在雷音寺听佛谈经，如来见了，不合用手推他一把，他就转过钩子，把如来左手中拇指上扎了一下。如来也疼难禁，即着金刚拿他。他却在这里。若要救得唐僧，除是别告一位方好。我也是近他不得。』行者再拜道：『望菩萨指示指示，别告那位去好，弟子即去请他也。』菩萨道：『你去东天门里光明宫告求昴日星官，方能降伏。』言罢，遂化作一道金光，径回南海。

孙大圣才按云头，对八戒、沙僧道：『兄弟放心，师父有救星了。』沙僧道：『是那里救星？』行者道：『才然菩萨指示，教我告请昴日星官。老孙去来。』八戒侮着嘴哼道：『哥啊，就问星官讨些止痛的药饵来！』行者笑道：『不须用药，只以昨日疼过夜就好了。』沙僧道：『不必烦叙，快早去罢。』

好行者，急忙驾筋斗云。须臾，到东天门外。忽见增长天王当面作礼道：『大圣何往？』行者道：『因保唐僧西方取经，路遇魔障缠身，要到光明宫见昴日星官走走。』忽又见陶、张、辛、邓四大元帅，也问何往。行者道：『要寻昴日星官去降妖救师。』四元帅道：『星官今早奉玉帝旨意，上观星台巡札去了。』行者道：『可有这话？』辛天君道：『小将等与他同下斗牛宫，岂敢说假？』陶天君道：『今已许久，或将回矣。大圣还先去光明宫；如未回，再去观星台可也。』大圣遂喜，即别他们，至光明宫门首，果是无人，复抽身就走，只见那壁厢有一行兵士摆列，后面星官来了。

那星官还穿的是拜驾朝衣，一身金缕。但见他：

冠簪五岳金光彩，笏执山河玉色琼。

袍挂七星云叆叇，腰围八极宝环明。

叮当佩响如敲韵，迅速风声似摆铃。

翠羽扇开来昴宿，天香飘袭满门庭。

前行的兵士，看见行者立于光明宫外，急转身报道：『主公，孙大圣在这里也。』那星官敛云雾整束朝衣，停执事分开左右，上前作礼道：『大圣何来？』行者道：『专来拜烦救师父一难。』星官道：『何难？在何地方？』行者道：『在西梁国毒敌山琵琶洞。』星官道：『那山洞有甚妖怪，却来呼唤小神？』行者道：『观音菩萨适才显化，说是一个蝎子精。特举先生方能治得，因此来请。』星官道：『本欲回奏玉帝，奈大圣至此，又感菩萨举荐，恐迟误事，小神不敢请献茶，且和你去降妖精，却再来回旨罢。』

大圣闻言，即同出东天门，直至西梁国。望见毒敌山不远，行者指道：『此山便是。』星官按下云头，同行者至石屏前山坡之下。沙僧见了道：『二哥起来，大哥请得星官来了。』那呆子还侮着嘴道：『恕罪，恕罪！有病在

性正修持不坏身

八戒上前，一只脚躧住那怪的胸月此道：『孽畜！今番使不得倒马毒了！』那怪动也不动，被呆子一顿钉钯，捣作一团烂酱。那星官复聚金光，驾云而去。行者与八戒、沙僧朝天拱谢道：『有累，有累！改日赴宫拜酬。』

身，不能行礼。』星官道：『你是修行之人，何病之有？』八戒道：『早间与那妖精交战，被他着我唇上扎了一下，至今还疼呀。』星官道：『你上来，我与你医治医治。』呆子才放了手，口里哼哼嗩嗩道：『千万治治，待好了谢你。』那星官用手把嘴唇上摸了一摸，吹一口气，就不疼了。呆子欢喜下拜道：『妙啊！妙啊！』行者笑道：『烦星官也把我头上摸摸。』星官道：『你未遭毒，摸他何为？』行者道：『昨日也曾遭过，只是过了夜，才不疼；如今还有些麻痒，只恐发天阴，也烦治治。』星官真个也把头上摸了一摸，吹口气，也就解了余毒，不麻不痒了。八戒发狠道：『哥哥，去打那泼贱去！』星官道：『正是，正是。你两个叫他出来，等我好降他。』

行者与八戒跳上山坡，又至石屏之后。呆子口里乱骂，手似捞钩，一顿钉钯，把那洞门外垒叠的石块爬开；闯至一层门，又一钉钯，将二门筑得粉碎。慌得那门里小妖飞报：『奶奶！那两个丑男人，又把二层门也打破了！』那怪正教解放唐僧，讨素茶饭与他吃哩，听见打破二门，即便跳出花亭子，轮叉来刺八戒。八戒使钉钯迎架。行者在旁，又使铁棒来打。那怪赶至身边，要下毒手，他两个识得方法，回头就走。

那怪赶过石屏之后，行者叫声：『昴宿何在？』只见那星官立于山坡上，现出本相，原来是一只双冠子大公鸡，昂起头来，约有六七尺高，对着妖精叫一声，那怪即时就现了本象，是个琵琶来大小的蝎子精。星官再叫一声，那怪浑身酥软，死在坡前。有诗为证，诗曰：

花冠绣颈若团缨，爪硬距长目怒睛。
踊跃雄威全五德，峥嵘壮势羡三鸣。
岂如凡鸟啼茅屋，本是天星显圣名。
毒蝎枉修人道行，还原反本见真形。

八戒上前，一只脚踹住那怪的胸月此道：『孽畜！今番使不得倒马毒了！』那怪动也不动，被呆子一顿钉钯，捣作一团烂酱。那星官复聚金光，驾云而去。行者与八戒、沙僧朝天拱谢道：『有累，有累！改日赴宫拜酬。』

三人谢毕。却才收拾行李、马匹，都进洞里。见那大小丫环，两边跪下，拜道：『爷爷，我们不是妖邪，都是西梁国女人，前者被这妖精摄来的。你师父在后边香房里坐着哭哩。』行者闻言，仔细观看，果然不见妖气，遂入后边叫道：『师父！』那唐僧见众齐来，十分欢喜道：『贤徒，累及你们了。那妇人何如也？』八戒道：『那厮原是个大母蝎子。幸得观音菩萨指示，大哥去天宫里请得那昴日星官下降，把那厮收伏。才被老猪筑做个泥了，方敢深入于此，得见师父之面。』唐僧谢之不尽。又寻些素米、素面，安排了饮食，吃了一顿。把那些摄将来的女子赶下山，指与回家之路。点上一把火，把几间房宇，烧毁罄尽。请唐僧上马，找寻大路西行。正是：

割断尘缘离色相，推干金海悟禅心。

毕竟不知几年上才得成真，且听下回分解。

神狂诛草寇

那伙贼见行者与他师父讲话，撒开势，围将上来道：『小和尚，你师父说你腰里有盘缠，趁早拿出来，饶你们性命！若道半个「不」字，就都送了你的残生！』行者放下包袱道：『列位长官，不要嚷。盘缠有些在此包袱，不多，只有马蹄金二十来锭，粉面银二三十锭，散碎的未曾见数。』

第五十六回　神狂诛草寇　道昧放心猿

诗曰：

灵台无物谓之清，寂寂全无一念生。
猿马牢收休放荡，精神谨慎莫峥嵘。
除六贼，悟三乘，万缘都罢自分明。
色邪永灭超真界，坐享西方极乐城。

话说唐三藏咬钉嚼铁，以死命留得一个不坏之身；感蒙行者等打死蝎子精，救出琵琶洞。一路无词，又早是朱明时节。但见那：

熏风时送野兰香，濯雨才晴新竹凉。
艾叶满山无客采，蒲花盈涧自争芳。
海榴娇艳游蜂喜，溪柳阴浓黄雀狂。
长路那能包角黍，龙舟应吊汨罗江。

他师徒们行赏端阳之景，虚度中天之节，忽又见一座高山阻路。长老勒马回头叫道：『悟空，前面有山，恐又生妖怪，是必谨防。』行者等道：『师父放心。我等皈命投诚，怕甚妖怪！』长老闻言甚喜，加鞭催骏马，放辔趱蛟龙。

须臾，上了山崖，举头观看，真个是：

顶巅松柏接云青，石壁荆榛挂野藤。万丈崔巍，千层悬削：万丈崔巍峰岭峻，千层悬削壑崖深。苍苔碧藓铺阴石，古桧高槐结大林。林深处，听幽禽，巧声睍睆实堪吟。涧内水流如泻玉，路旁花落似堆金。山势恶，不堪行，十步全无半步平。狐狸麋鹿成双遇，白鹿玄猿作对迎。忽闻虎啸惊人胆，鹤鸣振耳透天庭。黄梅红杏堪供食，野草闲花不识名。

四众进山，缓行良久，过了山头。下西坡，乃是一段平阳之地。猪八戒卖弄精神，教沙和尚挑着担子，他双手举钯，上前赶马。那马更不惧他，凭那呆子嗒笞笞的赶，只是缓行不紧。行者道：『兄弟，你赶他怎的？让他慢慢走罢了。』八戒道：『天色将晚，自上山行了这一日，肚里饿了，大家走动些，寻个人家化些斋吃。』行者闻言道：『既如此，等我教他快走。』把金箍棒幌一幌，喝了一声，那马溜了缰，如飞似箭，顺平路往前去了。你说马不怕八戒，只怕行者何也？行者五百年前曾受玉帝封在大罗天御马监养马，官名『弼马温』，故此传留至今，是马皆惧猴子。那长老挽不住缰口，只扳着鞍鞒，让他放了一路辔头，有二十里向开田地，方才缓步而行。

正走处，忽听得一棒锣声，路两边闪出三十多人，一个个枪刀棍棒，拦住路口道：『和尚！那里走！』唬得个唐僧战兢兢，坐不稳，跌下马来，蹲在路旁草料里，只叫：『大王饶命！大王饶命！』那为头的两个大汉道：『不打你，只是有盘缠留下。』长老方才省悟，知他是伙强人，却欠身抬头观看。但见他：

一个青脸獠牙欺太岁，一个暴睛圜眼赛丧门。鬓边红发如飘火，颔下黄须似插针。他两个头戴虎皮花磕脑，腰系貂裘彩战裙。一个手中执着狼牙棒，一个肩上横担扢挞藤。果然不亚巴山虎，真个犹如出水龙。

三藏见他这般凶恶，只得走起来，合掌当胸道：『大王，贫僧是东土唐王差往西天取经者。自别了长安，年深日久，就有些盘缠也使尽了。出家人专以乞化为由，那得个财帛！万望大王方便方便，让贫僧过去罢！』那两个贼帅众向前道：『我们在这里起一片虎心，截住要路，专要些财帛，甚么方便方便！你果无财帛，快早脱下衣服，留下白马，放你过去！』三藏道：『阿弥陀佛！贫僧这件衣服，是东家化布，西家化针，零零碎碎化来的。你若剥去，可不害杀我也？只是这世里做得好汉，那世里变畜生哩！』

那贼闻言大怒，掣大棍，上前就打。这长老口内不言，心中暗想道：『可怜！你只说你的棍子，还不知我徒弟的棍子哩！』那贼那容分说，举着棒，没头没脸的打来。长老一生不会说谎，遇着这急难处，没奈何，只得打个诳语道：『二位大王，且莫动手。我有个小徒弟，在后面就到。他身上有几两银子，把与你罢。』那贼道：『这和尚是也吃不得亏，且捆起来。』众喽罗一齐下手，把一条绳捆了，高高吊在树上。

却说三个撞祸精，随后赶来。八戒呵呵大笑道：『师父去得好快，不知在那里等我们哩。』忽见长老在树上，他又说：『你看师父。等便罢了，却又有这般心肠，爬上树去，扯着藤儿打秋千耍子哩！』行者见了道：『呆子，莫乱谈。师父吊在那里不是？你两个慢来，等我去看看。』好大圣，急登高坡细看，认得是伙强人。心中暗喜道：『造化，造化，买卖上门了！』即转步，摇身一变，变做个干干净净的小和尚，穿一领缁衣，年纪只有二八，肩上背着一个蓝布包袱。拽开步，来到前边，叫道：『师父，这是怎么说话？这都是些甚么歹人？』三藏道：『徒弟呀，还不救我一救，还问甚的？』行者道：『是干甚勾当的？』三藏道：『这一伙拦路的，把我拦住，要买路钱。因身边无物，遂把我吊在这里，只等你来计较计较。不然，把这匹马送与他罢。』行者闻言笑道：『师父不济。天下也有和尚，似你这样皮松的却少。唐太宗差你往西天见佛，谁教你把这龙马送人？』三藏道：『徒弟呀，似这等吊起来，打着要，怎生是好？』行者道：『你怎么与他说来？』三藏道：『他打的我急了，没奈何，把你供出来也。』行者道：『师父，你好没搭撒。你供我怎的？』三藏道：『我说你身边有些盘缠，且教道莫打我，是一时救难的话儿。』行者道：『好，好，好！承你抬举。正是这样供。若肯一个月供得七八十遭，老孙越有买卖。』

那伙贼见行者与他师父讲话，撒开势，围将上来道：『小和尚，你师父说你腰里有盘缠，趁早拿出来，饶你们性命！若道半个「不」字，就都送了你的残生！』行者放下包袱道：『列位长官，不要嚷。盘缠有些在此包袱，不多，只有马蹄金二十来锭，粉面银二三十锭，散碎的未曾见数。要时就连包儿拿去，切莫打我师父。古书云：「德者，本也；财者，末也。」此是末事。我等出家人，自有化处；若遇着个斋僧的长者，衬钱也有，衣服也有，能用几何？只望放下我师父来，我就一并奉承。』那伙贼闻言，都甚欢喜道：『这老和尚悭吝，这小和尚倒还慷慨。』教：『放下来。』那长老得了性命，跳上马，顾不得行者，操着鞭，一直跑回旧路。

行者忙叫道：『走错路了。』提着包袱，就要追去。那伙贼拦住道：『那里走？将盘缠留下，免得动刑！』行者笑道：『说开，盘缠须三分分之。』那贼头道：『这小和尚忒乖，就要瞒着他师父留起些儿。也罢，拿出来看。若多时，也分些与你背地里买果子吃。』行者道：『哥呀，不是这等说。我那里有甚盘缠？说你两个打劫别人的金银，是必分些与我。』那贼闻言大怒，骂道：『这和尚不知死活！你倒不肯与我，返问我要！不要走，看打！』轮起一条扢挞藤棍，照行者光头上打了七八下。行者只当不知，且满面陪笑道：『哥呀，若是这等打，就打到来年打罢春，也是不当真的。』那贼大惊道：『这和尚好硬头！』行者笑道：『不敢，不敢，承过奖了。也将就看得过。』那贼那容分说，两三个一齐乱打。行者道：『列位息怒，等我拿出来。』

好大圣，耳中摸一摸，拔出一个绣花针儿道：『列位，我出家人，果然不曾带得盘缠，只这个针儿送你罢。』那贼道：『晦气呀，把一个富贵和尚放了，却拿住这个穷秃驴！你好道会做裁缝？我要针做甚的？』行者听说不要，就拈在手中，幌了一幌，变作碗来粗细的一条棍子。那贼害怕道：『这和尚生得小，倒会弄术法儿。』行者将棍子插在地下道：『列位拿得动，就送你罢。』两个贼上前抢夺，可怜就如蜻蜓撼石柱，莫想弄动半分毫。这条棍本是如意金箍棒，天秤称的，一万三千五百斤重，那伙贼怎么知得。大圣走上前，轻轻的拿起，丢一个蟒翻身拗步势，指着强人道：『你都造化低，遇着我老孙了！』那贼上前来，又打了五六十下。行者笑道：『你也打得手困了，且让老孙打一棒儿，却休当真。』你看他展开棍子，幌一幌，有井栏粗细，七八丈长短；荡的一棍，把一个打倒在地，嘴唇揾土，再不做声。那一个开言骂道：『这秃厮老大无礼！盘缠没有，转伤我一个人！』行者笑道：『且消停，且消停！待我一个个打来，一发教你断了根罢！』『荡』的又一棍，把第二个又打死了，唬得那众娄罗撇枪弃棍，四路逃生而走。

却说唐僧骑着马，往东正跑，八戒、沙僧拦住道：『师父往那里去？错走路了。』长老兜马道：『徒弟啊，趁早去与你师兄说，教他棍下留情，莫要打杀那些强盗。』八戒道：『师父住下，等我去来。』呆子一路跑到前边，厉声高叫道：『哥哥，师父教你莫打人哩。』行者道：『兄弟，那曾打人？』八戒道：『那强盗往那里去了？』行者道：

『别个都散了，只是两个头儿在这里睡觉哩。』八戒笑道：『你两个遭瘟的，好道是熬了夜，这般辛苦，不往别处睡，却睡在此处！』呆子行到身边，看看道：『倒与我是一起的，干净张着口睡，淌出些粘涎来了。』行者道：『是老孙一棍子打出豆腐来了。』八戒道：『人头上又有豆腐？』行者道：『打出脑子来了！』

八戒听说打出脑子来，慌忙跑转去，对唐僧道：『散了伙也！』三藏道：『善哉，善哉！往那条路上去了？』八戒道：『打也打得直了脚，又会往那里去走哩！』三藏道：『你怎么说散伙？』八戒道：『打杀了，不是散伙是甚的？』三藏问：『打的怎么模样？』八戒道：『头上打了两个大窟窿。』三藏道：『解开包，取几文衬钱，快去那里讨两个膏药与他两个贴贴。』八戒笑道：『师父好没正经。膏药只好贴得活人的疮肿，那里好贴得死人的窟窿？』三藏道：『真打死了？』就恼起来，口里不住的絮絮叨叨，猢狲长，猴子短，兜转马，与沙僧、八戒至死人前，见那血淋淋的，倒卧山坡之下。

这长老甚不忍见，即着八戒：『快使钉钯，筑个坑子埋了，我与他念卷《倒头经》。』八戒道：『师父左使了人也。行者打杀人，还该教他去烧埋，怎么教老猪做土工？』行者被师父骂恼了，喝着八戒道：『泼懒夯货！趁早儿去埋！迟了些儿，就是一棍！』呆子慌了，往山坡下筑了有三尺深，下面都是石脚石根，扛住钯齿；呆子丢了钯，便把嘴拱；拱到软处，一嘴有二尺五，两嘴有五尺深，把两个贼尸埋了，盘作一个坟堆。三藏叫：『悟空，取香烛来，待我祷祝，好念经。』行者努着嘴道：『好不知趣！这半山之中，前不巴村，后不着店，那讨香烛？就有钱也无处去买。』三藏恨恨的道：『猴头过去！等我撮土焚香祷告。』这是三藏离鞍悲野冢，圣僧善念祝荒坟。祝云：

『拜惟好汉，听祷原因：念我弟子，东土唐人。奉太宗皇帝旨意，上西方求取经文。适来此地，逢尔多人，不知是何府何州何县，都在此山内结党成群。我以好话，哀告殷勤。尔等不听，返善生嗔。却遭行者，棍下伤身。切念尸骸暴露，吾随掩土盘坟。折青竹，为香烛，无光彩，有心勤；取顽石，作施食，无滋味，有诚真。你到森罗殿下兴词，倒树寻根，他姓孙，我姓陈，各居异姓。冤有头，债有主，切莫告我取经僧人。』

八戒笑道：『师父推了干净。他打时却也没有我们两个。』三藏真个又撮土祷告道：『好汉告状，只告行者，也不干八戒、沙僧之事。』大圣闻言，忍不住笑道：『师父，你老人家忒没情义。为你取经，我费了多少殷勤劳苦，如今打死这两个毛贼，你倒教他去告老孙。虽是我动手打，却也只是为你。你不往西天取经，我不与你做徒弟，怎么会来这里，会打杀人！索性等我祝他一祝。』攥着铁棒，望那坟上捣了三下，道：『遭瘟的强盗，你听着！我被你前七八棍，后七八棍，打得我不疼不痒的，触恼了性子，一差二误，将你打死了，尽你到那里去告，我老孙实是不怕：玉帝认得我，天王随得我；二十八宿惧我，九曜星官怕我；府县城隍跪我，东岳天齐怖我；十代阎君曾与我为仆从，

神狂诛草寇
道昧放心猿

那长老忽听得喊声，回头观看，后面有二三十人，枪刀簇簇而来。便叫：『徒弟啊，贼兵追至，怎生奈何！』行者道：『放心，放心，老孙了他去来！』三藏勒马道：『悟空，切莫伤人，只吓退他便罢。』

五路猖神曾与我当后生：不论三界五司，十方诸宰，都与我情深面熟，随你那里去告！』三藏见说出这般恶话，却又心惊道：『徒弟呀，我这祷祝是教你体好生之德，为良善之人；你怎么就认真起来？』行者道：『师父，这不是好耍子的勾当。且和你赶早寻宿去。』那长老只得怀嗔上马。

孙大圣有不睦之心，八戒、沙僧亦有嫉妒之意，师徒都面是背非。依大路向西正走，忽见路北下有一座庄院。三藏用鞭指定道：『我们到那里借宿去。』八戒道：『正是。』遂行至庄舍边下马。看时，却也好个住场。但见：

野花盈径，杂树遮扉。远岸流山水，平畦种麦葵。蒹葭露润轻鸥宿，杨柳风微倦鸟栖。青柏间松争翠碧，红蓬映蓼斗芳菲。村犬吠，晚鸡啼，牛羊食饱牧童归。爨烟结雾黄粱熟，正是山家入暮时。

长老向前，忽见那村舍门里走出一个老者，即与相见，道了问讯。那老者问道：『僧家从那里来？』三藏道：『贫僧乃东土大唐钦差往西天求经者。适路过宝方，天色将晚，特来檀府告宿一宵。』老者笑道：『你贵处到我这里，程途迢递，怎么涉水登山，独自到此？』三藏道：『贫僧还有三个徒弟同来。』老者问：『高徒何在？』三藏用手指道：『那大路旁立的便是。』老者猛抬头，看见他们面貌丑陋，急回身往里就走；被三藏扯住道：『老施主，千万慈悲，告借一宿！』老者战兢兢钳口难言，摇着头，摆着手道：『不，不，不，不像人模样！是，是，是几个妖精！』三藏陪笑道：『施主切休恐惧。我徒弟生得是这等相貌，不是妖精。』老者道：『爷爷呀，一个夜叉，一个马面，一个雷公！』行者闻言，厉声高叫道：『雷公是我孙子，夜叉是我重孙，马面是我玄孙哩！』那老者听见，魄散魂飞，面容失色，只要进去。三藏搀住他，同到草堂，陪笑道：『老施主，不要怕他。他都是这等粗鲁，不会说话。』

正劝解处，只见后面走出一个婆婆，携着五六岁的一个小孩儿，道：『爷爷，为何这般惊恐？』老者才叫：『妈妈，看茶来。』那婆婆真个丢了孩儿，入里面捧出二钟茶来。茶罢，三藏却转下来，对婆婆作礼道：『贫僧是东土大唐差往西天取经的。才到贵处，拜求尊府借宿，因是我三个徒弟貌丑，老家长见了虚惊也。』婆婆道：『见貌丑的就这等虚惊，若见了老虎豺狼，却怎么好？』老者道：『妈妈呀，人面丑陋还可，只是言语一发吓人。我说他像夜叉、马面、雷公，他吆喝道，雷公是他孙子，夜叉是他重孙，马面是他玄孙。我听此言，故然悚惧。』唐僧道：『不是，不是。像雷公的，是我大徒孙悟空。像马面的，是我二徒猪悟能。像夜叉的，是我三徒沙悟净。他们虽是丑陋，却也秉教沙门，皈依善果，不是甚么恶魔毒怪，怕他怎么！』

公婆两个，闻说他名号，皈正沙门之言，却才定性回惊，教：『请来，请来。』长老出门叫来。又吩咐道：『适才这老者甚恶你等。今进去相见，切勿抗礼，各要尊重些。』八戒道：『我俊秀，我斯文，不比师兄撒泼。』行者笑道：『不是嘴长耳大脸丑，便也是一个好男子。』沙僧道：『莫争讲，这里不是那抓乖弄俏之处。且进去，且进去！』

遂此把行囊、马匹，都到草堂上，齐同唱了个喏，坐定。那妈妈儿贤慧，即便携转小儿，吩咐煮饭，安排一顿素斋，他师徒吃了。渐渐晚了，又掌起灯来，都在草堂上闲叙。长老才问：『施主高姓？』老者道：『姓杨。』又问年纪，老者道：『七十四岁。』又问：『几位令郎？』老者道：『止得一个。适才妈妈携的是小孙。』长老：『请令郎相见拜揖。』老者道：『那厮不中拜。老拙命苦，养不着他，如今不在家了。』三藏道：『何方生理？』老者点头而叹：『可怜，可怜！若肯何方生理，是吾之幸也！那厮专生恶念，不务本等，专好打家截道，杀人放火！相交的都是些狐群狗党！自五日之前出去，至今未回。』三藏闻说，不敢言喘，心中暗想道：『或者悟空打杀的就是也。』长者神思不安，欠身道：『善哉，善哉！如此贤父母，何生恶逆儿！』行者近前道：『老官儿，似这等不良不肖、奸盗邪淫之子，连累父母，要他何用！等我替你寻他来打杀了罢。』老者道：『我待也要送了他，奈何再无以次人丁，纵是不才，一定还留他与老汉掩土。』沙僧与八戒笑道：『师兄，莫管闲事，你我不是官府。他家不肖，与我何干！且告施主，见赐一束草儿，在那厢打铺睡觉，天明走路。』老者即起身，着沙僧到后园里拿两个稻草，教他们在园中草团瓢内安歇。行者牵了马，八戒挑了行李，同长老俱到团瓢内安歇不题。

却说那伙贼内果有老杨的儿子。自天早在山前被行者打死两个贼首，他们都四散逃生。约摸到四更时候，又结坐一伙，在门前打门。老者听得门响，即披衣道：『妈妈，那厮们来也。』妈妈道：『既来，你去开门，放他来家。』老者方才开门，只见那一伙贼都嚷道：『饿了，饿了！』这老杨的儿子忙入里面，叫起他妻来，打米煮饭；却厨下无柴，往后园里拿柴到厨房里，问妻道：『后园里白马是那里的？』其妻道：『是东土取经的和尚，昨晚至此借宿，公公婆婆管待他一顿晚斋，教他在草团瓢内睡哩。』

那厮闻言，走出草堂，拍手打掌笑道：『兄弟们，造化！造化！冤家在我家里也！』众贼道：『那个冤家？』那厮道：『却是打死我们头儿的和尚，来我家借宿，现睡在草团瓢里。』众贼道：『却好，却好！拿住这些秃驴，一个个剁成肉酱，一则得那行囊、白马，二来与我们头儿报仇！』那厮道：『且莫忙，你们且去磨刀。等我煮饭熟了，大家吃饱些，一齐下手。』真个那些贼磨刀的磨刀，磨枪的磨枪。

那老儿听得此言，悄悄的走到后园，叫起唐僧四位道：『那厮领众来了。知得汝等在此，意欲图害。我老拙念你远来，不忍伤害。快早收拾行李，我送你往后门出去罢！』三藏听说，战兢兢的叩头谢了老者，即唤八戒牵马，沙僧挑担，行者拿了九环锡杖。老者开后门，放他去了，依旧悄悄的来前睡下。

却说那厮们磨快了刀枪，吃饱了饭食，时已五更天气，一齐来到园中看处，却不见了。即忙点灯着火，寻彀多时，四无踪迹，但见后门开着。都道：『从后门走了！走了！』发一声喊，『赶将上拿来。』一个个如飞似箭，直赶到东方日出，却才望见唐僧。

那长老忽听得喊声，回头观看，后面有二三十人，枪刀簇簇而来。便叫：『徒弟啊，贼兵追至，怎生奈何！』行者道：『放心，放心，老孙了他去来！』三藏勒马道：『悟空，切莫伤人，只吓退他便罢。』行者那肯听信，急掣棒回首相迎道：『列位那里去？』众贼骂道：『秃厮无礼！还我大王的命来！』那厮们圈子阵把行者围在中间，举枪刀乱砍乱搠。这大圣把金箍棒幌一幌，碗来粗细，把那伙贼打得星落云散，汤着的就死，挽着的就亡；搕着的骨折，擦着的皮伤；乖些的跑脱几个，痴些的都见阎王！

三藏在马上，见打倒许多人，慌的放马奔西。猪八戒与沙和尚，紧随鞭镫而去。行者问那不死带伤的贼人道：

道昧放心猿

行者上前，夺过刀来，把个穿黄的割下头来，血淋淋提在手中，收了铁棒，拽开云步，赶到唐僧马前，提着头道：『师父，这是杨老儿的逆子，被老孙取将首级来也。』三藏见了，大惊失色，慌得跌下马来，骂道：『这泼猢狲唬杀我也！快拿过，快拿过！』

『那个是那杨老儿的儿子？』那贼哼哼的告道：『爷爷，那穿黄的是！』行者上前，夺过刀来，把个穿黄的割下头来，血淋淋提在手中，收了铁棒，拽开云步，赶到唐僧马前，提着头道：『师父，这是杨老儿的逆子，被老孙取将首级来也。』三藏见了，大惊失色，慌得跌下马来，骂道：『这泼猢狲唬杀我也！快拿过，快拿过！』八戒上前，将人头一脚踢下路旁，使钉钯筑些土盖了。

沙僧放下担子，搀着唐僧道：『师父请起。』那长老在地下正了性，口中念起紧箍儿咒来，把个行者勒得耳红面赤，眼胀头昏，在地下打滚，只教：『莫念！莫念！』那长老念够有十余遍，还不住口。行者翻筋斗，竖蜻蜓，疼痛难禁，只叫：『师父饶我罪罢！有话便说。莫念！莫念！』三藏却才住口道：『没话说，我不要你跟了，你回去罢！』行者忍痛磕头道：『师父，怎的就赶我去耶？』三藏道：『你这泼猴，凶恶太甚，不是个取经之人。昨日在山坡下，打死那两个贼头，我已怪你不仁。及晚了到老者之家，蒙他赐斋借宿；又蒙他开后门放我等逃了性命；虽然他的儿子不肖，与我无干，也不该就枭他首；况又杀死多人，坏了多少生命，伤了天地多少和气。屡次劝你，更无一毫善念，要你何为！快走，快走！免得又念真言！』行者害怕，只教：『莫念，莫念！我去也！』说声去，一路筋斗云，无影无踪，遂不见了。咦！这正是：

心有凶狂丹不熟，神无定位道难成。

毕竟不知那大圣投向何方，且听下回分解。

真行者落伽山诉苦

行者望见菩萨，倒身下拜，止不住泪如泉涌，放声大哭。菩萨教木叉与善财扶起道：『悟空，有甚伤感之事，明明说来。莫哭，莫哭，我与你救苦消灾也。』

第五十七回　真行者落伽山诉苦　假猴王水帘洞誊文

却说孙大圣恼恼闷闷，起在空中，欲待回花果山水帘洞，恐本洞小妖见笑，笑我出乎尔反乎尔，不是个大丈夫之器；欲待要投奔天宫，又恐天宫内不容久住；欲待要投海岛，却又羞见三岛诸仙；欲待要奔龙宫，又不伏气求告龙王；真个是无依无倚，苦自忖量道：『罢，罢，罢！我还去见我师父，还是正果。』

遂按下云头，径至三藏马前侍立道：『师父，恕弟子这遭！向后再不敢行凶，受师父教诲。千万还得我保你西天去也。』唐僧见了，更不答应，兜住马，即念紧箍儿咒。颠来倒去，又念有二十余遍，把大圣咒倒在地，箍儿陷在肉里有一寸来深浅，方才住口道：『你不回去，又来缠我怎的？』行者只教：『莫念，莫念！我是有处过日子的，只怕你无我去不得西天。』三藏发怒道：『你这猢狲杀生害命，连累了我多少，如今实不要你了！我去得去不得，不干你事。快走，快走！迟了些儿，我又念真言。这番决不住口，把你脑浆都勒出来哩！』大圣疼痛难忍，见师父更不回心，没奈何，只得又驾筋斗云，起在空中。忽然省悟道：『这和尚负了我心，我且向普陀崖告诉观音菩萨去来。』

好大圣，拨回筋斗，那消一个时辰，早至南洋大海。住下祥光，直至落伽山上，撞入紫竹林中，忽见木叉行者迎面作礼道：『大圣何往？』行者道：『要见菩萨。』木叉即引行者至潮音洞口，又见善财童子作礼道：『大圣何来？』行者道：『有事要告菩萨。』善财听见一个『告』字，笑道：『好刁嘴猴儿！还像当时我拿住唐僧被你欺哩！我菩萨是个大慈大悲，大愿大乘，救苦救难，无边无量的圣善菩萨，有甚不是处，你要告他？』行者满怀闷气，一闻此言，心中怒发，咄的一声，把善财童子喝了个倒退，道：『这个背义忘恩的小畜生，着实愚鲁！你那时节作怪成精，我请菩萨收了你，皈正迦持，如今得这等极乐长生，自在逍遥，与天同寿，还不拜谢老孙，转倒这般侮慢！我是有事来告求菩萨，却怎么说我刁嘴要告菩萨？』善财陪笑道：『还是个急猴子。我与你作笑耍子，你怎么就变脸了？』

正讲处，只见白鹦哥飞来飞去，知是菩萨呼唤，木叉与善财，遂向前引导，至宝莲台下。行者望见菩萨，倒身下拜，止不住泪如泉涌，放声大哭。菩萨教木叉与善财扶起道：『悟空，有甚伤感之事，明明说来。莫哭，莫哭，我与你救苦消灾也。』行者垂泪再拜道：『当年弟子为人，曾受那个气来？自蒙菩萨解脱天灾，秉教沙门，保护唐僧往西天拜佛求经，我弟子舍身拚命，救解他的魔障，就如老虎口里夺脆骨，蛟龙背上揭生鳞。只指望归真正果，洗业除邪，怎知那长老背义忘恩，直迷了一片善缘，更不察皂白之苦！』菩萨道：『且说那皂白原因来我听。』行者即将那打杀草寇前后始终，细陈了一遍。却说唐僧因他打死多人，心生怨恨，不分皂白，遂念紧箍儿咒，赶他几次。上天无路，入地无门，特来告诉菩萨。菩萨道：『唐三藏奉旨投西，一心要秉善为僧，决不轻伤性命。似你有无量神通，何

苦打死许多草寇！草寇虽是不良，到底是个人身，不该打死。比那妖禽怪兽、鬼魅精魔不同。那个打死，是你的功绩；这人身打死，还是你的不仁。但祛退散，自然救了你师父。据我公论，还是的不善。』

行者噙泪叩头道：『纵是弟子不善，也当将功折罪，不该这般逐我。万望菩萨，舍大慈悲，将松箍儿咒念念，褪下金箍，交还与你，放我仍往水帘洞逃生去罢！』菩萨笑道：『紧箍儿咒，本是如来传我的。当年差我上东土寻取经人，赐我三件宝贝，乃是锦襕袈裟、九环锡杖、金紧禁三个箍儿。秘授与咒语三篇，却无甚么松箍儿咒。』行者道：『既如此，我告辞菩萨去也。』菩萨道：『你辞我往那里去？』行者道：『我上西天，拜告如来，求念松箍儿咒去也。』菩萨道：『你且住，我与你看看祥晦如何。』行者道：『不消看，只这样不祥也够了。』菩萨道：『我不看你，看唐僧的祥晦。』

好菩萨，端坐莲台，运心三界，慧眼遥观，遍周宇宙，霎时间开口道：『悟空，你那师父顷刻之际，就有伤身之难，不久便来寻你。你只在此处，待我与唐僧说，教他还同你去取经，了成正果。』孙大圣只得皈依，不敢造次，侍立于宝莲台下不题。

却说唐长老自赶回行者，教八戒引马，沙僧挑担，连马四口，奔西走不上五十里远近，三藏勒马道：『徒弟，自五更时出了村舍，又被那弼马温着了气恼，这半日饥又饥，渴又渴，那个去化些斋来我吃？』八戒道：『师父且请下马，等我看可有邻近的庄村，化斋去也。』三藏闻言，滚下马来。呆子纵起云头，半空中仔细观看，一望尽是山岭，莫想有个人家。八戒按下云来，对三藏道：『却是没处化斋。一望之间，全无庄舍。』三藏道：『既无化斋之处，且得些水来解渴也可。』八戒道：『等我去南山涧下取些水来。』沙僧即取钵盂，递与八戒。八戒托着钵盂，驾起云雾而去。那长老坐在路旁，等够多时，不见回来，可怜口干舌苦难熬。有诗为证。诗曰：

保神养气谓之精，情性原来一禀形。
心乱神昏诸病作，形衰精败道元倾。
三花不就空劳碌，四大萧条枉费争。
土木无功金水绝，法身疏懒几时成！

沙僧在旁，见三藏饥渴难忍，八戒又取水不来，只得稳了行囊，拴牢了白马道：『师父，你自在着，等我去催水来。』长老含泪无言，但点头相答。沙僧急驾云光，也向南山而去。

那师父独炼自熬，困苦太甚。正在怆惶之际，忽听得一声响亮，唬得长老欠身看处，原来是孙行者跪在路旁，双手捧着一个磁杯道：『师父，没有老孙，你连水也不能够哩。这一杯好凉水，你且吃口水解渴，待我再去化斋。』长老道：『我不吃你的水！立地渴死，我当任命！不要你了，你去罢！』行者道：『无我你去不得西天也。』三藏道：『去得去不得，不干你事！泼猢狲！只管来缠我做甚！』那行者变了脸，发怒生嗔，喝骂长老道：『你这个狠心的泼秃，十分贱我！』轮铁棒，丢了磁杯，望长老脊背上砑了一下。那长老昏晕在地，不能言语，被他把两个青毡包袱，提在手中，驾筋斗云，不知去向。

却说八戒托着钵盂，只奔山南坡下，忽见山凹之间，有一座草舍人家。原来在先看时，被山高遮住，未曾见得；今来到边前，方知是个人家。呆子暗想道：『我若是这等丑嘴脸，决然怕我，枉劳神思，断然化不得斋饭。须是变好，须是变好！』好呆子，捻着诀，念个咒，把身摇了七八摇，变作一个食痨病黄胖和尚，口里哼哼哝哝的，埃近门前，叫道：『施主，厨中有剩饭，路上有饥人。贫僧是东土来，往西天取经的。我师父在路饥渴了，家中有锅巴冷饭，千万化些儿救口。』原来那家子男人不在，都去插秧种谷去了；只有两个女人在家，正才煮了午饭，盛起两盆，却收拾送下田，锅里还有些饭与锅巴，未曾盛了。那女人见他这等病容，却又说东土往西天去的话，只恐他是病昏了胡说，又怕跌倒，死在门首。只得哄哄翕翕，将些剩饭锅巴，满满的与了一钵。呆子拿转来，现了本象，径回旧路。

正走间，听得有人叫『八戒』。八戒抬头看时，却是沙僧站在山崖上喊道：『这里来！这里来！』及下崖，迎至面前道：『这涧里好清水不舀，你往那里去的？』八戒笑道：『我到这里，见山凹子有个人家，我去化了这一钵干饭来了。』沙僧道：『饭也用着，只是师父渴得紧了，怎得水去？』八戒道：『要水也容易；你将衣襟来兜着这饭，等我使钵盂去舀水。』

二人欢欢喜喜，回至路上，只见三藏面磕地，倒在尘埃；白马撒缰，在路旁长嘶跑跳；行李担不见踪影。慌得八戒跌脚捶胸，大呼小叫道：『不消讲，不消讲，这还是孙行者赶走的余党，来此打杀师父，抢了行李去了！』沙僧道：『且去把马拴住！』只叫：『怎么好，怎么好！这诚所谓半途而废，中道而止也！』叫一声：『师父！』满眼抛珠，伤心痛哭。八戒道：『兄弟，且休哭。如今事已到此，取经之事，且莫说了。你看着师父的尸灵，等我把马骑到那个府州县乡村店集卖几两银子，买口棺木，把师父埋了，我两个各寻道路散伙。』

沙僧实不忍舍，将唐僧扳转身体，以脸温脸，哭一声：『苦命的师父！』只见那长老口鼻中吐出热气，胸前温暖。连声：『八戒，你来，师父未伤命哩！』那呆子才近前扶起。长老苏醒，呻吟一会，骂道：『好泼猢狲，打杀我也！』沙僧、八戒问道：『是那个猢狲？』长老不言，只是叹息。却讨水吃了几口，才说：『徒弟，你们刚去，那悟空更来缠我。是我坚执不收，他遂将我打了一棒，青毡包袱都抢去了。』八戒听说，咬响口中牙，发起心头火道：『叵耐这泼猴子，怎敢这般无礼！』教沙僧道：『你伏侍师父，等我到他家讨包袱去！』沙僧道：『你且休发怒。我们扶师父到那山凹人家化些热茶汤，将先化的饭热热，调理师父，再去寻他。』

八戒依言，把师父扶上马，拿着钵盂，兜着冷饭，直至那家门首。只见那家止有个老婆子在家，忽见他们，慌忙躲过。沙僧合掌道：『老母亲，我等是东土唐朝差往西天去者。师父有些不快，特拜府上，化口热茶汤，与他吃饭。』那妈妈道：『适才有个食痨病和尚，说是东土差来的，已化斋去了，又有个甚么东土的。我没人在家，请别转转。』长老闻言，扶着八戒，下马躬身道：『老婆婆，我弟子有三个徒弟，合意同心，保护我上天竺国大雷音拜佛求经。只因我大徒弟，唤孙悟空，一生凶恶，不遵善道，是我逐回，不期他暗暗走来，着我背上打了一棒，将我行囊衣钵抢去。如今要着一个徒弟寻他取讨，因在那空路上不是坐处，特来老婆婆府上权安息一时。待讨将行李来就行，决不敢久住。』那妈妈道：『刚才一个食痨病黄胖和尚，他化斋去了，也说是东土往西天去的，怎么又有一起？』八戒忍不住笑道：『就是我。因我生得嘴长耳大，恐你家害怕，不肯与斋，故变作那等模样。你不信，我兄弟衣兜里不是你家锅巴饭？』那妈妈认得果是他与的饭，遂不拒他，留他们坐了。却烧了一罐热茶，递与沙僧泡饭。

沙僧即将冷饭泡了，递与师父。师父吃了几口，定性多时道：『那个去讨行李？』八戒道：『我前年因师父赶他回去，我曾寻他一次，认得他花果山水帘洞。等我去，等我去！』长老道：『你去不得。那猢狲原与你不和，你又说话粗鲁，或一言两句之间，有些差池，他就要打你。着悟净去罢。』沙僧应承道：『我去，我去。』长老又吩咐沙僧道：『你到那里，须看个头势。他若肯与你包袱，你就假谢谢拿来；若不肯，切莫与他争竞，径至南海菩萨处，将此情告诉，请菩萨去问他要。』沙僧一一听从。向八戒道：『我今寻他去，你千万莫僝僽，好生供养师父。这人家亦不可撒泼，恐他不肯供饭。我去就回。』八戒点头道：『我理会得。但你去讨得讨不得，次早回来，不要弄做「尖担担柴两头脱」也。』沙僧遂捻了诀，驾起云光，直奔东胜神洲而去。真个是：

身在神飞不守舍，有炉无火怎烧丹。
黄婆别主求金老，木母延师奈病颜。
此去不知何日返，这回难量几时还。
五行生克情无顺，只待心猿复进关。

那沙僧在半空里，行经三昼夜，方到了东洋大海。忽闻波浪之声，低头观看，真个是：

黑雾涨天阴气盛，沧溟衔日晓光寒。

他也无心观玩，望仙山渡过瀛州，向东方直抵花果山界。乘海风，踏水势，又多时，却望见高峰排戟，峻壁悬

假猴王水帘洞誊文

他也无心观玩，望仙山渡过瀛州，向东方直抵花果山界。乘海风，踏水势，又多时，却望见高峰排戟，峻壁悬屏。即至峰头，按云找路下山，寻水帘洞。步近前，只听得一派喧声，见那山无数猴精，滔滔乱嚷。沙僧又近前仔细再看，原来是孙行者高坐石台之上，双手扯着一张纸，朗朗的念道。

屏。即至峰头，按云找路下山，寻水帘洞。步近前，只听得一派喧声，见那山无数猴精，滔滔乱嚷。沙僧又近前仔细再看，原来是孙行者高坐石台之上，双手扯着一张纸，朗朗的念道：

『东土大唐王皇帝李，驾前敕命御弟圣僧陈玄奘法师，上西方天竺国娑婆灵山大雷音寺专拜如来佛祖求经。朕因促病侵身，魂游地府，幸有阳数臻长，感冥君放送回生，广陈善会，修建度亡道场。盛蒙救苦救难观世音菩萨金身出现，指示西方有佛有经，可度幽亡超脱，特着法师玄奘，远历千山，询求经偈。倘过西邦诸国，不灭善缘，照牒施行。

大唐贞观一十三年秋吉日御前文牒。

自别大国以来，经度诸邦，中途收得大徒弟孙悟空行者，二徒弟猪悟能八戒，三徒弟沙悟净和尚。』

念了从头又念。沙僧听得是通关文牒，止不住近前厉声高叫：『师兄，师父的关文你念他怎的？』那行者闻言，急抬头，不认得是沙僧，叫：『拿来！拿来！』众猴一齐围绕，把沙僧拖拖扯扯，拿近前来，喝道：『你是何人，擅敢近吾仙洞？』沙僧见他变了脸，不肯相认，只得朝上行礼道：『上告师兄。前者实是师父性暴，错怪了师兄，把师兄咒了几遍，逐赶回家。一则弟等未曾劝解，二来又为师父饥渴去寻水化斋。不意师兄好意复来，又怪师父执法不留，遂把师父打倒，昏晕在地，将行李抢去。后救转师父，特来拜兄。若不恨师父，还念昔日解脱之恩，同小弟将行李回见师父，共上西天，了此正果。倘怨恨之深，不肯同去，千万把包袱赐弟，兄在深山，乐桑榆晚景，亦诚两全其美也。』

行者闻言，呵呵冷笑道：『贤弟，此论甚不合我意。我打唐僧，抢行李，不因我不上西方，亦不因我爱居此地；我今熟读了牒文，我自己上西方拜佛求经，送上东土，我独成功，教那南赡部洲人立我为祖，万代传名也。』沙僧笑道：『师兄言之欠当。自来没个「孙行者取经」之说。我佛如来造下三藏真经，原着观音菩萨向东土寻取经人求经，要我们苦历千山，询求诸国，保护那取经人。菩萨曾言：取经人乃如来门生，号曰金禅长老。只因他不听佛祖谈经，贬下灵山，转生东土，教他果正西方，复修大道。遇路上该有这般魔障，解脱我等三人，与他做护法。兄若不得唐僧去，那个佛祖肯传经与你！却不是空劳一场神思也？』那行者道：『贤弟，你原来懞懂，但知其一，不知其二。谅你说你有唐僧，同我保护，我就没有唐僧？我这里另选个有道的真僧在此，老孙独力扶持，有何不可！已选明日大走起身去矣。你不信，待我请来你看。』叫：『小的们，快请老师父出来！』果跑进去，牵出一匹白马，请出一个唐三藏，跟着一个八戒，挑着行李；一个沙僧，拿着锡杖。

这沙僧见了大怒道：『我老沙行不更名，坐不改姓，那里又有一个沙和尚！不要无礼，吃我一杖！』好沙僧，双手举降妖杖，把一个『假沙僧』劈头一下打死，原来这是一个猴精。那行者恼了，轮金箍棒，帅众猴，把沙僧围了。沙僧东冲西撞，打出路口，纵云雾逃生道：『这泼猴如此惫懒，我告菩萨去来！』那行者见沙僧打死一个猴精，把沙和尚逼得走了，他也不来追赶。回洞教小的们把打死的妖尸拖在一边，剥了皮，取肉煎炒，将椰子酒、葡萄酒，同众猴都吃了。另选一个会变化的妖猴，还变一个沙和尚，从新教道，要上西方不题。

沙僧一驾云离了东海，行经一昼夜，到了南海。正行时，早见落伽山不远，急至前，低停云雾观看。好去处！果然是：

包乾之奥，括坤之区。会百川而浴日滔星，归众流而生风漾月。潮发腾凌大鲲化，波翻浩荡巨鳌游。水通西北海，浪合正东洋。四海相连同地脉，仙方洲岛各仙宫。休言满地蓬莱，且看普陀云洞。好景致！山头霞彩壮元精，岩下祥风漾月晶。紫竹林中飞孔雀，绿杨枝上语灵鹦。琪花瑶草年年秀，宝树金莲岁岁生。白鹤几番朝顶上，素鸾数次到山亭。游鱼也解修真性，跃浪穿波听讲经。

沙僧徐步落伽山，玩看仙境。只见木叉行者当面相迎道：『沙悟净，你不保唐僧取经，却来此何干？』沙僧作礼毕，道：『有一事特来朝见菩萨，烦为引见引见。』木叉情知是寻行者，更不题起，即先进去对菩萨道：『外有唐僧的小徒弟沙悟净朝拜。』孙行者在台下听见，笑道：『这定是唐僧有难，沙僧来请菩萨的。』菩萨即命木叉门外叫进。这沙僧倒身下拜。拜罢，抬头正欲告诉前事，忽见孙行者站在旁边，等不得说话，就掣降妖杖望行者劈脸便打。这行者更不回手，彻身躲过。沙僧口里乱骂道：『我把你个犯十恶造反的泼猴！你又来影瞒菩萨哩！』菩萨喝道：『悟净不要动手。有甚事先与我说。』

沙僧收了宝杖，再拜台下，气冲冲的对菩萨道：『这猴一路行凶，不可数计。前日在山坡下打杀两个剪路的强人，师父怪他；不期晚间就宿在贼窝主家里，又把一伙贼人尽情打死，又血淋淋提一个人头来与师父看。师父唬得跌下马来，骂了他几句，赶他回来。分别之后，师父饥渴太甚，教八戒去寻水。久等不来，又教我去寻他。不期孙行者见我二人不在，复回来把师父打一铁棍，将两个青毡包袱抢去。我等回来，将师父救醒，特来他水帘洞寻他讨包袱。不想他变了脸，不肯认我，将师父关文念了又念。我问他念了做甚，他说不保唐僧，他要自上西天取经，送上东土，算他的功果，立他为祖，万古传扬。我又说：「没唐僧，那肯传经与你？」他说他选了一个有道的真僧。及请出，果是一匹白马，一个唐僧，后跟着八戒、沙僧。我道：「我便是沙和尚，那里又有个沙和尚？」是我赶上前，打了他一宝杖，原来是个猴精。他就帅众拿我，是我特来告请菩萨。不知他会使筋斗云，预先到此处；又不知他将甚巧语花言，影瞒菩萨也。』菩萨道：『悟净，不要赖人。悟空到此，今已四日。我更不曾放他回去，他那里有另请唐僧，自去取经之意？』沙僧道：『见如今水帘洞有一个孙行者，怎敢欺诳？』菩萨道：『既如此，你休发

急，教悟空与你同去花果山看看。是真难灭，是假易除。到那里自见分晓。』这大圣闻言，即与沙僧辞了菩萨。这一去，到那：

花果山前分皂白，水帘洞口辨真邪。

毕竟不知如何分辨，且听下回分解。

二心搅乱大乾坤

这大圣怒发，一撒手，撇了沙和尚，掣铁棒上前骂道：『你是何等妖邪，敢变我的相貌，敢占我的儿孙，擅居吾仙洞，擅作这威福！』那行者见了，公然不答，也使铁棒来迎。二行者在一处，果是不分真假。

第五十八回 二心搅乱大乾坤 一体难修真寂灭

这行者与沙僧拜辞了菩萨，纵起两道祥光，离了南海。原来行者筋斗云快，沙和尚仙云觉迟，行者就要先行。沙僧扯住道：『大哥不必这等藏头露尾，先去安根。待小弟与你一同走。』大圣本是良心，沙僧却有疑意。真个二人同驾云而去。不多时，果见花果山。按下云头，二人洞外细看，果见一个行者，高坐石台之上，与群猴饮酒作乐。模样与大圣无异：也是黄发金箍，金睛火眼；身穿也是绵布直裰，腰系虎皮裙；手中也拿一条儿金箍铁棒，足下也踏一双麂皮靴；也是这等毛脸雷公嘴，朔腮别土星，查耳额颅阔，獠牙向外生。

这大圣怒发，一撒手，撇了沙和尚，掣铁棒上前骂道：『你是何等妖邪，敢变我的相貌，敢占我的儿孙，擅居吾仙洞，擅作这威福！』那行者见了，公然不答，也使铁棒来迎。二行者在一处，果是不分真假。好打呀：

两条棒，二猴精，这场相敌实非轻。都要护持唐御弟，各施功绩立英名。真猴实受沙门教，假怪虚称佛子情。盖为神通多变化，无真无假两相平。一个是混元一气齐天圣，一个是久炼千灵缩地精。这个是如意金箍棒，那个是随心铁杆兵。隔架遮拦无胜败，撑持抵敌没输赢。先前交手在洞外，少顷争持起半空。

他两个各踏云光，跳斗上九霄云内。沙僧在旁，不敢下手，见他们战此一场，诚然难认真假；欲待拔刀相助，又恐伤了真的。忍耐良久，且纵身跳下山崖，使降妖宝杖，打近水帘洞外，惊散群妖，掀翻石凳，把饮酒食肉的器皿，尽情打碎；寻他的青毡包袱，四下里全然不见。原来他水帘洞本是一股瀑布飞泉，遮挂洞门，远看似一条白布帘儿，近看乃是一股水脉，故曰水帘洞。沙僧不知进步来历，故此难寻。即便纵云，赶到九霄云里，轮着宝杖，又不好下手。

大圣道：『沙僧，你既助不得力，且回复师父，说我等这般这般，等老孙与此妖打上南海落伽山菩萨前辨个真假。』道罢，那行者也如此说。沙僧见两个相貌声音，更无一毫差别，皂白难分，只得依言，拨转云头，回复唐僧不题。

你看那两个行者，且行且斗，直嚷到南海，径至落伽山，打打骂骂，喊声不绝。早惊动护法诸天，即报入潮音洞里道：『菩萨，果然两个孙悟空打将来也。』那菩萨与木叉行者、善财童子、龙女降莲台出门喝道：『那孽畜那里走！』这两个递相揪住道：『菩萨，这厮果然像弟子模样。才自水帘洞打起，战斗多时，不分胜负。沙悟净肉眼愚蒙，不能分识，有力难助，是弟子教他回西路去回复师父，我与这厮打到宝山，借菩萨慧眼，与弟子认个真假，辨明邪正。』道罢，那行者也如此说一遍。众诸天与菩萨都看良久，莫想能认。菩萨道：『且放了手，两边站下，等我再看。』果然撒手，两边站定。这边说：『我是真的！』那边说：『他是假的！』

菩萨唤木叉与善财上前，悄悄吩咐：『你一个帮住一个，等我暗念紧箍儿咒，看那个害疼的便是真，不疼的便是假。』他二人果各帮一个。菩萨暗念真言，两个一齐喊疼，都抱着头，地下打滚，只叫：『莫念，莫念！』菩萨不念，他两个又一齐揪住，照旧嚷斗。菩萨无计奈何，即令诸天、木叉，上前助力。众神恐伤真的，亦不敢下手。菩萨叫声『孙悟空』，两个一齐答应。菩萨道：『你当年官拜「弼马温」，大闹天宫时，神将皆认得你；你且上界去分辨回话。』这大圣谢恩，那行者也谢恩。

二人扯扯拉拉，口里不住的嚷斗，径至南天门外，慌得那广目天王帅马、赵、温、关四大天将，及把门大小众神，各使兵器挡住道：『那里走，此间可是争斗之处！』大圣道：『我因保护唐僧往西天取经，在路上打杀贼徒，那三藏赶我回去，我径到普陀崖见观音菩萨诉告，不想这妖精，几时就变作我的模样，打倒唐僧，抢去包袱。有沙僧至花果山寻讨，只见这妖精占了我的巢穴。后到普陀崖告请菩萨，又见我侍立台下，沙僧诳说是我驾筋斗云，又先在菩萨处遮饰。菩萨却是个正明，不听沙僧之言，命我同他到花果山看验。原来这妖精果像老孙模样。才自水帘洞打到普陀山见菩萨，菩萨也难识认，故打至此间，烦诸天眼力，与我认个真假。』道罢，那行者也似这般这般说了一遍。众天神看够多时，也不能辨。他两个吆喝道：『你们既不能认，让开路，等我们去见玉帝！』

众神搪抵不住，放开天门，直至灵霄宝殿。马元帅同张、葛、许、邱四天师奏道：『下界有一般两个孙悟空，打进天门，口称见王。』说不了，两个直嚷将进来，唬得那玉帝即降立宝殿，问曰：『你两个因甚事擅闹天宫，嚷至朕前寻死！』大圣口称：『万岁，万岁！臣今皈命，秉教沙门，再不敢欺心诳上；只因这个妖精变作臣的模样，……』如此如彼，把前情备陈了一遍。『……指望与臣辨个真假！』那行者也如此陈了一遍。玉帝即传旨宣托塔李天王，教：『把「照妖镜」来照这厮谁真谁假，教他假灭真存。』天王即取镜照住，请玉帝同众神观看。镜中乃是两个孙悟空的影子；金箍、衣服，毫发不差。玉帝亦辨不出，赶出殿外。这大圣呵呵冷笑，那行者也哈哈欢喜，揪头抹颈，复打出天门，坠落西方路上道：『我和你见师父去！我和你见师父去！』

却说那沙僧自花果山辞他两个，又行了三昼夜，回至本庄，把前事对唐僧说了一遍。唐僧自家悔恨道：『当时只说是孙悟空打我一棍，抢去包袱，岂知却是妖精假变的行者！』沙僧又告道：『这妖又假变一个长老，一匹白马；又有一个八戒挑着我们包袱，又有一个变作是我。我忍不住恼怒，一杖打死，原是一个猴精。因此惊散，又到菩萨处诉告。菩萨着我与师兄又同去识认，那妖果与师兄一般模样。我难助力，故先来回复师父。』三藏闻言，大惊失色。八戒哈哈大笑道：『好，好，好！应了这施主家婆婆之言了！他说有几起取经的，这却不又是一起？』

那家子老老小小的，都来问沙僧：『你这几日往何处讨盘缠去的？』沙僧笑道：『我往东胜神洲花果山寻大师兄取讨行李，又到南海普陀山拜见观音菩萨，却又到花果山，方才转回至此。』那老者又问：『往返有多少路程？』沙僧道：『约有二十余万里。』老者道：『爷爷呀，似这几日，就走了这许多路，只除是驾云，方能够得到！』八戒道：『不是驾云，如何过海？』沙僧道：『我们那算得走路，若是我大师兄，只消一二日，可往回也。』那家子听言，都说是神仙。八戒道：『我们虽不是神仙，神仙还是我们的晚辈哩！』

正说间，只听半空中喧哗人嚷。慌得都出来看，却是两个行者打将来。八戒见了，忍不住手痒道：『等我去认认看。』好呆子，急纵身跳起，望空高叫道：『师兄莫嚷，我老猪来也！』那两个一齐应道：『兄弟，来打妖精，来打妖精！』那家子又惊又喜道：『是几位腾云驾雾的罗汉歇在我家！就是发愿斋僧的，也斋不着这等好人！』更不计较茶饭，愈加供养。又说：『这两个行者只怕斗出不好来，地覆天翻，作祸在那里！』三藏见那老者当面是喜，背后是忧，即开言道：『老施主放心，莫生忧叹。贫僧收伏了徒弟，去恶归善，自然谢你。』那老者满口回答道：『不敢，不敢！』沙僧道：『施主休讲，师父可坐在这里，等我和二哥去，一家扯一个来到你面前，你就念念那话儿，看那个害疼的就是真的，不疼的就是假的。』三藏道：『言之极当。』

沙僧果起在半空道：『二位住了手，我同你到师父面前辨个真假去。』这大圣放了手，那行者也放了手。沙僧搀住一个，叫道：『二哥，你也搀住一个。』果然搀住，落下云头，径至草舍门外。三藏见了，就念紧箍儿咒。二人一齐叫苦道：『我们这等苦斗，你还咒我怎的？莫念，莫念！』那长老本心慈善，遂住了口不念，却也不认得真假。他两个挣脱手，依然又打。这大圣道：『兄弟们，保着师父，等我与他打到阎王前折辨去也！』那行者也如此说。二人抓抓挜挜，须臾，又不见了。

八戒道：『沙僧，你既到水帘洞，看见「假八戒」挑着行李，怎么不抢将来？』沙僧道：『那妖精见我使宝杖打他「假沙僧」，他就乱围上来要拿，是我顾性命走了。及告菩萨，与行者复至洞口，他两个打在空中，是我去掀翻他的石凳，打散他的小妖，只见一股瀑布泉水流，竟不知洞门开在何处，寻不着行李，所以空手回复师命也。』八戒道：『你原来不晓得。我前年请他去时，先在洞门外相见；后被我说泛了他，他就跳下，去洞里换衣来时，我看见他将身往水里一钻。那一股瀑布水流，就是洞门。想必那怪将我们包袱收在那里面也。』三藏道：『你既知此门，你可趁他都不在家，可先到他洞里取出包袱，我们往西天去罢。他就来，我也不用他了。』八戒道：『我去。』沙僧说：『二哥，他那洞前有千数小猴，你一人恐弄他不过，反为不美。』八戒笑道：『不怕！不怕！』急出门，纵着云雾，径上花果山寻取行李不题。

却说那两个行者又打嚷到阴山背后，唬得那满山鬼战战兢兢，藏藏躲躲。有先跑的，撞入阴司门里，报上森罗宝殿道：『大王，背阴山上，有两个齐天大圣打得来也！』慌得那第一殿秦广王传报与二殿楚江王、三殿宋帝王、四殿卞城王、五殿阎罗王、六殿平等王、七殿泰山王、八殿都市王、九殿忤官王、十殿转轮王。一殿转一殿，霎时间，十王会齐，又着人飞报与地藏王。尽森罗殿上，点聚阴兵，等擒真假。只听得那强风滚滚，惨雾漫漫，二行者一翻一滚的，打至森罗殿下。

阴君近前挡住道：『大圣有何事，闹我幽冥？』这大圣道：『因保唐僧西天取经，路过西梁国，至一山，有强贼截劫我师，是老孙打死几个，师父怪我，把我逐回。我随到南海菩萨处诉告，不知那妖精怎么就绰着口气，假变作我的模样，在半路上打倒师父，抢夺了行李。师弟沙僧，向我本山取讨包袱，这妖假立师名，要往西天取经。沙僧逃遁至南海见菩萨，我正在侧。他备说原因，菩萨又命我同他至花果山观看，果被这厮占了我巢穴。我与他争辨到菩萨处，其实相貌、言语等俱一般，菩萨也难辨真假。又与这厮打上天堂，众神亦果难辨，因见我师。我师念紧箍儿咒

二心搅乱大乾坤
一体难修真寂灭

那猕猴闻得如来说出他的本象，胆战心惊，急纵身，跳起来就走。如来见他走时，即令大众下手。早有四菩萨、八金刚、五百阿罗、三千揭谛、比丘僧、比丘尼、优婆塞、优婆夷、观音、木叉，一齐围绕。孙大圣也要上前。

试验，与我一般疼痛。故此闹至幽冥，望阴君与我查看生死簿，看「假行者」是何出身，快早追他魂魄，免教二心沌乱。』那怪亦如此说一遍。阴君闻言，即唤管簿判官一一从头查勘，更无个『假行者』之名。再看毛虫之簿，那猴子一百三十条已是孙大圣幼年得道之时，大闹阴司，消死名一笔勾之，自后来凡是猴属，尽无名号。查勘毕，当殿回报。阴君各执笏，对行者道：『大圣，幽冥处既无名号可查，你还到阳间去折辨。』

正说处，只听得地藏王菩萨道：『且住！且住！等我着谛听与你听个真假。』原来那谛听是地藏菩萨经案下伏的一个兽名。他若伏在地下，一霎时，将四大部洲山川社稷，洞天福地之间，蠃虫、鳞虫、毛虫、羽虫、昆虫、天仙、地仙、神仙、人仙、鬼仙可以照鉴善恶，察听贤愚。那兽奉地藏钧旨，就于森罗庭院之中，俯伏在地。须臾，抬起头来，对地藏道：『怪名虽有，但不可当面说破，又不能助力擒他。』地藏道：『当面说出便怎么？』谛听道：『当面说出，恐妖精恶发，搔扰宝殿，致令阴府不安。』又问：『何为不能助力擒拿？』谛听道：『妖精神通，与孙大圣无二。幽冥之神，能有多少法力，故此不能擒拿。』地藏道：『似这般怎生袪除？』谛听言：『佛法无边。』地藏早已省悟。即对行者道：『你两个形容如一，神通无二，若要辨明，须到雷音寺释迦如来那里，方得明白。』两个一齐嚷道：『说的是！说的是！我和你西天佛祖之前折辨去！』那十殿阴君送出，谢了地藏，回上翠云宫，着鬼使闭了幽冥关隘不题。

看那两个行者，飞云奔雾，打上西天。有诗为证，诗曰：

人有二心生祸灾，天涯海角致疑猜。
欲思宝马三公位，又忆金銮一品台。
南征北讨无休歇，东挡西除未定哉。

　　禅门须学无心诀，静养婴儿结圣胎。

他两个在那半空里，扯扯拉拉，抓抓挜挜，且行且斗。直嚷至大西天灵鹫仙山雷音宝刹之外。早见那四大菩萨、八大金刚、五百阿罗、三千揭谛、比丘尼、比丘僧、优婆塞、优婆夷诸大圣众，都到七宝莲台之下，各听如来说法。那如来正讲到这：

　　不有中有，不无中无。不色中色，不空中空。非有为有，非无为无。非色为色，非空为空。空即是空，色即是色。色无定色，色即是空。空无定空，空即是色。知空不空，知色不色。名为照了，始达妙音。

概众稽首皈依。流通诵读之际，如来降天花普散缤纷，即离宝座，对大众道：『汝等俱是一心，且看二心竞斗而来也。』

大众举目看之，果是两个行者，吆天喝地，打至雷音胜境。慌得那八大金刚，上前挡住道：『汝等欲往那里去？』这大圣道：『妖精变作我的模样，欲至宝莲台下，烦如来为我辨个虚实也。』

众金刚抵挡不住。直嚷至台下，跪于佛祖之前，拜告道：『弟子保护唐僧，来造宝山，求取真经，一路上炼魔缚怪，不知费了多少精神。前至中途，偶遇强徒劫掳，委是弟子二次打伤几人。师父怪我赶回，不容同拜如来金身。弟子无奈，只得投奔南海，见观音诉苦。不期这个妖精，假变弟子声音、相貌，将师父打倒，把行李抢去。师弟悟净寻至我山，被这妖假捏巧言，说有真僧取经之故。悟净脱身至南海，备说详细。观音知之，遂令弟子同悟净再至我山。因此，两人比并真假，打至南海，又打到天宫，又曾打见唐僧，打见冥府，俱莫能辨认。故此大胆轻造，千乞大开方便之门，广垂慈悯之念，与弟子辨明邪正，庶好保护唐僧亲拜金身，取经回东土，永扬大教。』

大众听他两张口一样声俱说一遍，众亦莫辨；惟如来则通知之。正欲道破，忽见南下彩云之间，来了观音，参拜

我佛。

我佛合掌道：『观音尊者，你看那两个行者，谁是真假？』菩萨道：『前日在弟子荒境，委不能辨。他又至天宫、地府，亦俱难认。特来拜告如来，千万与他辨明辨明。』如来笑道：『汝等法力广大，只能普阅周天之事，不能遍识周天之物，亦不能广会周天之种类也。』菩萨又请示周天种类。如来才道：『周天之内有五仙：乃天、地、神、人、鬼。有五虫：乃蠃、鳞、毛、羽、昆。这厮非天、非地、非神、非人、非鬼；亦非蠃、非鳞、非毛、非羽、非昆。又有四猴混世，不入十类之种。』

菩萨道：『敢问是那四猴？』如来道：『第一是灵明石猴，通变化，识天时，知地利，移星换斗；第二是赤尻马猴，晓阴阳，会人事，善出入，避死延生；第三是通臂猿猴，拿日月，缩千山，辨休咎，乾坤摩弄；第四是六耳猕猴，善聆音，能察理，知前后，万物皆明。此四猴者，不入十类之种，不达两间之名。我观「假悟空」乃六耳猕猴也。此猴若立一处，能知千里外之事；凡人说话，亦能知之；故此善聆音，能察理，知前后，万物皆明。与真悟空同象同音者，六耳猕猴也。』

那猕猴闻得如来说出他的本象，胆战心惊，急纵身，跳起来就走。如来见他走时，即令大众下手。早有四菩萨、八金刚、五百阿罗、三千揭谛、比丘僧、比丘尼、优婆塞、优婆夷、观音、木叉，一齐围绕。孙大圣也要上前。如来道：『悟空休动手，待我与你擒他。』那猕猴毛骨悚然，料着难脱，即忙摇身一变，变作个蜜蜂儿，往上便飞。如来将金钵盂撇起去，正盖着那蜂儿，落下来。大众不知，以为走了。如来笑云：『大众休言。妖精未走，见在我这钵盂之下。』大众一发上前，把钵盂揭起，果然见了本象，是一个六耳猕猴。孙大圣忍不住，轮起铁棒，劈头一下打死，至今绝此一种。

如来不忍，道声：『善哉！善哉！』大圣道：『如来不该慈悯他。他打伤我师父，抢夺我包袱，依律问他个得财伤人，白昼抢夺，也该个斩罪哩！』如来道：『你自快去保护唐僧来此求经罢。』大圣叩头谢道：『上告如来得知。那师父定是不要我；我此去，若不收留，却不又劳一番神思！望如来方便，把松箍儿咒念一念，褪下这个金箍，交还如来，放我还俗去罢。』如来道：『你休乱想，切莫放刁。我教观音送你去，不怕他不收。好生保护他去，那时功成归极乐，汝亦坐莲台。』

那观音在旁听说，即合掌谢了圣恩。领悟空，辄驾云而去。随后木叉行者、白鹦哥，一同赶上。不多时，到了中途草舍人家。沙和尚看见，急请师父拜门迎接。菩萨道：『唐僧，前日打你的，乃「假打者」六耳猕猴也。幸如来知识，已被悟空打死。你今须是收留悟空。一路上魔障未消，必得他保护你，才得到灵山，见佛取经。再休嗔怪。』三

一体难修真寂灭

如来笑云：『大众休言。妖精未走，见在我这钵盂之下。』大众一发上前，把钵盂揭起，果然见了本象，是一个六耳猕猴。孙大圣忍不住，轮起铁棒，劈头一下打死，至今绝此一种。

藏叩头道：『谨遵教旨。』

正拜谢时，只听得正东上狂风滚滚，众目视之，乃猪八戒背着两个包袱，驾风而至。呆子见了菩萨，倒身下拜道：『弟子前日别了师父至花果山水帘洞寻得包袱，果见一个「假唐僧」、「假八戒」，都被弟子打死，原是两个猴身。却入里，方寻着包袱。当时查点，一物不少。却驾风转此。更不知两行者下落如何。』菩萨把如来识怪之事，说了一遍。那呆子十分欢喜，称谢不尽。师徒们拜谢了，菩萨回海，却都照旧合意同心，洗冤解怒。又谢了那村舍人家，整束行囊、马匹，找大路而西。正是：

中道分离乱五行，降妖聚会合元明。
神归心舍禅方定，六识祛降丹自成。

毕竟这去，不知三藏几时得面佛求经，且听下回分解。

唐三藏路阻火焰山

那罗刹女与行者相持到晚，见行者棒重，却又解数周密，料斗他不过，即便取出芭蕉扇，幌一幌，一扇阴风，把行者　得无影无形，莫想收留得住。这罗刹得胜回归。

第五十九回　唐三藏路阻火焰山　孙行者一调芭蕉扇

若干种性本来同，海纳无穷。千思万虑终成妄，般般色色和融。有日功完行满，圆明法性高隆。休教差别走西东，紧锁牢革龙。收来安放丹炉内，炼得金乌一样红。朗朗辉辉娇艳，任教出入乘龙。

话表三藏遵菩萨教旨，收了行者，与八戒、沙僧剪断二心，锁革龙猿马，同心戮力，赶奔西天。说不尽光阴似箭，日月如梭。历过了夏月炎天，却又值三秋霜景。但见那：

薄云断绝西风紧，鹤鸣远岫霜林锦。光景正苍凉，山长水更长。征鸿来北塞，玄鸟归南陌。客路怯孤单，衲衣容易寒。

师徒四众，进前行处，渐觉热气蒸人。三藏勒马道：『如今正是秋天，却怎返有热气？』八戒道：『原来不知。

西方路上有个斯哈哩国，乃日落之处，俗呼为「天尽头」。若到申酉时，国王差人上城，擂鼓吹角，混杂海沸之声。日乃太阳真火，落于西海之间，如火淬水，接声滚佛；若无鼓角之声混耳，即振杀城中小儿。此地热气蒸人，想必到日落之处也。」大圣听说，忍不住笑道：「呆子莫乱谈！若论斯哈哩国，正好早哩。似师父朝三暮二的，这等担阁，就从小至老，老了又小，老小三生，也还不到。」八戒道：「哥啊，据你说，不是日落之处，为何这等酷热？」沙僧道：「想是天时不正，秋行夏令故也。」

他三个正都争讲，只见那路旁有座庄院，乃是红瓦盖的房舍，红砖砌的垣墙，红油门扇，红漆板榻，一片都是红的。三藏下马道：「悟空，你去那人家问个消息，看那炎热之故何也。」

大圣收了金箍棒，整肃衣裳，扭捏作个斯文气象，绰下大路，径至门前观看。那门里忽然走出一个老者，但见他：

穿一领黄不黄、红不红的葛布深衣；戴一顶青不青、皂不皂的篾丝凉帽。手中拄一根弯不弯、直不直、暴节竹杖，足下踏一双新不新、旧不旧、搶靸鞡鞋。面似红铜，须如白练。两道寿眉遮碧眼，一张哈口露金牙。

那老者猛抬头，看见行者，吃了一惊，拄着竹杖，喝道：「你是那里来的怪人？在我这门首何干？」行者答礼道：「老施主，休怕我。我不是甚么怪人。贫僧是东土大唐钦差上西方求经者。师徒四人，适至宝方，见天气蒸热，一则不解其故，二来不知地名，特拜问指教一二。」那老者却才放心，笑云：「长老勿罪。我老汉一时眼花，不识尊颜。」行者道：「不敢。」老者又问：「令师在那条路上？」行者道：「那南首大路上立的不是！」老者教：「请来，请来。」行者欢喜，把手一招，三藏即同八戒、沙僧，牵白马，挑行李近前，都对老者作礼。

老者见三藏丰姿标致，八戒、沙僧相貌奇稀，又惊又喜；只得请入里坐，教小的们看茶，一壁厢办饭。三藏闻言，起身称谢道：『敢问公公：贵处遇秋，何返炎热？』老者道：『敝地唤做火焰山。无春无秋，四季皆热。』三藏道：『火焰山却在那边？可阻西去之路？』老者道：『西方却去不得。那山离此有六十里远，正是西方必由之路，却有八百里火焰，四周围寸草不生。若过得山，就是铜脑盖，铁身躯，也要化成汁哩。』三藏闻言，大惊失色，不敢再问。

只见门外一个少年男子，推一辆红车儿，住在门旁，叫声：『卖糕！』大圣拔根毫毛，变个铜钱，问那人买糕。那人接了钱，不论好歹，揭开车儿上衣裹，热气腾腾，拿出一块糕递与行者。行者托在手中，好似火盆里的灼炭，煤炉内的红钉。你看他左手倒在右手，右手换在左手，只道：『热，热，热！难吃，难吃！』那男子笑道：『怕热，莫来这里。这里是这等热。』行者道：『你这汉子，好不明理。常言道：「不冷不热，五谷不结。」他这等热得很，你这糕粉，自何而来？』那人道：『若知糕粉米，敬求铁扇仙。』行者道：『铁扇仙怎的？』那人道：『铁扇仙有柄「芭蕉扇」。求得来，一扇息火，二扇生风，三扇下雨，我们就布种，及时收割，故得五谷养生；不然，诚寸草不能生也。』

行者闻言，急抽身走入里面，将糕递与三藏道：『师父放心，且莫隔年焦着，吃了糕，我与你说。』长老接糕在手，向本宅老者道：『公公请糕。』老者道：『我家的茶饭未奉，敢吃你糕？』行者笑道：『老人家，茶饭倒不必赐。我问你：铁扇仙在那里住？』老者道：『你问他怎的？』行者道：『适才那卖糕人说，此仙有柄「芭蕉扇」。求将来，一扇息火，二扇生风，三扇下雨，你这方布种收割，才得五谷养生。我欲寻他讨来扇息火焰山过去，且使这方依时收种，得安生也。』老者道：『固有此说；你们却无礼物，恐那圣贤不肯来也。』三藏道：『他要甚礼物？』老者道：『我这里人家，十年拜求一度。四猪四羊，花红表里，异香时果，鸡鹅美酒，沐浴虔诚，拜到那仙山，请他出洞，至此施为。』行者道：『那山坐落何处？唤甚地方？有几多里数？等我问他要扇子去。』老者道：『那山在西南方，名唤翠云山。山中有一仙洞，名唤芭蕉洞。我这里众信人等去拜仙山，往回要走一月，计有一千四百五六十里。』行者笑道：『不打紧，就去就来。』那老者道：『且住，吃些茶饭，办些干粮，须得两人做伴。那路上没有人家，又多狼虎，非一日可到。莫当耍子。』行者笑道：『不用，不用！我去也！』说一声，忽然不见。那老者慌张道：『爷爷呀！原来是腾云驾雾的神人也！』

且不说这家子供奉唐僧加倍。却说那行者霎时径到翠云山，按住祥光，正自找寻洞口，忽然闻得丁丁之声，乃是山林内一个樵夫伐木。行者即趋步至前，又闻得他道：

『云际依依认旧林，断崖荒草路难寻。
西山望见朝来雨，南涧归时渡处深。』

行者近前作礼道：『樵哥，问讯了。』那樵子撇了柯斧，答礼道：『长老何往？』行者道：『敢问樵哥，这可是翠云山？』樵子道：『正是。』行者道：『有个铁扇仙的芭蕉洞，在何处？』樵子笑道：『这芭蕉洞虽有，却无个铁扇仙，只有个铁扇公主，又名罗刹女。』行者道：『人言他有一柄芭蕉扇，能熄得火焰山，敢是他么？』樵子道：『正是，正是。这圣贤有这件宝贝，善能熄火，保护那方人家，故此称为铁扇仙。我这里人家用不着他，只知他叫做罗刹女，乃大力牛魔王妻也。』

行者闻言，大惊失色，心中暗想道：『又是冤家了！当年伏了红孩儿，说是这厮养的。前在那解阳山破儿洞遇他叔子，尚且不肯与水，要作报仇之意；今又遇他父母，怎生借得这扇子耶？』樵子见行者沉思默虑，嗟叹不已，便笑道：『长老，你出家人，有何忧疑？这条小路儿向东去，不上五六里，就是芭蕉洞。休得心焦。』行者道：『不瞒樵哥说。我是东土唐朝差往西天求经的唐僧大徒弟。前年在火云洞，曾与罗刹之子红孩儿有些言语，但恐罗刹怀仇不与，故生忧疑。』樵子道：『大丈夫鉴貌辨色，只以求扇为名，莫认往时之溲话，管情借得。』行者闻言，深深唱个大喏道：『谢樵哥教诲。我去也。』

遂别了樵夫，径至芭蕉洞口。但见那两扇门紧闭牢关，洞外风光秀丽。好去处！正是那：

山以石为骨。石作土之精。烟霞含宿润，苔藓助新青。嵯峨势耸欺蓬岛，幽静花香若海瀛。几树乔松栖野鹤，数株衰柳语山莺。诚然是千年古迹，万载仙踪。碧梧鸣彩凤，活水隐苍龙。曲径荜萝垂挂，石梯藤葛攀笼。猿啸翠岩忻月上，鸟啼高树喜晴空。两林竹荫凉如雨，一径花浓没绣绒。时见白云来远岫，略无定体漫随风。

行者上前叫：『牛大哥，开门！开门！』呀的一声，洞门开了，里边走出一个毛儿女，手中提着花篮，肩上担着锄子，真个是

一身蓝缕无妆饰，满面精神有道心。

行者上前迎着，合掌道：『女童，累你转报公主一声。我本是取经的和尚，在西方路上，难过火焰山，特来拜借芭蕉扇一用。』那毛女道：『你是那寺里的和尚？叫甚名字？我好与你通报。』行者道：『我是东土来的，叫做孙悟空和尚。』

那毛女即便回身，转于洞内，对罗刹跪下道：『奶奶，洞门外有个东土来的孙悟空和尚，要见奶奶，拜求芭蕉扇，过火焰山一用。』那罗刹听见『孙悟空』三字，便似撮盐入火，火上烧油；骨都都红生脸上，恶狠狠怒发心头。口中骂道：『这泼猴，今日来了！』叫：『丫鬟，取披挂，拿兵器来！』随即取了披挂，拿两口青锋宝剑，整束出来。行者在洞外闪过，偷看怎生打扮。只见他：

头裹团花手帕，身穿纳锦云袍。腰间双束虎筋绦，微露绣裙偏绡。凤嘴弓鞋三寸，龙须膝裤金销。手提宝剑
怒声高，凶比月婆容貌。

那罗刹出门，高叫道：『孙悟空何在？』行者上前，躬身施礼道：『嫂嫂，老孙在此奉揖。』罗刹啡的一声道：『谁是你的嫂嫂！那个要你奉揖！』行者道：『尊府牛魔王，当初曾与老孙结义，乃七兄弟之亲。今闻公主是牛大哥令正，安得不以嫂嫂称之！』罗刹道：『你这泼猴！既有兄弟之亲，如何坑陷我子？』行者佯问道：『令郎是谁？』罗刹道：『我儿是号山枯松涧火云洞圣婴大王红孩儿，被你倾了。我们正没处寻你报仇，你今上门纳命，我肯饶你！』行者满脸陪笑道：『嫂嫂原来不察理，错怪了老孙。你令郎因是捉了师父，要蒸要煮，幸亏了观音菩萨收他去，救出我师。他如今现在菩萨处做善财童子，实受了菩萨正果，不生不灭，不垢不净，与天地同寿，日月同庚。你倒不谢老孙保命之恩，返怪老孙，是何道理！』罗刹道：『你这个巧嘴泼猴！我那儿虽不伤命，再怎生得到我的跟前，几时能见一面？』行者笑道：『嫂嫂要见令郎，有何难处？你且把扇子借我，扇息了火，送我师父过去，我就到南海菩萨处请他来见你，就送扇子还你，有何不可！那时节，你看他可曾损伤一毫。如有些须之伤，你也怪得有理；如比旧时标致，还当谢我。』

罗刹道：『泼猴！少要饶舌，伸过头来，等我砍上几剑！若受得疼痛，就借扇子与你；若忍耐不得，教你早日见阎君！』行者叉手向前，笑道：『嫂嫂切莫多言。老孙伸着光头，任尊意砍上多少，但没气力便罢。是必借扇子用用。』那罗刹不容分说，双手轮剑，照行者头上乒乒乓乓，砍有十数下，这行者全不认真。罗刹害怕，回头要走。行者道：『嫂嫂，那里去？快借我使使！』那罗刹道：『我的宝贝原不轻借。』行者道：『既不肯借，吃你老叔一棒！』

好猴王，一只手扯住，一只手去耳内掣出棒来，幌一幌，有碗来粗细。那罗刹挣脱手，举剑来迎。行者随又轮棒便打。两个在翠云山前，不论亲情，却只讲仇隙。这一场好杀：

裙钗本是修成怪，为子怀仇恨泼猴。行者虽然生狠怒，因师路阻让娥流。先言拜借芭蕉扇，不展骁雄耐性柔。罗刹无知轮剑砍，猴王有意说亲由。女流怎与男儿斗，到底男刚压女流。这个金箍铁棒多凶猛，那个霜刃青锋甚紧稠。劈面打，照头丢，恨苦相持不罢休。左挡右遮施武艺，前迎后架骋奇谋。却才斗到沉酣处，不觉西方坠日头。罗刹忙将真扇子，一扇挥动鬼神愁。

那罗刹女与行者相持到晚，见行者棒重，却又解数周密，料斗他不过，即便取出芭蕉扇，幌一幌，一扇阴风，把行者搧得无影无形，莫想收留得住。这罗刹得胜回归。

唐三藏路阻火焰山

好猴王，一只手扯住，一只手去耳内掣出棒来，幌一幌，有碗来粗细。那罗刹挣脱手，举剑来迎。行者随又轮棒便打。两个在翠云山前，不论亲情，却只讲仇隙。

那大圣飘飘荡荡，左沉不能落地，右坠不得存身。就如旋风翻败叶，流水淌残花。滚了一夜，直至天明，方才落在一座山上，双手抱住一块峰石。定性良久，仔细观看，却才认得是小须弥山。大圣长叹一声道：『好利害妇人！怎么就把老孙送到这里来了？我当年曾记得在此处告求灵吉菩萨降黄风怪救我师父。那黄风岭至此直南上有三千余里，今在西路转来，乃东南方隅，不知有几万里。等我下去问灵吉菩萨一个消息，好回旧路。』

正踌躇间，又听得钟声响亮，急下山坡，径至禅院。那门前道人认得行者的形容，即入里面报道：『前年来请菩萨去降黄风怪的那个毛脸大圣又来了。』

菩萨知是悟空，连忙下宝座相迎，入内施礼道：『恭喜！取经来耶？』悟空答道：『正好未到！早哩，早哩！』灵吉道：『既未曾得到雷音，何以回顾荒山？』行者道：『自上年蒙盛情降了黄风怪，一路上，不知历过多少苦楚。今到火焰山，不能前进，询问土人，说有个铁扇仙芭蕉扇，搧得火灭，老孙特去寻访。原来那仙是牛魔王的妻，红孩儿的母。他说我把他儿子做了观音菩萨的童子，不得常见，跟我为仇，不肯借扇，与我争斗。他见我的棒重难撑，遂将扇子把我一搧，搧得我悠悠荡荡，直至于此，方才落住。故此轻造禅院，问个归路。此处到火焰山，不知有多少里数？』灵吉笑道：『那妇人唤名罗刹女，又叫做铁扇公主。他的那芭蕉扇本是昆仑山后，自混沌开辟以来，天地产成的一个灵宝，乃太阴之精叶，故能灭火气。假若搧着人，要飘八万四千里，方息阴风。我这山到火焰山，只有五万余里。此还是大圣有留云之能，故止住了。若是凡人，正好不得住也。』行者道：『利害，利害！我师父却怎生得度那方？』灵吉道：『大圣放心。此一来，也是唐僧的缘法，合教大圣成功。』行者道：『怎见成功？』灵吉道：『我当年受如来教旨，赐我一粒「定风丹」，一柄「飞龙杖」。飞龙杖已降了风魔。这定风丹尚未曾见用，如今送了大圣，管教那厮搧你不动，你却要了扇子，搧息火，却不就立此功也！』行者低头作礼，感谢不尽。那菩萨即于衣袖中取出一个锦袋儿，将那一粒定风丹与行者安在衣领里边，将针线紧紧缝了。送行者出门道：『不及留款。往西北上去，就是罗刹的山场也。』

行者辞了灵吉，驾筋斗云，径返翠云山，顷刻而至。使铁棒打着洞门叫道：『开门，开门！老孙来借扇子使使哩！』慌得那门里女童即忙来报：『奶奶，借扇子的又来了！』罗刹闻言，心中悚惧道：『这泼猴真有本事！我的宝贝搧着人，要去八万四千里，方能停止；他怎么才吹去就回来也？这番等我一连扇他两三搧，教他找不着归路！』

急纵身，结束整齐，双手提剑，走出门来道：『孙行者！你不怕我，又来寻死！』行者笑道：『嫂嫂勿得悭吝，是必借我使使。保得唐僧过山，就送还你。我是个志诚有余的君子，不是那借物不还的小人。』罗刹又骂道：『泼猢狲！好没道理，没分晓！夺子之仇，尚未报得；借扇之意，岂得如心！你不要走，吃我老娘一剑！』大圣公然不惧，使铁棒劈手相迎。他两个往往来来，战经五七回合，罗刹女手软难轮，孙行者身强善敌。他见事势不谐，即取扇子，望行者搧了一扇，行者巍然不动。行者收了铁棒，笑吟吟的道：『这番不比那番！任你怎么搧来，老孙若动一动，就不算汉子！』那罗刹又搧两扇，果然不动。罗刹慌了，急收宝贝，转回走入洞里，将门紧紧关上。

行者见他闭了门，却就弄个手段，拆开衣领，把定风丹噙在口中，摇身一变，变作一个蟭蟟虫儿，从他门隙处钻进。只见罗刹叫道：『渴了，渴了！快拿茶来！』近侍女童，即将香茶一壶，沙沙的满斟一碗，冲起茶沫漕漕。行者见了欢喜，嘤的一翅，飞在茶沫之下。

那罗刹渴极，接过茶，两三气都喝了。行者已到他肚腹之内，现原身厉声高叫道：『嫂嫂，借扇子我使使！』罗刹大惊失色，叫：『小的们，关了前门否？』俱说：『关了。』他又说：『既关了门，孙行者如何在家里叫唤？』女童道：『在你身上叫哩。』罗刹道：『孙行者，你在那里弄术哩？』行者道：『老孙一生不会弄术，都是些真手段，实本事，已在尊嫂尊腹之内耍子，已见其肺肝矣。我知你也饥渴了，我先送你个坐碗儿解渴！』却就把脚往下一登。那罗刹小腹之中，疼痛难禁，坐于地下叫苦。行者道：『嫂嫂休得推辞，我再送你个点心充饥！』又把头往上一顶。那罗刹心痛难禁，只在地上打滚，疼得他面黄唇白，只叫：『孙叔叔饶命！』

行者却才收了手脚道：『你才认得叔叔么？我看牛大哥情上，且饶你性命。快将扇子拿来我使使。』罗刹道：『叔叔，有扇，有扇！你出来拿了去！』行者道：『拿扇子我看了出来。』罗刹即叫女童拿一柄芭蕉扇，执在旁边。行者探到喉咙之上见了道：『嫂嫂，我既饶你性命，不在腰肋之下搠个窟窿出来，还自口出。你把口张三张儿。』那罗刹果张开口。行者还作个蟭蟟虫，先飞出来，丁在芭蕉扇上。那罗刹不知，连张三次，叫：『叔叔出来罢。』行者化原身，拿了扇子，叫道：『我在此间不是？谢借了，谢借了！』拽开步，往前便走。小的们连忙开了门，放他出洞。

这大圣拨转云头，径回东路。霎时按落云头，立在红砖壁下。八戒见了欢喜道：『师父，师兄来了！来了！』三藏即与本庄老者同沙僧出门接着，同至舍内。把芭蕉扇靠在旁边道：『老官儿，可是这个扇子？』老者道：『正是，正是！』唐僧喜道：『贤徒有莫大之功。求此宝贝，甚劳苦了。』行者道：『劳苦倒也不说。那铁扇仙，你道是谁？那厮原来是牛魔王的妻，红孩儿的母，名唤罗刹女，又唤铁扇公主。我寻到洞外借扇，他就与讲起仇隙，把我砍了几剑。是我使棒吓他，他就把扇子搧了我一下，飘飘荡荡，直刮到小须弥山。幸而灵吉菩萨，送了我一粒定风丹，指与归路，复至翠云山。又见罗刹女，罗刹女又使扇子，扇我不动，他就回洞。是老孙变作一个蟭蟟虫，飞入洞去。那厮正讨茶吃，是我又钻在茶沫之下，到他肚里，做起手脚。他疼痛难禁，不住口的叫我做叔叔饶命，情愿将扇借与我，我却饶了他，拿将扇来。待过了火焰山，仍送还他。』三藏闻言，感谢不尽。师徒们俱拜辞老者。

一路西来，约行有四十里远近，渐渐酷热蒸人。沙僧只叫：『脚底烙得慌！』八戒又道：『爪子烫得痛！』马比寻常又快。只因地热难停，十分难进。行者道：『师父且请下马。兄弟们莫走。等我搧息了火，待风雨之后，地土冷些，再过山去。』行者果举扇，径至火边，尽力一扇，那山上火光烘烘腾起；再一搧，更着百倍；又一搧，那火足有千丈之高，渐渐烧着身体。行者急回，已将两股毫毛烧净，径跑至唐僧面前叫：『快回去，快回去！火来了，火来了！』

那师父爬上马，与八戒、沙僧，复东来有二十余里，方才歇下，道：『悟空，如何了呀！』行者丢下扇子道：『不停当，不停当，被那厮哄了！』三藏听说，愁促眉尖，闷添心上，止不住两泪交流，只道：『怎生是好！』八戒道：『哥哥，你急急忙忙叫回去是怎么说？』行者道：『我将扇子搧了一下，火光烘烘；第二扇，火气愈盛；第三

行者一調芭蕉扇

孙行者一调芭蕉扇

那罗刹果张开口。行者还作个蟭蟟虫，先飞出来，丁在芭蕉扇上。那罗刹不知，连张三次，叫：『叔叔出来罢。』行者化原身，拿了扇子，叫道：『我在此间不是？谢借了，谢借了！』拽开步，往前便走。小的们连忙开了门，放他出洞。

扇，火头飞有千丈之高。若是跑得不快，把毫毛都烧尽矣！』八戒笑道：『你常说雷打不伤，火烧不损，如今何又怕火？』行者道：『你这呆子，全不知事！那时节用心防备，故此不伤；今日只为搧息火光，不曾捻避火诀，又未使护身法，所以把两股毫毛烧了。』沙僧道：『似这般火盛，无路通西，怎生是好？』八戒道：『只拣无火处走便罢。』三藏道：『那方无火？』八戒道：『东方、南方、北方，俱无火。』又问：『那方有经？』八戒道：『西方有经。』三藏道：『我只欲往有经处去哩！』沙僧道：『有经处有火，无火处无经，诚是进退两难！』

师徒们正自胡谈乱讲，只听得有人叫道：『大圣不须烦恼，且来吃些斋饭再议。』四众回看时，见一老人，身披飘风氅，头顶偃月冠，手持龙头杖，足踏铁靿靴，后带着一个雕嘴鱼腮鬼，鬼头上顶着一个铜盆，盆内有些蒸饼糕糜，黄粮米饭，在于西路下躬身道：『我本是火焰山土地。知大圣保护圣僧，不能前进，特献一斋。』行者道：『吃斋小可，这火光几时灭得，让我师父过去？』土地道：『要灭火光，须求罗刹女借芭蕉扇。』行者去路旁拾起扇子道：『这不是？那火光越搧越着，何也？』土地看了，笑道：『此扇不是真的，被他哄了。』行者道：『如何方得真的？』那土地又控背躬身，微微笑道：『若还要借真蕉扇，须是寻求大力王。』

毕竟不知大力王有甚缘故，且听下回分解。

牛魔王罢战赴华筵

那上面坐的是牛魔王，左右有三四个蛟精，前面坐着一个老龙精，两边乃龙子、龙孙、龙婆、龙女。正在那里觥筹交错之际，孙大圣一直走将上去，被老龙看见，即命：『拿下那个野蟹来！』龙子、龙孙一拥上前，把大圣拿住。大圣忽作人言，只叫：『饶命！饶命！』

第六十回　牛魔王罢战赴华筵　孙行者二调芭蕉扇

土地说：『大力王即牛魔王也。』行者道：『这山本是牛魔王放的火，假名火焰山？』土地道：『不是，不是。大圣若肯赦小神之罪，放敢直言。』行者道：『你有何罪？直说无妨。』土地道：『这火原是大圣放的。』行者怒道：『我在那里，你这等乱谈！我可是放火之辈？』土地道：『是你也认不得我了。此间原无这座山，因大圣五百年前，大闹天宫时，被显圣擒了，压赴老君，将大圣安于八卦炉内，煅炼之后开鼎，被你蹬倒丹炉，落了几个砖来，内有余火，到此处化为火焰山。我本是兜率宫守炉的道人。当被老君怪我失守，降下此间，就做了火焰山土地也。』猪八戒闻言，恨道：『怪道你这等打扮，原来是道士变的土地！』

行者半信不信道：『你且说，早寻大力王何故？』土地道：『大力王乃罗刹女丈夫。他这向撇了罗刹，现在积雷山摩云洞。有个万岁狐王。那狐王死了，遗下一个女儿，叫做玉面公主。那公主有百万家私，无人掌管；二年前，访着牛魔王神通广大，情愿倒陪家私，招赘为夫。那牛王弃了罗刹，久不回顾。若大圣寻着牛王，拜求来此，方借得真扇。一则扇息火焰，可保师父前进；二来永除火患，可保此地生灵；三者赦我归天，回缴老君法旨。』行者道：『积雷山坐落何处？到彼有多少程途？』土地道：『在正南方。此间到彼，有三千余里。』行者闻言，即吩咐沙僧、八戒保护师父。又教土地，陪伴勿回。随即忽的一声，渺然不见。

那里消半个时辰，早见一座高山凌汉。按落云头，停立巅峰之上观看，真是好山：

高不高，顶摩碧汉；大不大，根扎黄泉。山前日暖，岭后风寒；山前日暖，有三冬草木无知；岭后风寒，见九夏冰霜不化。龙潭接涧水长流，虎穴依崖花放早。水流千派似飞琼，花放一心如布锦。湾环岭上湾环树，石外扢扠松。真个是，高的山、峻的岭，陡的崖，深的涧、香的花，美的果，红的藤、紫的竹，青的松、翠的柳：八节四时颜不改，千年万古色如龙。

大圣看彀多时，步下尖峰，入深山，找寻路径。正自没个消息，忽见松阴下，有一女子，手折了一枝香兰，袅袅娜娜而来。大圣闪在怪石之旁，定睛观看，那女子怎生模样：

娇娇倾国色，缓缓步移莲。貌若王嫱，颜如楚女。如花解语，似玉生香。高髻堆青亸碧鸦，双睛蘸绿横秋水。湘裙半露弓鞋小，翠袖微舒粉腕长。说甚么暮雨朝云，真个是朱唇皓齿。锦江滑腻蛾眉秀，赛过文君与薛涛。

那女子渐渐走近石边，大圣躬身施礼，缓缓而言曰：『女菩萨何往？』那女子未曾观看，听得叫问，却自抬头；忽见大圣的相貌丑陋，老大心惊，欲退难退，欲行难行，只得战兢兢，勉强答道：『你是何方来者？敢在此间问

谁？』大圣沉思道：『我若说出取经求扇之事，恐这厮与牛王有亲，且只以假亲托意，来请魔王之言而答方可。』那女子见他不语，变了颜色，怒声喝道：『你是何人，敢来问我！』大圣躬身陪笑道：『我是翠云山来的，初到贵处，不知路径。敢问菩萨，此间可是积雷山？』那女子道：『正是。』大圣道：『有个摩云洞，坐落何处？』那女子道：『你寻那洞做甚？』大圣道：『我是翠云山芭蕉洞铁扇公主央来请牛魔王的。』

那女子一听铁扇公主请牛魔王之言，心中大怒，彻耳根子通红，泼口骂道：『这贱婢，着实无知！牛王自到我家，未及二载，也不知送了他多少珠翠金银，绫罗缎匹，年供柴，月供米，自自在在受用，还不识羞，又来请他怎的！』

大圣闻言，情知是玉面公主，故意子掣出铁棒大喝一声道：『你这泼贱，将家私买住牛王，诚然是陪钱嫁汉！你倒不羞，却敢骂谁！』那女子见了，唬得魄散魂飞，没好步乱蹦金莲，战兢兢回头便走。这大圣吆吆喝喝，随后相跟。原来穿过松阴，就是摩云洞口。女子跑进去，扑的把门关了。大圣却收了铁棒，咳咳停步看时，好所在：

树林森密，崖削崚嶒。薜萝阴冉冉，兰蕙味馨馨。流泉漱玉穿修竹，巧石知机带落英。烟霞笼远岫，日月照云屏。龙吟虎啸，鹤唳莺鸣。一片清幽真可爱，琪花瑶草景常明。不亚天台仙洞，胜如海上蓬瀛。

且不言行者这里观看景致。却说那女子跑得粉汗淋淋，唬得兰心吸吸，径入书房里面。原来牛魔王正在那里静玩丹书。这女子没好气倒在怀里，抓耳挠腮，放声大哭。牛王满面陪笑道：『美人，休得烦恼。有甚话说？』那女子跳天索地，口中骂道：『泼魔害杀我也！』牛王笑道：『你为甚事骂我？』女子道：『我因父母无依，招你护身养命。江湖中说你是条好汉，你原来是个惧内的庸夫！』牛王闻说，将女子抱住道：『美人，我有那些不是处，你且慢慢说来，我与你陪礼。』女子道：『适才我在洞外闲步花阴，折兰采蕙，忽有一个毛脸雷公嘴的和尚，猛地前来施礼，把我吓了个呆挣。及定性问是何人，他说是铁扇公主央他来请牛魔王的。被我说了两句，他倒骂了我一场，将一根棍子，赶着我打。若不是走得快些，几乎被他打死！这不是招你为祸？害杀我也！』牛王闻言，却与他整容陪礼。温存良久，女子方才息气。魔王却发狠道：『美人在上，不敢相瞒。那芭蕉洞虽是僻静，却清幽自在。我山妻自幼修持，也是个得道的女仙，却是家门严谨，内无一尺之童，焉得有雷公嘴的男子央来，这想是那里来的怪妖，或者假绰名声，至此访我。等我出去看看。』

好魔王，拽开步，出了书房，上大厅取了披挂，结束了。拿了一条混铁棍，出门高叫道：『是谁人在我这里无状？』行者在旁，见他那模样，与五百年前又大不同。只见：

头上戴一顶水磨银亮熟铁盔，身上贯一副绒穿锦绣黄金甲；足下踏一双卷尖粉底麂皮靴，腰间束一条攒丝三股狮蛮带。一双眼光如明镜，两道眉艳似红霓。口若血盆，齿排铜板。吼声响震山神怕，行动威风恶鬼慌。四海有名称混世，西方大力号魔王。

这大圣整衣上前，深深的唱个大喏道：『长兄，还认得小弟么？』牛王答礼道：『你是齐天大圣孙悟空么？』大圣道：『正是，正是，一向久别未拜。适才到此问一女子，方得见兄。丰采果胜常，真可贺也！』牛王喝道：『且休巧舌！我闻你闹了天宫，被佛祖降压在五行山下，近解脱天灾，保护唐僧西天见佛求经，怎么在号山枯松涧火云洞把我小儿牛圣婴害了？正在这里恼你，你却怎么又来寻我？』大圣作礼道：『长兄勿得误怪小弟。当时令郎捉住吾师，要食其肉，小弟近他不得，幸观音菩萨欲救我师，劝他归正。现今做了善财童子，比兄长还高，享极乐之门堂，受逍遥之永寿，有何不可，返怪我耶？』牛王骂道：『这个乖嘴的猢狲！害子之情，被你说过；你才欺我爱妾，打上我门何也？』大圣笑道：『我因拜谒长兄不见，向那女子拜问，不知就是二嫂嫂；因他骂了我几句，是小弟一时粗卤，惊了嫂嫂。望长兄宽恕宽恕！』牛王道：『既如此说，我看故旧之情，饶你去罢。』

大圣道：『既蒙宽恩，感谢不尽；但尚有一事奉渎，万望周济周济。』牛王骂道：『这猢狲不识起倒！饶了你，倒还不走，反来缠我！甚么周济周济！』大圣道：『实不瞒长兄。小弟因保唐僧西进，路阻火焰山，不能前进。询问土人，知尊嫂罗刹女有一柄芭蕉扇，欲求一用。昨到旧府，奉拜嫂嫂，嫂嫂坚执不借，是以特求长兄。望兄长开天地之心，同小弟到大嫂处一行，千万借扇搧灭火焰，保得唐僧过山，即时完璧。』

牛王闻言，心如火发。咬响钢牙骂道：『你说你不无礼，你原来是借扇之故，一定先欺我山妻，山妻想是不肯，故来寻我，且又赶我爱妾！常言道：『朋友妻，不可欺；朋友妾，不可灭。』你既欺我妻，又灭我妾，多大无礼？上来吃我一棍！』大圣道：『哥要说打，弟也不惧。但求宝贝，是我真心。万乞借我使使！』牛王道：『你若三合敌得我，我着山妻借你；如敌不过，打死你，与我雪恨！』大圣道：『哥说得是。小弟这一向疏懒，不曾与兄相会，不知这几年武艺比昔日如何，我兄弟们请演演棍看。』这牛王那容分说，掣混铁棍，劈头就打。这大圣持金箍棒，随手相迎。两个这场好斗：

金箍棒，混铁棍，变脸不以朋友论。那个说：『正怪你这猢狲害子情！』这个说：『你令郎已得道休嗔恨！』那个说：『你无知怎敢上我门？』这个说：『我有因特地来相问。』一个要求扇子保唐僧，一个不借芭蕉忒鄙吝。语去言来失旧情，举家无义皆生忿。牛王棍起赛蛟龙，大圣棒迎神鬼遁。初时争斗在山前，后来齐驾祥云进。半空之内显神通，五彩光中施妙运。两条棍响振天关，不见输赢皆傍寸。

这大圣与那牛王斗经百十回合，不分胜负。正在难解难分之际，只听得山峰上有人叫道：『牛爷爷，我大王多多拜上，幸赐早临，好安座也。』牛王闻说，使混铁棍支住金箍棒，叫道：『猢狲，你且住了，等我去一个朋友家赴会来者！』

言毕，按下云头，径至洞里。对玉面公主道：『美人，才那雷公嘴的男子乃孙悟空猢狲，被我一顿棍打走了，再不敢来。你放心耍子。我到一个朋友处吃酒去也。』他才卸了盔甲，穿一领鸦青剪绒袄子，走出门，跨上『辟水金睛兽』，着小的们看守门庭，半云半雾，一直向西北方而去。

大圣在高峰上看着，心中暗想道：『这老牛不知又结识了甚么朋友，往那里去赴会。等老孙跟他走走。』好行者，将身幌一幌，变作一阵清风赶上，随着同走。不多时，到了一座山中，那牛王寂然不见。大圣聚了原身，入山寻看，那山中有一面清水深潭，潭边有一座石碣，碣上有六个大字，乃『乱石山碧波潭』。大圣暗想道：『老牛断然下水去了。水底之精，若不是蛟精，必是龙精、鱼精，或是龟鳖鼋鼍之精。等老孙也下去看看。』

好大圣，捻着诀，念个咒语，摇身一变，变作一个螃蟹，不大不小的，有三十六斤重。扑的跳在水中，径沉潭底。忽见一座玲珑剔透的牌楼，楼下拴着那个辟水金睛兽。进牌楼里面，却就没水。大圣爬进去，仔细看时，只见那壁厢一派音乐之声，但见：

朱宫贝阙，与世不殊。黄金为屋瓦，白玉作门枢。屏开玳瑁甲，槛砌珊瑚珠。祥云瑞蔼辉莲座，上接三光下八衢。非是天宫并海藏，果然此处赛蓬壶。高堂设宴罗宾主，大小官员冠冕珠。忙呼玉女捧牙槃，催唤仙娥调律吕。长鲸鸣，巨蟹舞，鳖吹笙，鼍击鼓，骊颔之珠照樽俎。鸟篆之文列翠屏，虾须之帘挂廊庑。八音迭奏杂仙韶，宫商响彻遏云霄。青头鲈妓抚瑶瑟，红眼马郎品玉箫。鳜婆顶献香獐脯，龙女头簪金凤翘。吃的是，天厨八宝珍羞味；饮的是，紫府琼浆熟酝醪。

那上面坐的是牛魔王，左右有三四个蛟精，前面坐着一个老龙精，两边乃龙子、龙孙、龙婆、龙女。正在那里觥筹交错之际，孙大圣一直走将上去，被老龙看见，即命：『拿下那个野蟹来！』龙子、龙孙一拥上前，把大圣拿住。大圣忽作人言，只叫：『饶命！饶命！』老龙道：『你是那里来的野蟹？怎么敢上厅堂，在尊客之前，横行乱走？快早供来，免汝死罪！』好大圣，假捏虚言，对众供道：

『生自湖中为活，傍崖作窟权居。盖因日久得身舒，官受横行介士。踏草拖泥落索，从来未习行仪。不知法度冒王威，伏望尊慈恕罪！』

座上众精闻言，都拱身对老龙作礼道：『蟹介士初入瑶宫，不知王礼，望尊公饶他去罢。』老龙称谢了。众精即教：『放了那厮，且记打，外面伺候。』

大圣应了一声，往外逃命，径至牌楼之下。心中暗想道：『这牛王在此贪杯，那里等得他散？就是散了，也不肯

牛魔王罢战赴华筵
孙行者二调芭蕉扇

这大圣与那牛王斗经百十回合，不分胜负。正在难解难分之际，只听得山峰上有人叫道：『牛爷爷，我大王多多拜上，幸赐早临，好安座也。』牛王闻说，使混铁棍支住金箍棒，叫道：『猢狲，你且住了，等我去一个朋友家赴会来者！』

借扇与我。不如偷了他的金睛兽，变做牛魔王，去哄那罗刹女，骗他扇子，送我师父过山为妙。』

好大圣，即现本象，将金睛兽解了缰绳，扑一把跨上雕鞍，径直骑出水底。到于潭外，将身变作牛王模样。打着兽，纵着云，不多时，已至翠云山芭蕉洞口。叫声：『开门！』那洞门里有两个女童，闻得声音开了门，看见是牛魔王嘴脸，即入报：『奶奶，爷爷来家了。』那罗刹听言，忙整云鬟，急移莲步，出门迎接。这大圣下雕鞍，牵进金睛兽；弄大胆，诓骗女佳人。罗刹女肉眼，认他不出，即携手而入。着丫鬟设座看茶，一家子见是主公，无不敬谨。

须臾间，叙及寒温。『牛王』道：『夫人久阔。』罗刹道：『大王万福。』又云：『大王宠幸新婚，抛撇奴家，今日是那阵风儿吹你来的？』大圣笑道：『非敢抛撇，只因玉面公主招后，家事繁冗，朋友多顾，是以稽留在外，却也又治得一个家当了。』又道：『近闻悟空那厮，保唐僧，将近火焰山界，恐他来问你借扇子。我恨那厮害子之仇未报，但来时，可差人报我，等我拿他，分尸万段，以雪我夫妻之恨。』罗刹闻言，滴泪告道：『大王，常言说：「男儿无妇财无主，女子无夫身无主。」我的性命，险些儿不着这猢狲害了！』大圣得故子，发怒骂道：『那泼猴几时过去了？』罗刹道：『还未去。昨日到我这里借扇子，我因他害孩儿之故，披挂了，轮宝剑出门，就砍那猢狲。他忍着疼，叫我做嫂嫂，说大王曾与他结义。』大圣道：『是，五百年前曾拜为七兄弟。』罗刹道：『被我骂也不敢回言，砍也不敢动手，后被我一扇子扇去；不知在那里寻得个定风法儿，今早又在门外叫唤。是我又使扇扇，莫想得动。急轮剑砍时，他就不让我了。我怕他棒重，就走入洞里，紧关上门。不知他又从何处，钻在我肚腹之内，险被他害了性命！是我叫他几声叔叔，将扇与他去也。』大圣又假意捶胸道：『可惜，可惜！夫人错了，怎么就把这宝贝与那猢狲？恼杀我也！』

罗刹笑道：『大王息怒。与他的是假扇，但哄他去了。』大圣问：『真扇在于何处？』罗刹道：『放心，放心，

我收着哩。』叫丫鬟整酒接风贺喜。遂擎杯奉上道：『大王，燕尔新婚，千万莫忘结发，且吃一杯乡中之水。』大圣不敢不接，只得笑吟吟，举觞在手道：『夫人先饮。我因图治外产，久别夫人，早晚蒙护守家门，权为酬谢。』罗刹复接杯斟起，递与大王道：『自古道：「妻者，齐也。」夫乃养身之父，讲甚么谢。』两人谦谦讲讲，方才坐下巡酒。大圣不敢破荤，只吃几个果子，与他言言语语。

酒至数巡，罗刹觉有半酣，色情微动，就和孙大圣挨挨擦擦，搭搭拈拈；携着手，俏语温存；并着肩，低声俯就。将一杯酒，你喝一口，我喝一口，却又哺果。大圣假意虚情，相陪相笑；没奈何，也与他相倚相偎。果然是：

钓诗钩，扫愁帚，破除万事无过酒。男儿立节放襟怀，女子忘情开笑口。面赤似夭桃，身摇如嫩柳。絮絮叨叨话语多，捻捻掐掐风情有。时见掠云鬟，又见轮尖手。几番常把脚儿跷，数次每将衣袖抖。粉项自然低，蛮腰渐觉扭。合欢言语不曾丢，酥胸半露松金钮。醉来真个玉山颓，饧眼摩娑几弄丑。

大圣见他这等酣然，暗自留心，挑斗道：『夫人，真扇子你收在那里？早晚仔细。但恐孙行者变化多端，却又来骗去。』罗刹笑嘻嘻的，口中吐出，只有一个杏叶儿大小，递与大圣道：『这个不是宝贝？』大圣接在手中，却又不信，暗想着：『这些些儿，怎生搧得火灭？怕又是假的。』罗刹见他看着宝贝沉思，忍不住上前，将粉面揾在行者脸上，叫道：『亲亲，你收了宝贝吃酒罢。只管出神想甚么哩？』大圣就趁脚儿跷，问他一句道：『这般小小之物，如何搧得八百里火焰？』罗刹酒陶真性，无忌惮，就说出方法道：『大王，与你别了二载，你想是昼夜贪欢，被那玉面公主弄伤了神思；怎么自家的宝贝事情，也都忘了？只将左手大指头捻着那柄儿上第七缕红丝，念一声「呬嘘呵吸嘻吹呼」，即长一丈二尺长短。这宝贝变化无穷！那怕他八万里火焰，可一搧而消也。』

大圣闻言，切切记在心上。却把扇儿也噙在口里，把脸抹一抹，现了本象。厉声高叫道：『罗刹女！你看看我可是你亲老公！就把我缠了这许多丑勾当，不羞，不羞！』那女子一见是孙行者，慌得推倒桌席，跌落尘埃，羞愧无比，只叫：『气杀我也！气杀我也！』

这大圣，不管他死活，捽脱手，拽大步，径出了芭蕉洞。正是无心贪美色，得意笑颜回。将身一纵，踏祥云，跳上高山，将扇子吐出来，演演方法。将左手大指头捻着那柄上第七缕红丝，念了一声『呬嘘呵吸嘻吹呼』，果然长了有一丈二尺长短。拿在手中，仔细看了又看，比前番假的果是不同，只见祥光幌幌，瑞气纷纷，上有三十六缕红丝，穿经度络，表里相联。原来行者只讨了个长的方法，不曾讨他个小的口诀，左右只是那等长短。没奈何，只得搴在肩上，找旧路而回，不题。

却说那牛魔王在碧波潭底与众精散了筵席，出得门来，不见了辟水金睛兽。老龙王聚众精问道：『是谁偷放牛爷的金睛兽也？』众精跪下道：『没人敢偷。我等俱在筵前供酒捧盘，供唱奏乐，更无一人在前。』老龙道：『家乐儿断乎不敢，可曾有甚生人进来？』龙子、龙孙道：『适才安座之时，有个蟹精到此。那个便是生人。』牛王闻说，顿然省悟道：『不消讲了！早间贤友着人邀我时，有个孙悟空保唐僧取经，路遇火焰山难过，曾问我求借芭蕉扇。我不曾与他，他和我赌斗一场，未分胜负，我却丢了他，径赴盛会。那猴子千般伶俐，万样机关，断乎是那厮变作蟹精，来此打探消息，偷了我兽，去山妻处骗了那一把芭蕉扇儿也！』众精见说，一个个胆战心惊，问道：『可是那大闹天宫的孙悟空么？』牛王道：『正是。列公若在西天路上，有不是处，切要躲避他些儿。』老龙道：『似这般说，大王的骏骑，却如之何？』牛王笑道：『不妨，不妨。列公各散，等我赶他去来！』

遂而分开水路，跳出潭底，驾黄云，径至翠云山芭蕉洞。只听得罗刹女跌脚捶胸，大呼小叫。推开门，又见辟水金睛兽拴在下边，牛王高叫：『夫人，孙悟空那厢去了？』众女童看见牛魔，一齐跪下道：『爷爷来了！』罗刹女扯住牛王，磕头撞脑，口里骂道：『泼老天杀的！怎样这般不谨慎，着那猢狲偷了金睛兽，变作你的模样，到此骗我！』牛王切齿道：『猢狲那厢去了？』罗刹捶着胸膛骂道：『那泼猴赚了我的宝贝，现出原身走了！气杀我也！』牛王道：『夫人保重，勿得心焦。等我赶上猢狲，夺了宝贝，剥了他皮，锉碎他骨，摆出他的心肝，与你出气！』叫：『拿兵器来！』女童道：『爷爷的兵器，不在这里。』牛王道：『拿你奶奶的兵器来罢！』侍婢将两把青锋宝剑捧出。牛王脱了那赴宴的鸦青绒袄，束一束贴身的小衣，双手绰剑，走出芭蕉洞，径奔火焰山上赶来。正是那：

忘恩汉骗了痴心妇，烈性魔来近木叉人。

毕竟不知此去吉凶如何，且听下回分解。

猪八戒助力败魔王

八戒闻言大怒。举钉钯，当面骂道：『我把你这血皮胀的遭瘟！你怎敢变作你祖宗的模样，骗我师兄，使我兄弟不睦！』你看他没头没脸的使钉钯乱筑。那牛王，一则是与行者斗了一日，力倦神疲；二则是见八戒的钉钯凶猛，遮架不住，败阵就走。

第六十一回　猪八戒助力败魔王　孙行者三调芭蕉扇

话表牛魔王赶上孙大圣，只见他肩膊上掮着那柄芭蕉扇，怡颜悦色而行。魔王大惊道：『猢狲原来把运用的方法儿也叨铦得来了。我若当面问他索取，他定然不与。倘若扇我一扇，要去十万八千里远，却不遂了他意？我闻得唐僧在那大路上等候。他二徒弟猪精，三徒弟沙流精，我当年做妖怪时，也曾会他。且变作猪精的模样，返骗他一场。料猢狲以得意为喜，必不详细堤防。』

好魔王，他也有七十二变，武艺也与大圣一般，只是身子狼犺些，欠钻疾，不活达些；把宝剑藏了，念个咒语，摇身一变，即变作八戒一般嘴脸，抄下路，当面迎着大圣，叫道：『师兄，我来也！』

这大圣果然欢喜。古人云：『得胜的猫儿欢似虎』也，只倚着强能，更不察来人的意思。见是个八戒的模样，便就叫道：『兄弟，你往那里去？』牛魔王绰着经儿道：『师父见你许久不回，恐牛魔王手段大，你斗他不过，难得他的宝贝，教我来迎你的。』行者笑道：『不必费心，我已得了手了。』牛王又问道：『你怎么得的？』行者道：『那老牛与我战经百十合，不分胜负。他就撇了我，去那乱石山碧波潭底，与一伙蛟精、龙精饮酒。是我暗跟他去，变作个螃蟹，偷了他所骑的辟水金睛兽，变了老牛的模样，径至芭蕉洞哄那罗刹女。那女子与老孙结了一场干夫妻，是老孙设法骗将来的。』牛王道：『却是生受了。哥哥劳碌太甚，可把扇子我拿。』孙大圣那知真假，也虑不及此，遂将扇子递与他。

原来那牛王，他知那扇子收放的根本，接过手，不知捻个甚么诀儿，依然小似一片杏叶，现出本象。开言骂道：『泼猢狲！认得我么？』行者见了，心中自悔道：『是我的不是了！』恨了一声，跌足高呼道：『咦！逐年家打雁，今却被小雁儿鹐了眼睛。』狠得他爆躁如雷，掣铁棒，劈头便打，那魔王就使扇子搧他一下；不知那大圣先前变蟭蟟虫入罗刹女腹中之时，将定风丹噙在口里，不觉的咽下肚里，所以五脏皆牢，皮骨皆固，凭他怎么搧，再也搧他不动。牛王慌了，把宝贝丢入口中，双手轮剑就砍。那两个在那半空中这一场好杀：

齐天孙大圣，混世泼牛王，只为芭蕉扇，相逢各骋强。粗心大圣将人骗，大胆牛王把扇诓。这一个，金箍棒起无情义；那一个，双刃青锋有智量。大圣施威喷彩雾，牛王放泼吐毫光。齐斗勇，两不良，咬牙锉齿气昂昂。播土扬尘天地暗，飞砂走石鬼神藏。这个说：『你敢无知返骗我！』那个说：『我妻许你共相将！』言村语泼，性烈情刚。那个说：『你哄人妻女真该死！告到官司有罪殃！』伶俐的齐天圣，凶顽的大力王，一心只要杀，更不待商量。棒打剑迎齐努力，有些松慢见阎王。

且不说他两个相斗难分。却表唐僧坐在途中，一则火气蒸人，二来心焦口渴，对火焰山土地道：『敢问尊神，那

牛魔王法力如何？」土地道：「那牛王神通不小，法力无边，正是孙大圣的敌手。」三藏道：「悟空是个会走路的，往常家二千里路，一霎时便回，怎么如今去了一日？断是与那牛王赌斗。」叫：「悟能，悟净！你两个，那一个去迎你师兄一迎？倘或遇敌，就当用力相助，求得扇子来，解我烦躁，早早过山，赶路去也。」八戒道：「今日天晚，我想着要去接他，但只是不认得积雷山路。」土地道：「小神认得。且教卷帘将军与你师父做伴，我与你去来。」三藏大喜道：「有劳尊神，功成再谢。」那八戒抖擞精神，束一束皂锦直裰，搴着钯，即与土地纵起云雾，径回东方而去。

正行时，忽听得喊杀声高，狂风滚滚。八戒按住云头看时，原来孙行者与牛王厮杀哩。土地道：「天蓬还不上前怎的？」呆子掣钉钯，厉声高叫道：「师兄，我来也！」行者恨道：「你这夯货，误了我多少大事！」八戒道：「师父教我来迎你，因认不得山路，商议良久，教土地引我，故此来迟；如何误了大事？」行者道：「不是怪你来迟。这泼牛十分无礼！我向罗刹处弄得扇子来，却被这厮变作你的模样，口称迎我，我一时欢悦，转把扇子递在他手，他却现了本象，与老孙在此比并，所以误了大事也。」

八戒闻言大怒。举钉钯，当面骂道：「我把你这血皮胀的遭瘟！你怎敢变作你祖宗的模样，骗我师兄，使我兄弟不睦！」你看他没头没脸的使钉钯乱筑。那牛王，一则是与行者斗了一日，力倦神疲；二则是见八戒的钉钯凶猛，遮架不住，败阵就走。只见那火焰山土地，帅领阴兵，当面挡住道：「大力王，且住手。唐三藏西天取经，无神不保，无天不佑，三界通知，十方拥护。快将芭蕉扇来搧息火焰，教他无灾无障，早过山去；不然，上天责你罪愆，定遭诛也。」牛王道：「你这土地，全不察理！那泼猴夺我子，欺我妾，骗我妻，番番无道，我恨不得囫囵吞他下肚，化作大便喂狗，怎么肯将宝贝借他！」

说不了，八戒赶上骂道：『我把你个结心癀！快拿出扇来，饶你性命！』那牛王只得回头，使宝剑又战八戒。孙大圣举棒相帮。这一场在那里好杀：

成精豕，作怪牛，兼上偷天得道猴。禅性自来能战炼，必当用土合元由。钉钯九齿尖还利，宝剑双锋快更柔。铁棒卷舒为主仗，土神助力结丹头。三家刑克相争竞，各展雄才要运筹。捉牛耕地金钱长，唤豕归炉木气收。心不在焉何作道，神常守舍要拴猴。胡乱嚷，苦相求，三般兵刃响搜搜。钯筑剑伤无好意，金箍棒起有因由。只杀得星不光兮月不皎，一天寒雾黑悠悠！

那魔王奋勇争强，且行且斗，斗了一夜，不分上下，早又天明。前面是他的积雷山摩云洞口，他三个与土地、阴兵，又喧哗振耳，惊动那玉面公主，唤丫鬟看是那里人嚷。只见守门小妖来报：『是我家爷爷与昨日那雷公嘴汉子并一个长嘴大耳的和尚同火焰山土地等众厮杀哩！』玉面公主听言，即命外护的大小头目，各执枪刀助力。前后点起七长八短，有百十余口。一个个卖弄精神，拈抢弄棒，齐告：『大王爷爷，我等奉奶奶内旨，特来助力也！』牛王大喜道：『来得好，来得好！』众妖一齐上前乱砍。八戒措手不及，倒拽着钯，败阵而走。大圣纵筋斗云，跳出重围。众阴兵亦四散奔走。老牛得胜，聚众妖归洞，紧闭了洞门不题。

行者道：『这厮骁勇！自昨日申时前后，与老孙战起，直到今夜，未定输赢，却得你两个来接力。如此苦斗半日一夜，他更不见劳困。才这一伙小妖，却又莽壮。他将洞门紧闭不出，如之奈何？』八戒道：『哥哥，你昨日巳时离了师父，怎么到申时才与他斗起？你那两三个时辰，在那里的？』行者道：『别你后，顷刻就到这座山上，见一个女子，问讯，原来就是他爱妾玉面公主。被我使铁棒唬他一唬，他就跑进洞，叫出那牛王来。与老孙劖言劖语，嚷了一会，又与他交手，斗了有一个时辰。正打处，有人请他赴宴去了。是我跟他到那乱石山碧波潭底，变作一个螃蟹，探了消息，偷了他辟水金睛兽，假变牛王模样，复至翠云山芭蕉洞，骗了罗刹女，哄得他扇子。出门试演试演方法，把扇子弄长了，只是不会收小。正掮了走处，被他假变做你的嘴脸，返骗了去。故此耽搁两三个时辰也。』

八戒道：『这正是俗语云：「大海里翻了豆腐船，汤里来，水里去。」如今难得他扇子，如何保得师父过山？且回去，转路走他娘罢！』土地道：『大圣休焦恼，天蓬莫懈怠。但说转路，就是入了傍门，不成个修行之类，古语云：「行不由径」，岂可转走？你那师父，在正路上坐着，眼巴巴只望你们成功哩！』行者发狠道：『正是，正是！呆子莫要胡谈！土地说得有理。我们正要与他：

赌输赢，弄手段，等我施为地煞变。自到西方无对头，牛王本是心猿变。今番正好会源流，断要相持借宝扇。趁清凉，息火焰，打破顽空参佛面。行满超升极乐天，大家同赴龙华宴！』

那八戒听言，便生努力。殷勤道：

『是，是，是！去，去，去！管甚牛王会不会，木生在亥配为猪，牵转牛儿归土类。申下生金本是猴，无刑无克多和气。用芭蕉，为水意，焰火消除成既济。昼夜休离苦尽功，功完赶赴盂兰会。』

他两个领着土地，阴兵一齐上前，使钉钯，轮铁棒，乒乒乓乓，把一座摩云洞的前门，打得粉碎。唬得那外护头目，战战兢兢，闯入里边报道：『大王！孙悟空率众打破前门也！』

那牛王正与玉面公主备言其事，懊恨孙行者哩。听说打破前门，十分发怒，急披挂，拿了铁棍，从里边骂出来道：『泼猢狲！你是多大个人儿，敢这等上门撒泼，打破我门扇？』八戒近前乱骂道：『泼老剥皮！你是个甚样人物，敢量那个大小！不要走！看钯！』牛王喝道：『你这个囔糟食的夯货，不见怎的！快叫那猴儿上来！』行者道：

『不知好歹的饷草！我昨日还与你论兄弟，今日就是仇人了！仔细吃吾一棒！』那牛王奋勇而迎。这场比前番更胜。三个英雄，厮混在一处。好杀：

钉钯铁棒逞神威，同帅阴兵战老牺。牺牲独展凶强性，遍满同天法力恢。使钗筑，着棍擂，铁棒英雄又出奇。三般兵器叮当响，隔架遮拦谁让谁？他道他为首，我道我夺魁。土兵为证难分解，木土相煎上下随。这两个说：『你如何不借芭蕉扇！』那一个道：『你焉敢欺心骗我妻！赶妾害儿仇未报，敲门打户又惊疑！』这个说：『你仔细堤防如意棒，擦着些儿就破皮！』那个说：『好生躲避钯头齿，一伤九孔血淋漓！』牛魔不怕施威猛，铁棍高擎有见机。翻云覆雨随来往，吐雾喷风任发挥。恨苦这场都拚命，各怀恶念喜相持。丢架手，让高低，前迎后挡总无亏。兄弟二人齐努力，单身一棍独施为。卯时战到辰时后，战罢牛魔束手回。

猪八戒助力败魔王
孙行者三调芭蕉扇

那魔重整披挂，又选两口宝剑，走出门来。正遇着八戒使钯筑门，老牛更不打话，掣剑劈脸便砍。八戒举钯迎着，向后倒退了几步，出门来，早有大圣轮棒当头。那牛魔即驾狂风，跳离洞府，又都在那翠云山上相持。众多神四面围绕，土地兵左右攻击。

他三个舍死忘生，又斗有百十余合。八戒发起呆性，仗着行者神通，举钯乱筑。牛王遮架不住，败阵回头，就奔洞门。却被土地、阴兵拦住洞门，喝道：『大力王，那里走！吾等在此！』那老牛不得进洞，急抽身，又见八戒、行者赶来，慌得卸了盔甲，丢了铁棍，摇身一变，变做一只天鹅，望空飞走。

行者看见，笑道：『八戒！老牛去了。』那呆子漠然不知，土地亦不能晓，一个个东张西觑，只在积雷山前后乱找。行者指道：『那空中飞的不是？』八戒道：『那是一只天鹅。』行者道：『正是老牛变的。』土地道：『既如此，却怎生么？』行者道：『你两个打进此门，把群妖尽情剿除，拆了他的窝巢，绝了他的归路，等老孙与他赌变化去。』那八戒与土地，依言攻破洞门不题。

这大圣收了金箍棒，捻诀念咒，摇身一变，变作一个海东青，飕的一翅，钻在云眼里，倒飞下来，落在天鹅身上，抱住颈项嗛眼。那牛王也知是孙行者变化，急忙抖抖翅，变化一只黄鹰，返来嗛海东青。行者又变作一个乌凤，专一赶黄鹰。牛王识得，又变作一只白鹤，长唳一声，向南飞去。行者立定，抖抖翎毛，又变作一只丹凤，高鸣一声。那白鹤见凤是鸟王，诸禽不敢妄动，刷的一翅，淬下山崖，将身一变，变作一只香獐，乜乜些些，在崖前吃草。行者认得，也就落下翅来，变作一只饿虎，剪尾跑蹄，要来赶獐作食。魔王慌了手脚，又变作一只金钱花斑的大豹，要伤饿虎。行者见了，迎着风，把头一幌，又变作一只金眼狻猊，声如霹雳，铁额铜头，复转身要食大豹。牛王着了急，又变作一个人熊，放开脚，就来擒那狻猊。行者打个滚，就变作一只赖象，鼻似长蛇，牙如竹笋，撒开鼻子，要去卷那人熊。

牛王嘻嘻的笑了一笑，现出原身——一只大白牛：头如峻岭，眼若闪光。两只角，似两座铁塔。牙排利刃。连头至尾，有千余丈长短；自蹄至背，有八百丈高下。对行者高叫道：『泼猢狲！你如今将奈我何？』行者也就现了原身，抽出金箍棒来，把腰一躬，喝声叫『长！』长得身高万丈，头如泰山，眼如日月，口似血池，牙似门扇，手执一条铁棒，着头就打。那牛王硬着头，使角来触。这一场，真个是撼岭摇山，惊天动地！有诗为证，诗曰：

道高一尺魔千丈，奇巧心猿用力降。
若得火山无烈焰，必须宝扇有清凉。
黄婆矢志扶元老，木母留情扫荡妖。
和睦五行归正果，炼魔涤垢上西方。

他两个大展神通，在半山中赌斗，惊得那过往虚空，一切神众与金头揭谛、六甲六丁、一十八位护教伽蓝都来围困魔王。那魔王公然不惧，你看他东一头，西一头，直挺挺，光耀耀的两只铁角，往来抵触；南一撞，北一撞，毛森森，筋暴暴的一条硬尾，左右敲摇。孙大圣当面迎，众多神四面打，牛王急了，就地一滚，复本象，便投芭蕉洞去。行者也收了法象，与众多神随后追袭。那魔王闯入洞里，闭门不出。概众把一座翠云山围得水泄不通。

正都上门攻打，忽听得八戒与土地、阴兵嚷嚷而至。行者见了，问曰：『那摩云洞事体如何？』八戒笑道：『那老牛的娘子，被我一钯筑死，剥开衣看，原来是个玉面狸精。那伙群妖，俱是些驴、骡、犊、特、獾、狐、狢、獐、羊、虎、麋、鹿等类。已此尽皆剿戮，又将他洞府房廊放火烧了。土地说他还有一处家小，住居此山，故又来这里扫荡也。』行者道：『贤弟有功。可喜！可喜！老孙空与那老牛赌变化，未曾得胜。他变做无大不大的白牛，我变了法天象地的身量。正和他抵触之间，幸蒙诸神下降。围困多时，他却复原身，走进洞去矣。』八戒道：『那可是芭蕉洞么？』行者道：『正是，正是！罗刹女正在此间。』八戒发狠道：『既是这般，怎么不打进去，剿除那厮，问他要扇子，倒让他停留长智，两口儿叙情！』

好呆子，抖擞威风，举钯照门一筑，忽辣的一声，将那石崖连门筑倒了一边。慌得那女童忙报：『爷爷！不知甚人把门前都打坏了！』牛王方跑进去，喘嘘嘘的，正告诉罗刹女与孙行者夺扇子赌斗之事，闻报，心中大怒。就口中吐出扇子，递与罗刹女。罗刹女接扇在手，满眼垂泪道：『大王！把这扇子送与那猢狲，教他退兵去罢。』牛王道：『夫人啊，物虽小而恨则深。你且坐着，等我再和他比并去来。』

那魔重整披挂，又选两口宝剑，走出门来。正遇着八戒使钯筑门，老牛更不打话，掣剑劈脸便砍。八戒举钯迎着，向后倒退了几步，出门来，早有大圣轮棒当头。那牛魔即驾狂风，跳离洞府，又都在那翠云山上相持。众多神四面围绕，土地兵左右攻击。这一场，又好杀哩：

云迷世界，雾罩乾坤。飒飒阴风砂石滚，巍巍怒气海波浑。重磨剑二口，复挂甲全身。结冤深似海，怀恨越生嗔。你看齐天大圣因功绩，不讲当年老故人。八戒施威求扇子，众神护法捉牛君。牛王双手无停息，左遮右挡弄精神。只杀得那过鸟难飞皆敛翅，游鱼不跃尽潜鳞；鬼泣神嚎天地暗，龙愁虎怕日光昏！

那牛王拚命捐躯，斗经五十余合，抵敌不住，败了阵，往北就走。早有五台山秘魔岩神通广大泼法金刚阻住，道：『牛魔，你往那里去！我等乃释迦牟尼佛祖差来，布列天罗地网，至此擒汝也！』正说间，随后有大圣、八戒、众神赶来。那魔王慌转身向南走，又撞着峨眉山清凉洞法力无量胜至金刚挡住，喝道：『吾奉佛旨在此，正要拿住你也！』牛王心慌脚软，急抽身往东便走；却逢着须弥山摩耳崖毗卢沙门大力金刚迎住道：『你老牛何往！我蒙如来密令，教来捕获你也！』牛王又悚然而退，向西就走；又遇着昆仑山金霞岭不坏尊王永住金刚敌住，喝道：『这厮又将安走！我领西天大雷音寺佛老亲言，在此把截，谁放你也！』那老牛心惊胆战，悔之不及。见那四面八方都是佛兵天将，真个似罗网高张，不能脱命。正在仓惶之际，又闻得行者帅众赶来，他就驾云头，望上便走。

却好有托塔李天王并哪吒太子，领鱼肚药叉、巨灵神将，幔住空中，叫道：『慢来，慢来！吾奉玉帝旨意，特来此剿除你也！』牛王急了，依前摇身一变，还变做一只大白牛，使两只铁角去触天王。天王使刀来砍。随后孙行者又到。哪吒太子厉声高叫：『大圣，衣甲在身，不能为礼。愚父子昨日见佛如来，发檄奏闻玉帝，言唐僧路阻火焰山，孙大圣难伏牛魔王，玉帝传旨，特差我父王领众助力。』行者道：『这厮神通不小！又变作这等身躯，却怎奈何？』太子笑道：『大圣勿疑，你看我擒他。』

这太子即喝一声『变！』变得三头六臂，飞身跳在牛王背上，使斩妖剑望颈项上一挥，不觉得把个牛头斩下。天王收刀，却才与行者相见。那牛王腔子里又钻出一个头来，口吐黑气，眼放金光。被哪吒又砍一剑，头落处，又钻出一个头来。一连砍了十数剑，随即长出十数个头。哪吒取出火轮儿挂在那老牛的角上，便吹真火，焰焰烘烘，把牛王烧得张狂哮吼，摇头摆尾。才要变化脱身，又被托塔天王将照妖镜照住本象，腾那不动，无计逃生，只叫：『莫伤我命！情愿归顺佛家也！』哪吒道：『既惜身命，快拿扇子出来！』牛王道：『扇子在我山妻处收着哩。』哪吒见说，将缚妖索子解下，跨在他那颈项上，一把拿住鼻头，将索穿在鼻孔里，用手牵来。孙行者却会聚了四大金刚、六丁六甲、护教伽蓝、托塔天王、巨灵神将并八戒、土地、阴兵，簇拥着白牛，回至芭蕉洞口。

老牛叫道：『夫人，将扇子出来，救我性命！』罗刹听叫，急卸了钗环，脱了色服，挽青丝如道姑，穿缟素似比丘，双手捧那柄丈二长短的芭蕉扇子，走出门；又见有金刚众圣与天王父子，慌忙跪在地下，磕头礼拜道：『望菩萨

孙行者三调芭蕉扇

孙大圣执着扇子，行近山边，尽气力挥了一搧，那火焰山平平息焰，寂寂除光；行者喜喜欢欢，又搧一扇，只闻得习习潇潇，清风微动；第三扇，满天云漠漠，细雨落霏霏。

饶我夫妻之命，愿将此扇奉承孙叔叔成功去也！』行者近前接了扇，同大众共驾祥云，径回东路。

却说那三藏与沙僧立一会，坐一会盼望行者，许久不回，何等忧虑。忽见祥云满空，瑞光满地，飘飘摇摇，盖众神行将近，这长老害怕道：『悟净！那壁厢是谁神兵来也？』沙僧认得道：『师父啊，那是四大金刚、金头揭谛、六甲六丁、护教伽蓝与过往众神。牵牛的是哪吒三太子。拿镜的是托塔李天王。大师兄执着芭蕉扇，二师兄并土地随后，其余的都是护卫神兵。』三藏听说，换了毗卢帽，穿了袈裟，与悟净拜迎众圣，称谢道：『我弟子有何德能，敢劳列位尊圣临凡也。』四大金刚道：『圣僧喜了，十分功行将完。吾等奉佛旨差来助汝，汝当竭力修持，勿得须臾怠惰。』三藏叩齿叩头，受身受命。

孙大圣执着扇子，行近山边，尽气力挥了一搧，那火焰山平平息焰，寂寂除光；行者喜喜欢欢，又搧一扇，只闻得习习潇潇，清风微动；第三扇，满天云漠漠，细雨落霏霏。有诗为证，诗曰：

火焰山遥八百程，火光大地有声名。
火煎五漏丹难熟，火燎三关道不清。
时借芭蕉施雨露，幸蒙天将助神功。
牵牛归佛休颠劣，水火相联性自平。

此时三藏解燥除烦，清心了意。四众皈依，谢了金刚，各转宝山。六丁六甲，升空保护。过往神祇四散。天王、太子，牵牛径归佛地回缴。止有本山土地，押着罗刹女，在旁伺候。

行者道：『那罗刹，你不走路，还立在此等甚？』罗刹跪道：『万望大圣垂慈，将扇子还了我罢。』八戒喝道：『泼贱人，不知高低！饶了你的性命，就够了，还要讨甚么扇子，我们拿过山去，不会卖钱买点心吃？费了这许多精神力气，又肯与你！雨蒙蒙的，还不回去哩！』罗刹再拜道：『大圣原说扇息了火还我。今此一场，诚悔之晚矣。只因不倜傥，致令劳师动众。我等也修成人道，只是未归正果。见今真身现象归西，我再不敢妄作。愿赐本扇，从立自新，修身养命去也。』土地道：『大圣，趁此女深知息火之法，断绝火根，还他扇子，小神居此苟安，拯救这方生民，求些血食，诚为恩便。』行者道：『我当时问着乡人说：「这山扇息火，只收得一年五谷，便又火发。」如何治得除根？』罗刹道：『要是断绝火根，只消连搧四十九扇，永远再不发了。』

行者闻言，执扇子，使尽筋力，望山头连搧四十九扇，那山上大雨淙淙。果然是宝贝：有火处下雨，无火处天晴。他师徒们立在这无火处，不遭雨湿。坐了一夜，次早才收拾马匹、行李，把扇子还了罗刹。又道：『老孙若不与你，恐人说我言而无信。你将扇子回山，再休生事。看你得了人身，饶你去罢！』那罗刹接了扇子，念个咒语，捏做个杏叶儿，噙在口里。拜谢了众圣，隐姓修行。后来也得了正果，经藏中万古流名。罗刹、土地，俱感激谢恩，随后相送。行者、八戒、沙僧，保着三藏遂此前进，真个是身体清凉，足下滋润。诚所谓：

坎离既济真元合，水火均平大道成。

毕竟不知几年才回东土，且听下回分解。

涤垢洗心惟扫塔

好猴王，轻轻的挟着笤帚，撒起衣服，钻出前门，踏着云头观看。只见第十三层塔心里坐着两个妖精，面前放一盘下饭，一只碗，一把壶，在那里猜拳吃酒哩。行者使个神通，丢了笤帚，掣出金箍棒，拦住塔门喝道：『好怪物，偷塔上宝贝的原来是你！』

第六十二回　涤垢洗心惟扫塔　缚魔归正乃修身

十二时中忘不得，行功百刻全收。五年十万八千周，休教神水涸，莫纵火光愁。

水火调停无损处，五行联络如钩。阴阳和合上云楼，乘鸾登紫府，跨鹤赴瀛洲。

这一篇词牌，名《临江仙》。单道唐三藏师徒四众，水火既济，本性清凉。借得纯阴宝扇，搧息燥火遥山。不一日行过了八百之程。师徒们散诞逍遥，向西而去。正值秋末冬初时序，见了些：

野菊残英落，新梅嫩蕊生。村村纳禾稼，处处食香羹。平林木落远山现，曲涧霜浓幽壑清。应钟气，闭蛰营。纯阴阳，月帝玄溟；盛水德，舜日怜晴。地气下降，天气上升。虹藏不见影，池沼渐生冰。悬崖挂索藤花败，松竹凝寒色更青。

四众行够多时，前又遇城池相近。唐僧勒住马叫徒弟：『悟空，你看那厢楼阁峥嵘，是个甚么去处？』行者抬头观看，乃是一座城池。真个是：

龙蟠形势，虎踞金城。四垂华盖近，百转紫墟平。玉石桥栏排巧兽，黄金台座列贤明。真个是神洲都会，天府瑶京。万里邦畿固，千年帝业隆。蛮夷拱服君恩远，海岳朝元圣会盈。御阶洁净，辇路清宁。酒肆歌声闹，花楼喜气生。未央宫外长春树，应许朝阳彩凤鸣。

行者道：『师父，那座城池，是一国帝王之所。』八戒笑道：『天下府有府城，县有县城，怎么就见是帝王之所？』行者道：『你不知帝王之居，与府县自是不同。你看他四面有十数座门，周围有百十余里，楼台高耸，云雾缤纷。非帝京邦国，何以有此壮丽？』沙僧道：『哥哥眼明，虽识得是帝王之处，却唤做甚么名色？』行者道：『又无牌匾旌号，何以知之？须到城中询问，方可知也。』

长老策马，须臾到门。下马过桥，进门观看。只见六街三市，货殖通财；又见衣冠隆盛，人物豪华。正行时，忽见有十数个和尚，一个个披枷戴锁，沿门乞化，着实的蓝缕不堪。三藏叹曰：『兔死狐悲，物伤其类。』叫：『悟空，你上前去问他一声，为何这等遭罪？』

行者依言，即叫：『那和尚，你是那寺里的？为甚事披枷戴锁？』众僧跪倒道：『爷爷，我等是金光寺负屈的和尚。』行者道：『金光寺坐落何方？』众僧道：『转过隅头就是。』行者将他带在唐僧前，问道：『怎么负屈，你说我听。』众僧道：『爷爷，不知你们是那方来的，我等似有些面善。此间不敢在此奉告，请到荒山，具说苦楚。』长老道：『也是。我们且到他那寺中去，仔细询问缘由。』

同至山门，门上横写七个金字，『敕建护国金光寺』。师徒们进得门来观看，但见那：

古殿香灯冷，虚廊叶扫风。凌云千尺塔，养性几株松。满地落花无客过，檐前蛛网任攀笼。空架鼓，枉悬钟，绘壁尘多彩象朦。讲座幽然僧不见，禅堂静矣鸟常逢。凄凉堪叹息，寂寞苦无穷。佛前虽有香炉设，灰冷花残事事空。

三藏心酸，止不住眼中出泪。众僧们顶着枷锁，将正殿推开，请长老上殿拜佛。长老进殿，奉上心香，叩齿三匝，却转于后面，见那方丈檐柱上又锁着六七个小和尚，三藏甚不忍见。及到方丈，众僧俱来叩头，问道：『列位老爷像貌不一，可是东土大唐来的么？』行者笑道：『这和尚有甚未卜先知之法？我们正是。你怎么认得？』众僧道：『爷爷，我等有甚未卜先知之法，只是痛负了屈苦，无处分明，日逐家只是叫天叫地。想是惊动天神，昨日夜间，各人都得一梦：说有个东土大唐来的圣僧，救得我等性命，庶此冤苦可伸。今日果见老爷这般异像，故认得也。』

三藏闻言大喜道：『你这里是何地方？有何冤屈？』众僧跪告：『爷爷，此城名唤祭赛国，乃西邦大去处。当年有四夷朝贡：南，月陀国；北，高昌国；东，西梁国；西，本钵国。年年进贡美玉明珠，娇妃骏马。我这里不动干戈，不去征讨，他那里自然拜为上邦。』三藏道：『既拜为上邦，想是你这国王有道，文武贤良。』众僧道：『爷爷，文也不贤，武也不良，国君也不是有道。我这金光寺，自来宝塔上祥云笼罩，瑞霭高升；夜放霞光，万里有人曾见；昼喷彩气，四国无不同瞻。故此以为天府神京，四夷朝贡。只是三年之前，孟秋朔日，夜半子时，下了一场血雨。天明时，家家害怕，户户生悲。众公卿奏上国王，不知天公甚事见责。当时延请道士打醮，和尚看经，答天谢地。谁晓得我这寺里黄金宝塔污了，这两年外国不来朝贡。我王欲要征伐，众臣谏道：我寺里僧人偷了塔上宝贝，所以无祥云瑞霭，外国不朝。昏君更不察理。那些赃官，将我僧众拿了去，千般拷打，万样追求。当时我这里有三辈和尚：前两辈已被拷打不过，死了；如今又捉我辈，问罪枷锁。老爷在上，我等怎敢欺心，盗取塔中之宝！万望爷爷怜念，方以类聚，物以群分，舍大慈大悲，广施法力，拯救我等性命！』

三藏闻言，点头叹道：『这桩事暗昧难明。一则是朝廷失政，二来是汝等有灾。既然天降血雨，污了宝塔，那时节何不启本奏君，致令受苦？』众僧道：『爷爷，我等凡人，怎知天意，况前辈俱未辨得，我等如何处之！』三藏道：『悟空，今日甚时分了？』行者道：『有申时前后。』三藏道：『我欲面君倒换关文，奈何这众僧之事，不得明白，难以对君奏言。我当时离了长安，在法门寺里立愿：上西方逢庙烧香，遇寺拜佛，见塔扫塔。今日至此，遇有受屈僧人，乃因宝塔之累。你与我办一把新笤帚，待我沐浴了，上去扫扫，即看这污秽之事何如，不放光之故何如，访着端的，方好面君奏言，解救他们这苦难也。』

这些枷锁的和尚听说，连忙去厨房取把厨刀，递与八戒道：『爷爷，你将此刀打开那柱子上锁的小和尚铁锁，放他去安排斋饭香汤，伏侍老爷进斋沐浴。我等且上街化把新笤帚来与老爷扫塔。』八戒笑道：『开锁有何难哉？不用刀斧，教我那一位毛脸老爷，他是开锁的积年。』行者真个近前，使个解锁法，用手一抹，几把锁俱退落下。那小和尚俱跑到厨中，净刷锅灶，安排茶饭。三藏师徒们吃了斋，渐渐天昏。只见那枷锁的和尚，拿了两把笤帚进来，三藏甚喜。

正说处，一个小和尚点了灯，来请洗澡。此时满天星月光辉，谯楼上更鼓齐发。正是那：

四壁寒风起，万家灯火明。
六街关户牖，三市闭门庭。
钓艇归深树，耕犁罢短绳。
樵夫柯斧歇，学子诵书声。

三藏沐浴毕，穿了小袖褊衫，束了环绦，足下换一双软公鞋，手里拿一把新笤帚，对众僧道：『你等安寝，待我扫塔去来。』行者道：『塔上既被血雨所污，又况日久无光，恐生恶物；一则夜静风寒，又没个伴侣：自去恐有差池。老孙与你同上如何？』三藏道：『甚好，甚好！』

两人各持一把，先到大殿上，点起琉璃灯，烧了香，佛前拜道：『弟子陈玄奘奉东土大唐差往灵山参见我佛如来取经，今至祭赛国金光寺，遇本僧言宝塔被污，国王疑僧盗宝，衔冤取罪，上下难明。弟子竭诚扫塔，望我佛威灵，早示污塔之原因，莫致凡夫之冤屈。』祝罢，与行者开了塔门，自下层望上而扫。只见这塔，真是：

峥嵘倚汉，突兀凌空。正唤做五色琉璃塔，千金舍利峰。梯转如穿窟，门开似出笼。宝瓶影射天边月，金铎声传海上风。但见那虚檐拱斗，绝顶留云：虚檐拱斗，作成巧石穿花凤；绝顶留云，造就浮屠绕雾龙。远眺可观千里外，高登似在九霄中。层层门上琉璃灯，有尘无火；步步檐前白玉栏，积垢飞虫。塔心里，佛座上，香烟尽绝；窗棂外，神面前，蛛网牵蒙。炉中多鼠粪，盏内少油熔。只因暗失中间宝，苦杀僧人命落空。三藏发心将塔扫，管教重见旧时容。

唐僧用帚子扫了一层，又上一层。如此扫至第七层上，却早二更时分。那长老渐觉困倦，行者道：『困了，你且坐下，等老孙替你扫罢。』三藏道：『这塔是多少层数？』行者道：『怕不有十三层哩。』长老耽着劳倦道：『是必扫了，方趁本愿。』又扫了三层，腰酸腿痛，就于十层上坐倒道：『悟空，你替我把那三层扫净下来罢。』行者抖擞精神，登上第十一层，霎时又上到第十二层。正扫处，只听得塔顶上有人言语。行者道：『怪哉，怪哉！这早晚有三更时分，怎么得有人在这顶上言语？断乎是邪物也！且看看去。』

好猴王，轻轻的挟着笤帚，撒起衣服，钻出前门，踏着云头观看。只见第十三层塔心里坐着两个妖精，面前放

涤垢洗心惟扫塔
缚魔归正乃修身

八戒揪着一个妖贼，沙僧揪着一个妖贼，孙大圣依旧坐了轿，摆开头搭，将两个妖怪押赴当朝。须臾，至白玉阶。对国王道：『那妖贼已取来了。』国王遂降龙床，与唐僧及文武多官，同目视之。那怪一个是暴腮乌甲，尖嘴利牙；一个是滑皮大肚，巨口长须。虽然是有足能行，大抵是变成的人像。

一盘下饭，一只碗，一把壶，在那里猜拳吃酒哩。行者使个神通，丢了笤帚，掣出金箍棒，拦住塔门喝道：『好怪物，偷塔上宝贝的原来是你！』两个怪物慌了，急起身，拿壶拿碗乱掼，被行者横铁棒拦住道：『我若打死你，没人供状。』只把棒逼将去。那怪贴在壁上，莫想挣扎得动。口里只叫：『饶命，饶命！不干我事！自有偷宝贝的在那里也。』行者使个拿法，一只手抓将过来，径拿下第十层塔中，报道：『师父，拿住偷宝贝之贼了！』三藏正自盹睡，忽闻此言，又惊又喜道：『是那里拿来的？』行者把怪物揪到面前跪下道：『他在塔顶上猜拳吃酒耍子，是老孙听得喧哗，一纵云，跳到顶上拦住，未曾着力。但恐一棒打死，没人供状，故此轻轻捉来。师父可取他个口词，看他是那里妖精，偷的宝贝在于何处。』

那怪物战战兢兢，口叫：『饶命！』遂从实供道：『我两个是乱石山碧波潭万圣龙王差来巡塔的。他叫做奔波儿灞，我叫做灞波儿奔。他是鲇鱼怪，我是黑鱼精。因我万圣老龙生了一个女儿，就唤做万圣公主。那公主花容月貌，有二十分人才。招得一个驸马，唤做九头驸马，神通广大。前年与龙王来此，显大法力，下了一阵血雨，污了宝塔，偷了塔中的舍利子佛宝。公主又去大罗天上，灵霄殿前，偷了王母娘娘的九叶灵芝草，养在那潭底下，金光霞彩，昼夜光明。近日闻得有个孙悟空往西天取经，说他神通广大，沿路上专一寻人的不是，所以这些时常差我等来此巡拦。若还有那孙悟空到时，好准备也。』行者闻言，嘻嘻冷笑道：『那孽畜等这等无礼！怪道前日请牛魔王在那里赴会！原来他结交这伙泼魔，专干不良之事！』

说未了，只见八戒与两三个小和尚，自塔下提着两个灯笼走上来道：『师父，扫了塔不去睡觉，在这里讲甚么哩？』行者道：『师弟，你来正好。塔上的宝贝，乃是万圣老龙偷了去。今着这两个小妖巡塔，探听我等来的消息，却才被我拿住也。』八戒道：『叫做甚么名字，甚么妖精？』行者道：『才然供了口词，一个叫做奔波儿灞，一个叫做灞波儿奔；一个是鲇鱼怪，一个是黑鱼精。』八戒掣钯就打，道：『既是妖精，取了口词，不打死何待？』行者道：『你不知。且留着活的，好去见皇帝讲话，又好做凿眼去寻贼追宝。』好呆子，真个收了钯，一家一个，都抓下塔来。那怪只叫：『饶命！』八戒道：『正要你鲇鱼、黑鱼做些鲜汤，与那负冤屈的和尚吃哩！』

两三个小和尚，喜喜欢欢，提着灯笼，引长老下了塔。一个先跑报众僧道：『好了，好了！我们得见青天了！偷宝贝的妖怪，已是爷爷们捉将来矣！』行者教：『拿铁索来，穿了琵琶骨，锁在这里。汝等看守，我们睡觉去，明日再做理会。』那些和尚都紧紧的守着，让三藏们安寝。

不觉的天晓。长老道：『我与悟空入朝，倒换关文去来。』长老即穿了锦襕袈裟，戴了毘卢帽，整束威仪，拽步前进。行者也束一束虎皮裙，整一整绵布直裰，取了关文同去。八戒道：『怎么不带这两个妖贼？』行者道：『待我们奏过了，自有驾帖着人来提他。』

遂行至朝门外。看不尽那朱雀黄龙，清都绛阙。三藏到东华门，对阁门大使作礼道：『烦大人转奏，贫僧是东土大唐差去西天取经者，意欲面君，倒换关文。』那黄门官果与通报，至阶前奏道：『外面有两个异容异服僧人，称言南赡部洲东土唐朝差往西方拜佛求经，欲朝我王，倒换关文。』

国王闻言，传旨教宣。长老即引行者入朝。文武百官，见了行者，无不惊怕。有的说是猴和尚，有的说是雷公嘴和尚。个个悚然，不敢久视。长老在阶前舞蹈山呼的行拜，大圣叉着手，斜立在旁，公然不动。长老启奏道：『臣僧乃南赡部洲东土大唐国差来拜西方天竺国大雷音寺佛求取真经者。路经宝方，不敢擅过。有随身关文，乞倒验方行。』那国王闻言大喜。传旨教宣唐朝圣僧上金銮殿，安绣墩赐坐。长老独自上殿，先将关文捧上，然后谢恩敢坐。

那国王将关文看了一遍，心中喜悦道：『似你大唐王有疾，能选高僧，不避路途遥远，拜我佛取经；寡人这里和尚，专心只是做贼，败国倾君！』三藏闻言，合掌道：『怎见得败国倾君？』国王道：『寡人这国，乃是西域上邦，常有四夷朝贡，皆因国内有个金光寺，寺内有座黄金宝塔，塔上有光彩冲天。近被本寺贼僧，暗窃了其中之宝，三年无有光彩，外国这二年也不来朝，寡人心痛恨之。』三藏合掌笑道：『万岁，「差之毫厘，失之千里」矣。贫僧昨晚到于天府，一进城门，就见十数个枷纽之僧。问及何罪，他道是金光寺负冤屈者。因到寺细审，更不干本寺僧人之事：贫僧入夜扫塔，已获那偷宝之妖贼矣。』国王大喜道：『妖贼安在？』三藏道：『现被小徒锁在金光寺里。』

那国王急降金牌：『着锦衣卫快到金光寺取妖贼来，寡人亲审。』三藏又奏道：『万岁，虽有锦衣卫，还是小徒去方可。』国王道：『高徒在那里？』三藏用手指道：『那玉阶旁立者便是。』国王见了，大惊道：『圣僧如此丰姿，高徒怎么这等像貌？』孙大圣听见了，厉声高叫道：『陛下，「人不可貌相，海水不可斗量。」若爱丰姿者，如何捉得妖贼也？」国王闻言，回惊作喜道：「圣僧说的是。朕这里不选人材，只要获贼得宝归塔为上。」再着当驾官看车盖，教锦衣卫好生伏侍圣僧去取妖贼来。那当驾官即备大轿一乘，黄伞一柄，锦衣卫点起校尉，将行者八抬八绰，大四声喝路，径至金光寺。自此惊动满城百姓，无处无一人不来看圣僧及那妖贼。

八戒、沙僧听得喝道，只说是国王差官，急出迎接，原来是行者坐在轿上。呆子当面笑道：「哥哥，你得了本身也！」行者下了轿，搀着八戒道：「我怎么得了本身？」八戒道：「你打着黄伞，抬着八人轿，却不是猴王之职分？故说你得了本身。」行者道：「且莫取笑。」遂解下两个妖物，押见国王。沙僧道：「哥哥，也带挈小弟带挈。」行者道：「你只在此看守行李、马匹。」那枷锁之僧道：「爷爷们都去承受皇恩，等我们在此看守。」行者道：「既如此，等我去奏过国王，却来放你。」八戒揪着一个妖贼，沙僧揪着一个妖贼，孙大圣依旧坐了轿，摆开头搭，将两个妖怪押赴当朝。

须臾，至白玉阶。对国王道：「那妖贼已取来了。」国王遂降龙床，与唐僧及文武多官，同目视之。那怪一个是暴腮乌甲，尖嘴利牙；一个是滑皮大肚，巨口长须。虽然是有足能行，大抵是变成的人像。国王问曰：「你是何方贼怪，那处妖精，几年侵吾国土，何年盗我宝贝，一盘共有多少贼徒，都唤做甚么名字，从实一一供来！」二怪朝上跪下，颈内血淋淋的，更不知疼痛。供道：

「三载之外，七月初一，有个万圣龙王，帅领许多亲戚，住居在本国东南，离此处路有百十。潭号碧波，山名乱石。生女多娇，妖娆美色。招赘一个九头驸马，神通无敌。他知你塔上珍奇，与龙王合盘做贼，先下血雨一场，后把舍利偷讫。见如今照耀龙宫，纵黑夜明如白日。公主施能，寂寂密密，又偷了王母灵芝，在潭中温养宝物。我两个不是贼头，乃龙王差来小卒。今夜被擒，所供是实。」

国王道：『既取了供，如何不供自家名字？』那怪道：『我唤做奔波儿灞，他唤做灞波儿奔。奔波儿灞是个鲇鱼怪，灞波儿奔是个黑鱼精。』国王教锦衣卫好生收监。传旨：『赦了金光寺众僧的枷锁，快教光禄寺排宴，就于麒麟殿上谢圣僧获贼之功，议请圣僧捕擒贼首。』

光禄寺即时备了荤素两样筵席。国王请唐僧四众上麒麟殿叙坐。问道：『圣僧尊号？』唐僧合掌道：『贫僧俗家姓陈，法名玄奘。蒙君赐姓唐，贱号三藏。』国王又问：『圣僧高徒何号？』三藏道：『小徒俱无号。第一个名孙悟空，第二个名猪悟能，第三个名沙悟净：此乃南海观世音菩萨起的名字。因拜贫僧为师，贫僧又将悟空叫做行者；悟能叫做八戒；悟净叫做和尚。』国王听毕，请三藏坐了上席；孙行者坐了侧首左席；猪八戒、沙和尚坐了侧首右席。俱是素果、素菜、素茶、素饭。前面一席荤的，坐了国王；下首有百十席荤的，坐了文武多官。众臣谢了君恩，徒告了师罪，坐定。国王把盏，三藏不敢饮酒，他三个各受了安席酒。下边只听得管弦齐奏，乃是教坊司动乐。你看八戒放开食嗓，真个是虎咽狼吞，将一席果菜之类，吃得罄尽。少顷间，添换汤饭又来，又吃得一毫不剩。巡酒的来，又杯杯不辞。这场筵席，直乐到午后方散。

三藏谢了盛宴。国王又留住道：『这一席聊表圣僧获怪之功。』教光禄寺：『快翻席到建章宫里，再请圣僧定捕贼首，取宝归塔之计。』三藏道：『既要捕贼取宝，不劳再宴。贫僧等就此辞王，就擒捉妖怪去也。』国王不肯，一定请到建章宫，又吃了一席。国王举酒道：『那位圣僧帅众出师，降妖捕贼？』三藏道：『教大徒弟孙悟空去。』大圣拱手应承。国王道：『孙长老既去，用多少人马？几时出城？』八戒忍不住高声叫道：『那里用甚么人马！又那里管甚么时辰！趁如今酒醉饭饱，我共师兄去，手到擒来！』三藏甚喜道：『八戒这一向勤紧啊！』行者道：『既如此，着沙僧弟保护师父，我两个去来。』那国王道：『二位长老既不用人马，可用兵器？』八戒笑道：『你家的兵器，我们用不得。我弟兄自有随身器械。』国王闻说，即取大觥来，与二位长老送行。孙大圣道：『酒不吃了，只教锦衣卫把两个小妖拿来，我们带了他去做凿眼。』国王传旨，即时提出。二人挟着两个小妖，驾风头，使个摄法，径上东南去了。噫！他那：

君臣一见腾风雾，才识师徒是圣僧。

毕竟不知此去如何擒获，且听下回分解。

二僧荡怪闹龙宫

他两个往往来来，斗经三十余合，不分胜负。猪八戒立在山前，见他们战到酣美之处，举着钉钯，从妖精背后一筑。原来那怪九个头，转转都是眼睛，看得明白。见八戒在背后来时，即使铲镈架着钉钯，铲头抵着铁棒。

第六十三回　二僧荡怪闹龙宫　群圣除邪获宝贝

却说祭赛国王与大小公卿，见孙大圣与八戒腾风驾雾，提着两个小妖，飘然而去。一个个朝天礼拜道：『话不虚传，今日方知有此辈神仙活佛！』又见他远去无踪，却拜谢三藏、沙僧道：『寡人肉眼凡胎，只知高徒有力量，拿住妖贼便了；岂知乃腾云驾雾之上仙也。』三藏道：『贫僧无些法力，一路上多亏这三个小徒。』沙僧道：『不瞒陛下说。我大师兄乃齐天大圣皈依。他曾大闹天宫，使一条金箍棒，十万天兵，无一个对手。只闹得太上老君害怕，玉皇大帝心惊。我二师兄乃天蓬元帅果正。他也曾掌管天河八万水兵大众。惟我弟子无法力，乃卷帘大将受戒。愚弟兄若干别事无能，若说擒妖缚怪，拿贼捕亡，伏虎降龙，踢天弄井，以至搅海翻江之类，略通一二。这腾云驾雾，唤雨呼风，与那换斗移星，担山赶月，特余事耳，何足道哉！』国王闻说，愈十分加敬。请唐僧上坐，口口称为『老佛』，将沙僧等皆称为『菩萨』。满朝文武欣然，一国黎民顶礼不题。

却说孙大圣与八戒驾着狂风，把两个小妖摄到乱石山碧波潭，住定云头，将金箍棒吹了一口仙气，叫：『变！』变作一把戒刀，将一个黑鱼怪割了耳朵，鲇鱼精割了下唇，撇在水里，喝道：『快早去对那万圣龙王报知，说我齐天大圣孙爷爷在此，着他即送祭赛国金光寺塔上的宝贝出来，免他一家性命！若迸半个「不」字，我将这潭水搅净，教他一门儿老幼遭诛！』

那两个小妖，得了命，负痛逃生，拖着锁索，淬入水内，唬得那些鼋鼍龟鳖，虾蟹鱼精，都来围住问道：『你两个为何拖绳带索？』一个掩着耳，摇头摆尾；一个侮着嘴，跌脚捶胸；都嚷嚷闹闹，径上龙王宫殿报：『大王，祸事了！』那万圣龙王正与九头驸马饮酒，忽见他两个来，即停杯问何祸事。那两个即告道：『昨夜巡拦，被唐僧、孙行者扫塔捉获，用铁索拴锁。今早见国王，又被那行者与猪八戒抓着我两个，一个割了耳朵，一个割了嘴唇，抛在水中，着我来报，要索那塔顶宝贝。』遂将前后事，细说了一遍。那老龙听说是孙行者齐天大圣，唬得魂不附体，魄散九霄。战兢兢对驸马道：『贤婿啊，别个来还好计较，若果是他，却不善也！』驸马笑道：『太岳放心。愚婿自幼学了些武艺，四海之内，也曾会过几个豪杰，怕他做甚！等我出去与他交战三合，管取那厮缩首归降，不敢仰视。』

好妖怪，急纵身披挂了，使一般兵器，叫做月牙铲，步出宫，分开水道，在水面上叫道：『是甚么齐天大圣！快上来纳命！』行者与八戒，立在岸边，观看那妖精怎生打扮：

戴一顶烂银盔，光欺白雪；贯一副兜鍪甲，亮敌秋霜。上罩着锦征袍，真个是彩云笼玉；腰束着犀纹带，果然像花蟒缠金。手执着月牙铲，霞飞电掣；脚穿着猪皮靴，水利波分。远看时一头一面，近睹处四面皆人。前有眼，后有眼，八方通见；左也口，右也口，九口言论。一声吆喝长空振，似鹤飞鸣贯九宸。

他见无人对答，又叫一声：『那个是齐天大圣？』行者按一按金箍，理一理铁棒道：『老孙便是。』那怪道：『你家居何处？身出何方？怎生得到祭赛国，与那国王守塔，却大胆获我头目，又敢行凶，上吾宝山索战？』行者骂道：『你这贼怪，原来不识你孙爷爷哩！你上前，听我道：

老孙祖住花果山，大海之间水帘洞。自幼修成不坏身，玉皇封我齐天圣。只因大闹斗牛宫，天上诸神难取胜。当请如来展妙高，无边智慧非凡用。为翻筋斗赌神通，手化为山压我重。整到如今五百年，观音劝解方逃命。大唐三藏上西天，远拜灵山求佛颂。解脱吾身保护他，炼魔净怪从修行。路逢西域祭赛城，屈害僧人三代命。我等慈悲问旧情，乃因塔上无光映。吾师扫塔探分明，夜至三更天籁静。捉住鱼精取实供，他言汝等偷宝珍。合盘为盗有龙王，公主连名称万圣。血雨浇淋塔上光，将他宝贝偷来用。殿前供状更无虚，我奉君言驰此境。所以相寻索战争，不须再问孙爷姓。快将宝贝献还他，免汝老少全家命。敢若无知骋胜强，教你水涸山颓都蹭蹬！』

那驸马闻言，微微冷笑道：『你原来是取经的和尚，没要紧罗织管事！我偷他的宝贝，你取佛的经文，与你何干，却来厮斗！』行者道：『这贼怪甚不达理！我虽不受国王的恩惠，不食他的水米，不该与他出力；但是你偷他的宝贝，污他的宝塔，屡年屈苦金光寺僧人，他是我一门同气，我怎么不与他出力，辨明冤枉？』驸马道：『你既如此，想是要行赌赛。常言道：「武不善作。」但只怕起手处，不得留情，一时间伤了你的性命，误了你去取经！』

行者大怒，骂道：『这泼贼怪，有甚强能，敢开大口！走上来，吃老爷一棒！』那驸马更不心慌，把月牙铲架住铁棒，就在那乱石山头，这一场真个好杀：

妖魔盗宝塔无光，行者擒妖报国王。小怪逃生回水内，老龙破胆各商量。九头驸马施威武，披挂前来展素强。怒发齐天孙大圣，金箍棒起十分刚。那怪物，九个头颅十八眼，前前后后放毫光；这行者，一双铁臂千斤力，蔼蔼纷纷并瑞祥。铲似一阳初现月，棒如万里遍飞霜。他说『你无干休把不平报！』我道『你有意偷宝真不良！那泼贼，少轻狂，还他宝贝得安康！』棒迎铲架争高下，不见输赢练战场。

他两个往往来来，斗经三十余合，不分胜负。猪八戒立在山前，见他们战到酣美之处，举着钉钯，从妖精背后一筑。原来那怪九个头，转转都是眼睛，看得明白。见八戒在背后来时，即使铲镈架着钉钯，铲头抵着铁棒。又耐战五七合，挡不得前后齐轮，他却打个滚，腾空跳起，现了本象，乃是一个九头虫，观其形象十分恶，见此身模怕杀人！他生得：

毛羽铺锦，团身结絮。方圆有丈二规模，长短似鼋鼍样致。两只脚尖利如钩，九个头攒环一处。展开翅极善飞扬，纵大鹏无他力气；发起声远振天涯，比仙鹤还能高唳。眼多闪灼幌金光，气傲不同凡鸟类。

猪八戒看见心惊道：『哥啊！我自为人，也不曾见这等个恶物！是甚血气生此禽兽也？』行者道：『真个罕有，真个罕有，等我赶上打去！』好大圣，急纵祥云，跳在空中，使铁棒照头便打。那怪物大显身，展翅斜飞，飕的打个转身，掠到山前，半腰里又伸出一个头来，张开口如血盆相似，把八戒一口咬着鬃，半拖半扯，捉下碧波潭水内而去。及至龙宫外，还变作前番模样，将八戒掷之于地，叫：『小的们何在？』那里面鲭鲌鲤鳜之鱼精，龟鳖鼋鼍之介怪，一拥齐来，道声：『有！』驸马道：『把这个和尚，绑在那里，与我巡拦的小卒报仇！』众精推推嚷嚷，抬进八戒去时，那老龙王欢喜，迎出道：『贤婿有功，怎生捉他来也？』那驸马把上项原故，说了一遍。老龙即命排酒贺功不题。

却说孙行者见妖精擒了八戒，心中惧道：『这厮恁般利害！我待回朝见师，恐那国王笑我。待要开言骂战，曾奈我又单身？况水面之事不惯。且等我变化了进去，看那怪把呆子怎生摆布。若得便，且偷他出来干事。』

好大圣，捻着诀，摇身一变，还变做一个螃蟹，淬于水内，径至牌楼之前。原来这条路是他前番袭牛魔王盗金睛兽走熟了的。直至那宫阙之下，横爬过去。又见那老龙王与九头虫合家儿欢喜饮酒。行者不敢相近，爬过东廊之下，见几个虾精蟹精，纷纷纭纭耍子。行者听了一会言谈，却就学语学话，问道：『驸马爷爷拿来的那长嘴和尚，这会死了不曾？』众精道：『不曾死。缚在那西廊下哼的不是？』

行者听说，又轻轻的爬过西廊。真个那呆子绑在柱上哼哩。行者近前道：『八戒，认得我么？』八戒听得声音，知是行者，道：『哥哥，怎么了，反被这厮捉住我也！』行者四顾无人，将钳咬断索子叫走。那呆子脱了手道：『哥哥，我的兵器，被他收了，又奈何？』行者道：『你可知道收在那里？』八戒道：『当被那怪拿上宫殿去了。』行者道：『你先去牌楼下等我。』

八戒逃生，悄悄的溜出。行者复身爬上宫殿，观看左首下有光彩森森，乃是八戒的钉钯放光，使个隐身法，将钯偷出。到牌楼下，叫声：『八戒！接兵器！』呆子得了钯，便道：『哥哥，你先走，等老猪打进宫殿。若得胜，就捉住他一家子；若不胜，败出来，你在这潭岸上救应。』行者大喜，只教仔细。八戒道：『不怕他！水里本事，我略有些儿。』行者丢了他，负出水面不题。

这八戒束了皂直裰，双手缠钯，一声喊，打将进去。慌得那大小水族，奔奔波波，跑上宫殿，吆喝道：『不好了！长嘴和尚挣断绳返打进来了！』那老龙与九头虫并一家子俱措手不及，跳起来，藏藏躲躲。这呆子不顾死活，闯上宫殿，一路钯，筑破门扇，打破桌椅，把些吃酒的家火之类，尽皆打碎。有诗为证，诗曰：

木母遭逢水怪擒，心猿不舍苦相寻。

暗施巧计偷开锁，大显神威怒恨深。
驸马忙携公主躲，龙王战栗绝声音。
水宫绛阙门窗损，龙子龙孙尽没魂。

这一场，被八戒把玳瑁屏打得粉碎，珊瑚树掼得雕零。那九头虫将公主安藏在内，急取月牙铲，赶至前宫，喝道：『泼夯豕彘！怎敢欺心惊吾眷族！』八戒骂道：『这贼怪，你焉敢将我捉来！这场不干我事，是你请我来家打的！快拿宝贝还我，回见国王了事；不然，决不饶你一家命也！』那怪那肯容情，咬定牙齿，与八戒交锋。那老龙才定了神思，领龙子、龙孙，各执枪刀，齐来攻取。八戒见事体不谐，虚幌一钯，撤身便走。那老龙帅众追来。须臾，撺出水中，都到潭面上翻腾。

群圣除邪获宝贝

那驸马见不停当，在山前打个滚，又现了本象，展开翅，旋绕飞腾。二郎即取金弓，安上银弹，扯满弓，往上就打。那怪急铩翅，掠到边前，要咬二郎；半腰里才伸出一个头来，被那头细犬，撺上去，汪的一口，把头血淋淋的咬将下来。那怪物负痛逃生，径投北海而去。

却说孙行者立于潭岸等候，忽见他们追赶八戒，出离水中，就半踏云雾，掣铁棒，喝声：『休走！』只一下，把个老龙头打得稀烂。可怜血溅潭中红水泛，尸飘浪上败鳞浮！唬得那龙子、龙孙各各逃命；九头驸马收龙尸，转宫而去。

行者与八戒且不追袭，回上岸，备言前事。八戒道：『这厮锐气挫了！被我那一路钯，打进去时，打得落花流水，魂散魄飞！正与那驸马厮斗，却被老龙王赶着，却亏了你打死。那厮们回去，一定停丧挂孝，决不肯出来。今又天色晚了，却怎奈何？』行者道：『管甚么天晚！乘此机会，你还下去攻战。务必取出宝贝，方可回朝。』那呆子意懒情疏，徉徉推托。行者催逼道：『兄弟不必多疑，还像刚才引出来，等我打他。』

两人正自商量，只听得狂风滚滚，惨雾阴阴，忽从东方径往南去。行者仔细观看，乃二郎显圣，领梅山六兄弟，架着鹰犬，挑着狐兔，抬着獐鹿，一个个腰挎弯弓，手持利刃，纵风雾踊跃而来。行者道：『八戒，那是我七圣兄弟，倒好留请他们，与我助战。若得成功，倒是一场大机会也。』八戒道：『既是兄弟，极该留请。』行者道：『但内有显圣大哥，我曾受他降伏，不好见他。你去拦住云头，叫道：「真君，且略住住，齐天大圣在此进拜。」他若听见是我，断然住了。待他安下，我却好见。』

那呆子急纵云头，上山拦住，厉声高叫道：『真君，且慢车驾。有齐天大圣请见哩。』那爷爷见说，即传令，就停住六兄弟，与八戒相见毕。问：『齐天大圣何在？』八戒道：『现在山下听呼唤。』二郎道：『兄弟们，快去请来。』

六兄弟乃是康、张、姚、李、郭、直，各各出营叫道：『孙悟空哥哥，大哥有请。』行者上前，对众作礼，遂同上山。

二郎爷爷迎见，携手相搀，一同相见道：『大圣，你去脱大难，受戒沙门，刻日功完，高登莲座。可贺，可贺！』行者道：『不敢。向蒙莫大之恩，未展斯须之报。虽然脱难西行，未知功行何如。今因路遇祭赛国，搭救僧灾，在此擒妖索宝。偶见兄长车驾，大胆请留一助。未审兄长自何而来，肯见爱否。』二郎笑道：『我因闲暇无事，同众兄弟采猎而回。幸蒙大圣不弃留会，足感故旧之情。若命挟力降妖，敢不如命；却不知此地是何怪贼？』六圣道：『大哥忘了？此间是乱石山，山下乃碧波潭，万圣之龙宫也。』二郎惊讶道：『万圣老龙却不生事，怎么敢偷塔宝？』行者道：『他近日招了一个驸马，乃是九头虫成精。他郎丈两个做贼，将祭赛国下了一场血雨，把金光寺塔顶舍利佛宝偷来。那国王不解其意，苦拿着僧人拷打。是我师父慈悲，夜来扫塔，当被我在塔上拿住两个小妖，——是他差来巡探的。今早押赴朝中，实实供招了。那国王就请我师收降，师命我等到此。先一场战，被九头虫腰里伸出一个头来，把八戒衔了去，我却又变化下水去，解了八戒。才然大战一场，是我把老龙打死，那厮们收尸挂孝去了。我两个正议索战，却见兄长仪仗降临，故此轻渎也。』二郎道：『既伤了老龙，正好与他攻击，使那厮不能措手，却不连窝巢都灭绝了？』八戒道：『虽是如此，奈天晚何。』二郎道：『兵家云：「征不待时。」何怕天晚！』康、姚、郭、直道：『大哥莫忙。那厮家眷在此，料无处去。孙二哥也是贵客，猪刚鬣又归了正果，我们营内，有随带的酒肴。教小的们取火，就此铺设：一则与二位贺喜，二来也当叙情。且欢会这一夜，待天明索战何迟？』二郎大喜道：『贤弟说得极当。』却命小校安排。行者道：『列位盛情，不敢固却。但自做和尚，都是斋戒，恐荤素不便。』二郎道：『有素果品，酒也是素的。』众兄弟在星月光前，幕天席地，举杯叙旧。

正是寂寞更长，欢娱夜短。早不觉东方发白。那八戒几钟酒吃得兴抖抖的道：『天将明了，等老猪下水去索战也。』二郎道：『元帅仔细。只要引他出来，我兄弟们好下手。』八戒笑道：『我晓得，我晓得！』你看他敛衣缠钯，使分水法，跳将下去，径至那牌楼下。发声喊，打入殿内。

此时那龙子披了麻，看着龙尸哭；龙孙与那驸马，在后面收拾棺材哩。这八戒骂上前，手起处，钯头着重，把个龙子夹脑连头，一钯筑了九个窟窿。唬得那龙婆与众往里乱跑，哭道：『长嘴和尚又把我儿打死了！』那驸马闻言，即使月牙铲，带龙孙往外杀来。这八戒举钯迎敌，且战且退，跳出水中。这岸上齐天大圣与七兄弟一拥上前，枪刀乱扎，把个龙孙剁成几断肉饼。那驸马见不停当，在山前打个滚，又现了本象，展开翅，旋绕飞腾。二郎即取金弓，安上银弹，扯满弓，往上就打。那怪急铩翅，掠到边前，要咬二郎；半腰里才伸出一个头来，被那头细犬，撺上去，汪的一口，把头血淋淋的咬将下来。那怪物负痛逃生，径投北海而去。八戒便要赶去。行者止住道：『且莫赶他。正是「穷寇勿追」。他被细犬咬了头，必定是多死少生。等我变做他的模样，你分开水路，赶我进去，寻那宫主，诈他宝贝来也。』二郎与六圣道：『不赶他，倒也罢了；只是遗这种类在世，必为后人之害。』至今有个九头虫滴血，是遗种也。

那八戒依言，分开水路。行者变作怪象前走，八戒吆吆喝喝后追。渐渐追至龙宫，只见那万圣宫主道：『驸马，怎么这等慌张？』行者道：『那八戒得胜，把我赶将进来，觉道不能敌他。你快把宝贝好生藏了！』那宫主急忙难识真假，即于后殿里取出一个浑金匣子来，递与行者道：『这是佛宝。』又取出一个白玉匣子，也递与行者道：『这是九叶灵芝。你拿这宝贝藏去，等我与猪八戒斗上两三合，挡住他。你将宝贝收好了，再出来与他合战。』行者将两个匣儿收在身边，把脸一抹，现了本象道：『宫主，你看我可是驸马么？』宫主慌了，便要抢夺匣子，被八戒跑上去，着背一钯，筑倒在地。

还有一个老龙婆撤身就走，被八戒扯住，举钯才筑，行者道：『且住！莫打死他。留个活的，好去国内见功。』

遂将龙婆提出水面。行者随后捧着两个匣子上岸，对二郎道：『感兄长威力，得了宝贝，扫净妖贼也。』二郎道：『一则是那国王洪福齐天，二则是贤昆玉神通无量，我何功之有！』兄弟们俱道：『孙二哥既已功成，我们就此告别。』行者感激不尽，欲留同见国王。诸公不肯，遂帅众回灌口去讫。

行者捧着匣子，八戒拖着龙婆，半云半雾，顷刻间到了国内。原来那金光寺解脱的和尚，都在城外迎接。忽见他两个云雾定时，近前磕头礼拜，接入城中。

那国王与唐僧正在殿上讲论。这里有先走的和尚，仗着胆，入朝门奏道：『万岁，孙、猪二老爷擒贼获宝而来也。』那国王听说，连忙下殿，共唐僧、沙僧，迎着称谢神功不尽，随命排筵谢恩。三藏道：『且不须赐饮，着小徒归了塔中之宝，方可饮宴。』三藏又问行者道：『汝等昨日离国，怎么今日才来？』行者把那战驸马，打龙王，逢真君，败妖怪，乃变化诈宝贝之事，细说了一遍。三藏与国王，大小文武，俱喜之不胜。

国王又问：『龙婆能人言语否？』八戒道：『乃是龙王之妻，生了许多龙子、龙孙，岂不知人言？』国王道：『既知人言，快早说前后做贼之事。』龙婆道：『偷佛宝，我全不知，都是我那夫君龙鬼与那驸马九头虫，知你塔上之光乃是佛家舍利子，三年前下了血雨，乘机盗去。』又问：『灵芝草是怎么偷的？』龙婆道：『只是我小女万圣宫主私入大罗天上，灵霄殿前，偷的王母娘娘九叶灵芝草。那舍利子得这草的仙气温养着，千年不坏，万载生光，去地下或田中，扫一扫，即有万道霞光，千条瑞气。如今被你夺来，弄得我夫死子绝，婿丧女亡，千万饶了我的命罢！』八戒道：『正不饶你哩！』行者道：『家无全犯，我便饶你，只便要你长远替我看塔。』龙婆道：『好死不如恶活。但留我命，凭你教做甚么。』行者叫取铁索来。当驾官即取铁索一条，把龙婆琵琶骨穿了。教沙僧：『请国王来看我们安塔去。』

那国王即忙排驾，遂同三藏携手出朝，并文武多官，随至金光寺上塔。将舍利子安在第十三层塔顶宝瓶中间，把龙婆锁在塔心柱上。念动真言，唤出本国土地、城隍与本寺伽蓝，每三日送饮食一餐，与这龙婆度口；少有差讹，即行处斩。众神暗中领护。行者却将芝草把十三层塔层层扫过，安在瓶内，温养舍利子。这才是整旧如新，霞光万道，瑞气千条，依然八方共睹，四国同瞻。下了塔门，国王就谢道：『不是老佛与三位菩萨到此，怎生得明此事也！』

行者道：『陛下，「金光」二字不好，不是久住之物：金乃流动之物，光乃闪烁之气。贫僧为你劳碌这场，将此寺改作伏龙寺，教你永远常存。』那国王即命换了字号，悬上新扁，乃是『敕建护国伏龙寺』。一壁厢安排御宴，一壁厢召丹青写下四众生形，五凤楼注了名号。国王摆銮驾，送唐僧师徒，赐金玉酬答，师徒们坚辞，一毫不受。这真个是：

邪怪剪除万境静，宝塔回光大地明。

毕竟不知此去前路如何，且听下回分解。

荆棘岭悟能努力

好呆子，捻个诀，念个咒语，把腰躬一躬，叫：『长！』就长了有二十丈高下的身躯。把钉钯幌一幌，教『变！』就变了有三十丈长短的钯柄；拽开步，双手使钯，将荆棘左右搂开：『请师父跟我来也！』三藏见了甚喜，即策马紧随。后面沙僧挑着行李，行者也使铁棒拨开。

第六十四回　荆棘岭悟能努力　木仙庵三藏谈诗

话表祭赛国王谢了唐三藏师徒获宝擒怪之恩。所赠金玉，分毫不受。却命当驾官照依四位常穿的衣服，各做两套，鞋袜各做两双，绦环各做两条，外备干粮烘炒，倒换了通关文牒，大排銮驾，并文武多官、满城百姓、伏龙寺僧人，大吹大打，送四众出城。约有二十里，先辞了国王。众人又送二十里辞回。伏龙寺僧人，送有五六十里不回。有的要同上西天，有的要修行伏侍。行者见都不肯回去，遂弄个手段，把毫毛拔了三四十根，吹口仙气，叫：『变！』都变作斑斓猛虎，拦住前路，哮吼踊跃。众僧方惧，不敢前进。大圣才引师父策马而去。少时间，去得远了。众僧人放声大哭，都喊：『有恩有义的老爷！我等无缘，不肯度我们也！』

且不说众僧啼哭。却说师徒四众，走上大路，却才收回毫毛，一直西去。正是时序易迁，又早冬残春至，不暖不寒，正好逍遥行路。忽见一条长岭，岭顶上是路。三藏勒马观看，那岭上荆棘丫叉，薜萝牵绕。虽是有道路的痕迹，左右却都是荆刺棘针。唐僧叫：『徒弟，这路怎生走得？』行者道：『怎么走不得？』又道：『徒弟啊，路痕在下，荆棘在上，只除是蛇虫伏地而游，方可去了；若你们走，腰也难伸，教我如何乘马？』八戒道：『不打紧，等我使出钯柴手来，把钉钯分开荆棘，莫说乘马，就抬轿也包你过去。』三藏道：『你虽有力，长远难熬。却不知有多少远近，怎生费得这许多精神！』行者道：『不须商量，等我去看看。』将身一纵，跳在半空看时，一望无际。真个是：

匝地远天，凝烟带雨。夹道柔茵乱，漫山翠盖张。密密搓搓初发叶，攀攀扯扯正芬芳。遥望不知何所尽，近观一似绿云茫。蒙蒙茸茸，郁郁苍苍。风声飘索索，日影映煌煌。那中间有松有柏还有竹，多梅多柳更多桑。薜萝缠古树，藤葛绕垂杨。盘团似架，联络如床。有处花开真布锦，无端卉发远生香。为人谁不遭荆棘，那见西方荆棘长！

行者看罢多时，将云头按下道：『师父，这去处远哩！』三藏问：『有多少远？』行者道：『一望无际，似有千里之遥。』三藏大惊道：『怎生是好？』沙僧笑道：『师父莫愁，我们也学烧荒的，放上一把火，烧绝了荆棘过去。』八戒道：『莫乱谈！烧荒的须在十来月，草衰木枯，方好引火。如今正是蕃盛之时，怎么烧得！』行者道：『就是烧得，也怕人子。』三藏道：『这般怎生得度？』八戒笑道：『要得度，还依我。』

好呆子，捻个诀，念个咒语，把腰躬一躬，叫：『长！』就长了有二十丈高下的身躯。把钉钯幌一幌，教『变！』就变了有三十丈长短的钯柄；拽开步，双手使钯，将荆棘左右搂开：『请师父跟我来也！』三藏见了甚喜，即策马紧随。后面沙僧挑着行李，行者也使铁棒拨开。这一日未曾住手；行有百十里，将次天晚，见有一块空阔之处。当路上有一通石碣，上有三个大字，乃『荆棘岭』；下有两行十四个小字，乃『荆棘蓬攀八百里，古来有路少人行』。八戒见了，笑道：『等我老猪与他添上两句：「自今八戒能开破，直透西方路尽平！」』三藏欣然下马道：『徒弟啊，累了你也！我们就在此住过了今宵，待明日天光再走。』八戒道：『师父莫住，趁此天色晴明，我等有兴，连夜搂开路走他娘！』那长老只得相从。

八戒上前努力。师徒们，人不住手，马不停蹄，又行了一日一夜，却又天色晚矣。那前面蓬蓬结结，又闻得风敲竹韵，飒飒松声。却好又有一段空地，中间乃是一座古庙。庙门之外，有松柏凝青，桃梅斗丽。三藏下马，与三个徒弟同看。只见：

岩前古庙枕寒流，落日荒烟锁废丘。
白鹤丛中深岁月，绿芜台下自春秋。
竹摇青佩疑闻语，鸟弄余音似诉愁。
鸡犬不通人迹少，闲花野蔓绕墙头。

行者看了道：『此地少吉多凶，不宜久坐。』沙僧道：『师兄差疑了。似这杳无人烟之处，又无个怪兽妖禽，怕他怎的？』

说不了，忽见一阵阴风，庙门后，转出一个老者，头戴角巾，身穿淡服，手持拐杖，足踏芒鞋，后跟着一个青脸獠牙，红须赤身鬼使，头顶着一盘面饼，跪下道：『大圣，小神乃荆棘岭土地。知大圣到此，无以接待，特备蒸饼一盘，奉上老师父，各请一餐。此地八百里，更无人家，聊吃些儿充饥。』八戒欢喜，上前舒手，就欲取饼。不知行者端详已久，喝一声：『且住，这厮不是好人，休得无礼！你是甚么土地，来诳老孙！看棍！』那老者见他打来，将身一转，化作一阵阴风，呼的一声，把个长老摄将起去，飘飘荡荡，不知摄去何所。慌得那大圣没跟寻处，八戒、沙僧俱相顾失色，白马亦只自惊吟。三兄弟连马四口，恍恍忽忽，远望高张，并无一毫下落，前后找寻不题。

却说那老者同鬼使，把长老抬到一座烟霞石屋之前，轻轻放下。与他携手相搀道：『圣僧休怕。我等不是歹人，乃荆棘岭十八公是也。因风清月霁之宵，特请你来会友谈诗，消遣情怀故耳。』那长老却才定性，睁眼仔细观看。真个是：

漠漠烟云去所，清清仙境人家。正好洁身修炼，堪宜种竹栽花。每见翠岩来鹤，时闻青沼鸣蛙。更赛天台丹灶，仍期华岳明霞。说甚耕云钓月，此间隐逸堪夸。坐久幽怀如海，朦胧月上窗纱。

三藏正自点看，渐觉月明星朗，只听得人语相谈。都道：『十八公请得圣僧来也。』长老抬头观看，乃是三个老者：前一个霜姿丰采，第二个绿鬓婆娑，第三个虚心黛色。各各面貌、衣服俱不相同，都来与三藏作礼。长老还了礼，道：『弟子有何德行，敢劳列位仙翁下爱？』十八公笑道：『一向闻知圣僧有道，等待多时，今幸一遇。如果不吝珠玉，宽坐叙怀，足见禅机真派。』三藏躬身道：『敢问仙翁尊号？』十八公道：『霜姿者号孤直公，绿鬓者号凌空子，虚心者号拂云叟。老拙号曰劲节。』三藏道：『四翁尊寿几何？』孤直公道：

『我岁今经千岁古，撑天叶茂四时春。
香枝郁郁龙蛇状，碎影重重霜雪身。
自幼坚刚能耐老，从今正直喜修真。
乌栖凤宿非凡辈，落落森森远俗尘。』

凌空子笑道：

『吾年千载傲风霜，高干灵枝力自刚。

夜静有声如雨滴，秋晴荫影似云张。
盘根已得长生诀，受命尤宜不老方。
留鹤化龙非俗辈，苍苍爽爽近仙乡。』
拂云叟笑道：
『岁寒虚度有千秋，老景潇然清更幽。
不杂嚣尘终冷淡，饱经霜雪自风流。
七贤作侣同谈道，六逸为朋共唱酬。
戛玉敲金非琐琐，天然情性与仙游。』
劲节十八公笑道：
『我亦千年约有余，苍然贞秀自如如。
堪怜雨露生成力，借得乾坤造化机。
万壑风烟惟我盛，四时洒落让吾疏。
盖张翠影留仙客，博弈调琴讲道书。』
三藏称谢道：『四位仙翁，俱享高寿，但劲节翁又千岁余矣。高年得道，丰采清奇，得非汉时之「四皓」乎？』
四老道：『承过奖，承过奖！吾等非四皓，乃深山之「四操」也。敢问圣僧，妙龄几何？』三藏合掌躬身答曰：
『四十年前出母胎，未产之时命已灾。
逃生落水随波流，幸遇金山脱本骸。

养性看经无懈怠，诚心拜佛敢俄捱？
今蒙皇上差西去，路遇仙翁下爱来。』

四老俱称道：『圣僧自出娘胎，即从佛教，果然是从小修行，真中正有道之上僧也。我等幸接台颜，敢求大教。望以禅法指教一二，足慰生平。』长老闻言，慨然不惧，即对众言曰：

『禅者，静也；法者，度也。静中之度，非悟不成。悟者，洗心涤虑，脱俗离尘是也。夫人身难得，中土难生，正法难遇：全此三者，幸莫大焉。至德妙道，渺漠希夷，六根六识，遂可扫除。菩提者，不死不生，无余无欠，空色包罗，圣凡俱遣。访真了元始钳锤，悟实了牟尼手段。发挥象罔，踏碎涅槃。必须觉中觉了悟中悟，一点灵光全保护。放开烈焰照婆娑，法界纵横独显露。至幽微，更守固，玄关口说谁人度？我本元修大觉禅，有缘有志方记悟。』

四老侧耳受了，无边喜悦。一个个稽首皈依，躬身拜谢道：『圣僧乃禅机之悟本也！』

拂云叟道：『禅虽静，法虽度，须要性定心诚。纵为大觉真仙，终坐无生之道。我等之玄，又大不同也。』三藏云：『道乃非常，体用合一，如何不同？』拂云叟笑云：

『我等生来坚实，体用比尔不同。感天地以生身，蒙雨露而滋色。笑傲风霜，消磨日月。一叶不雕，千枝节操。似这话不叩冲虚。你执持梵语。道也者，本安中国，反来求证西方。空费了草鞋，不知寻个甚么？石狮子剜了心肝，野狐涎灌彻骨髓。忘本参禅，妄求佛果，都似我荆棘岭葛藤谜语，萝蓏浑言。此般君子，怎生接引？这等规模，如何印授？必须要检点见前面目，静中自有生涯。没底竹篮汲水，无根铁树生花。灵宝峰头牢着脚，归来雅会上龙华。』

三藏闻言，叩头拜谢。十八公用手搀扶。孤直公将身扯起。凌空子打个哈哈道：『拂云之言，分明漏泄。圣僧请起，不可尽信。我等趁此月明，原不为讲论修持，且自吟哦逍遥，放荡襟怀也。』拂云叟笑指石屋道：『若要吟哦，且入小庵一茶，何如？』长老真个欠身，向石屋前观看。门上有三个大字，乃『木仙庵』。遂此同入，又叙了坐次。忽见那赤身鬼使，捧一盘茯苓膏，将五盏香汤奉上。四老请唐僧先吃，三藏惊疑，不敢便吃。那四老一齐享用，三藏却才吃了两块。各饮香汤收去。三藏留心偷看，只见那里玲珑光彩，如月下一般。

水自石边流出，香从花里飘来。
满座清虚雅致，全无半点尘埃。

那长老见此仙境，以为得意，情乐怀开，十分欢喜。忍不住念了一句道：

荆棘岭悟能努力
木仙庵三藏谈诗

忽听得那里叫声：『师父！师父！你在那方言语也？』原来那孙大圣与八戒、沙僧，牵着马，挑着担，一夜不曾住脚，穿荆度棘，东寻西找；却好半云半雾的，过了八百里荆棘岭西下，听得唐僧吆喝，却就喊了一声。

　　『禅心似月迥无尘。』

劲节老笑而即联道：

　　『诗兴如天青更新。』

孤直公道：

　　『好句漫裁抟锦绣。』

凌空子道：

　　『佳文不点唾奇珍。』

拂云叟道：

　　『六朝一洗繁华尽，四始重删雅颂分。』

三藏道：『弟子一时失口，胡谈几字，诚所谓「班门弄斧」。适闻列仙之言，清新飘逸，真诗翁也。』劲节老道：『圣僧不必闲叙。出家人全始全终。既有起句，何无结句？望卒成之。』三藏道：『弟子不能，烦十八公结而成篇为妙。』劲节道：『你好心肠！你起的句，如何不肯结果？悭吝珠玑，非道理也。』三藏只得续后二句云：

　　『半枕松风茶未熟，吟怀潇洒满腔春。』

十八公道：『好个「吟怀潇洒满腔春」！』孤直公道：『劲节，你深知诗味，所以只管咀嚼。何不再起一篇？』十八公亦慨然不辞道：『我却是顶针字起：

　　春不荣华冬不枯，云来雾往只如无。』

凌空子道：『我亦体前顶针二句：

无风摇拽婆娑影，有客欣怜福寿图。』

拂云叟亦顶针道：

『图似西山坚节老，清如南国没心夫。』

孤直公亦顶针道：

『夫因侧叶称梁栋，台为横柯作宪乌。』

长老听了，赞叹不已道：『真是《阳春》《白雪》，浩气冲霄！弟子不才，敢再起两句。』孤直公道：『圣僧乃有道之士，大养之人也。不必再相联句，请赐教全篇，庶我等亦好勉强而和。』三藏无已，只得笑吟一律曰：

『杖锡西来拜法王，愿求妙典远传扬。
金芝三秀诗坛瑞，宝树千花莲蕊香。
百尺竿头须进步，十方世界立行藏。
修成玉象庄严体，极乐门前是道场。』

四老听毕，俱极赞扬。十八公道：『老拙无能，大胆搀越，也勉和一首。』云：

『劲节孤高笑木王，灵椿不似我名扬。
山空百丈龙蛇影，泉泌千年琥珀香。
解与乾坤生气概，喜因风雨化行藏。
衰残自愧无仙骨，惟有苓膏结寿场。』

孤直公道：『此诗起句豪雄，联句有力，但结句自谦太过矣。堪羡，堪羡！老拙也和一首。』云：

『霜姿常喜宿禽王，四绝堂前大器扬。
露重珠缨蒙翠盖，风轻石齿碎寒香。
长廊夜静吟声细，古殿秋阴淡影藏。
元日迎春曾献寿，老来寄傲在山场。』

凌空子笑而言曰：『好诗！好诗！真个是月胁天心，老拙何能为和？但不可空过，也须扯淡几句。』曰：

『梁栋之材近帝王，太清宫外有声扬。
晴轩恍若来青气，暗壁寻常度翠香。
壮节凛然千古秀，深根结矣九泉藏。
凌云势盖婆娑影，不在群芳艳丽场。』

拂云叟道：『三公之诗，高雅清淡，正是放开锦绣之囊也。我身无力，我腹无才，得三公之教，茅塞顿开。无已，也打油几句，幸勿哂焉。』诗曰：

『淇澳园中乐圣王，渭川千亩任分扬。
翠筠不染湘娥泪，班箨堪传汉史香。
霜叶自来颜不改，烟梢从此色何藏？
子猷去世知音少，亘古留名翰墨场。』

三藏道：『众仙老之诗，真个是吐凤喷珠，游夏莫赞。厚爱高情，感之极矣。但夜已深沉，三个小徒，不知在何处等我。意者弟子不能久留，敢此告回寻访，尤无穷之至爱也。望老仙指示归路。』四老笑道：『圣僧勿虑。我等也是千载奇逢。况天光晴爽，虽夜深却月明如昼，再宽坐坐，待天晓自当远送过岭，高徒一定可相会也。」

正话间，只见石屋之外，有两个青衣女童，挑一对绛纱灯笼，后引着一个仙女。那仙女拈着一枝杏花，笑吟吟进门相见。那仙女怎生模样？他生得：

青姿妆翡翠，丹脸赛胭脂。星眼光还彩，蛾眉秀又齐。下衬一条五色梅浅红裙子，上穿一件烟里火比甲轻衣。弓鞋弯凤嘴，绫袜锦拖泥。妖娆娇似天台女，不亚当年俏妲姬。

四老欠身问道：『杏仙何来？』那女子对众道了万福，道：『知有佳客在此赓酬，特来相访。敢求一见。』十八公指着唐僧道：『佳客在此，何劳求见！』三藏躬身，不敢言语。那女子叫：『快献茶来。』又有两个黄衣女童，捧一个红漆丹盘，盘内有六个细磁茶盂，盂内设几品异果，横担着匙儿，提一把白铁嵌黄铜的茶壶，壶内香茶喷鼻。斟了茶，那女子微露春葱，捧磁盂先奉三藏，次奉四老，然后一盏，自取而陪。

凌空子道：『杏仙为何不坐？』那女子方才去坐。茶毕，欠身问道：『仙翁今宵盛乐，佳句请教一二如何？』拂云叟道：『我等皆鄙俚之言，惟圣僧真盛唐之作，甚可嘉羡。』那女子道：『如不吝教，乞赐一观。』四老即以长老前诗后诗并禅法论，宣了一遍。那女子满面春风，对众道：『妾身不才，不当献丑。但聆此佳句，似不可虚也，勉强将后诗奉和一律如何？』遂朗吟道：

『上盖留名汉武王，周时孔子立坛场。
董仙爱我成林积，孙楚曾怜寒食香。
雨润红姿娇且嫩，烟蒸翠色显还藏。
自知过熟微酸意，落处年年伴麦场。』

四老闻诗，人人称贺。都道：『清雅脱尘，句内包含春意。好个「雨润红姿娇且嫩」！「雨润红姿娇且嫩」！』那女子笑而悄答道：『惶恐，惶恐！适闻圣僧之章，诚然锦心绣口。如不吝珠玉，赐教一阕如何？』唐僧不敢答应。那女子渐有见爱之情，挨挨轧轧，渐近坐边，低声悄语，呼道：『佳客莫者，趁此良宵，不耍子待要怎的？人生光景，能有几何？』十八公道：『杏仙尽有仰高之情，圣僧岂可无俯就之意？如不见怜，是不知趣了也。』孤直公道：『圣僧乃有道有名之士，决不苟且行事。如此样举措，是我等取罪过了。污人名，坏人德，非远达也。果是杏仙有意，可教拂云叟与十八公做媒，我与凌空子保亲，成此姻眷，何不美哉！』

三藏听言，遂变了颜色，跳起来高叫道：『汝等皆是一类邪物，这般诱我！当时只以砥砺之言，谈玄谈道可也；如今怎么以美人局来骗害贫僧，是何道理！』四老见三藏发怒，一个个咬指担惊，再不复言。那赤身鬼使，暴躁如雷道：『这和尚好不识抬举！我这姐姐，那些儿不好？他人材俊雅，玉质娇姿，不必说那女工针指，只这一段诗才，也配得过你。你怎么这等推辞！休错过了！孤直公之言甚当。如果不可苟合，待我再与你主婚。』三藏大惊失色，凭他们怎么胡谈乱讲，只是不从。鬼使又道：『你这和尚，我们好言好语，你不听从，若是我们发起村野之性，还把你摄了去，教你和尚不得做，老婆不得娶，却不枉为人一世也？』那长老心如金石，坚执不从。暗想道：『我徒弟们不知在那里寻找哩！』说一声，止不住眼中堕泪。那女子陪着笑，挨至身边，翠袖中取出一个蜜合绫汗巾儿，与他揩泪，道：『佳客勿得烦恼。我与你倚玉偎香，耍子去来。』长老『咄』的一声吆喝，跳起身来就走；被那些人扯扯拽拽，嚷到天明。

忽听得那里叫声：『师父！师父！你在那方言语也？』原来那孙大圣与八戒、沙僧，牵着马，挑着担，一夜不曾住脚，穿荆度棘，东寻西找；却好半云半雾的，过了八百里荆棘岭西下，听得唐僧吆喝，却就喊了一声。那长老挣出门来，叫声『悟空，我在这里哩。快来救我！快来救我！』那四老与鬼使，那女子与女童，幌一幌，都不见了。

须臾间，八戒、沙僧俱到边前道：『师父，你怎么得到此也？』三藏扯住行者道：『徒弟啊，多累了你们了！昨日晚间见的那个老者，言说土地送斋一事，是你喝声要打，他就把我抬到此方。他与我携手相搀，走入门，又见三个老者，来此会我，俱道我做「圣僧」。一个个言谈清雅，极善吟诗。我与他赓和相攀，觉有夜半时候，又见一个美貌女子，执灯火，也来这里会我，吟了一首诗，称我做「佳客」。因见我相貌，欲求配偶，我方省悟。正不从时，又被他做媒的做媒，保亲的保亲，主婚的主婚，我立誓不肯。正欲挣着要走，与他嚷闹，不期你们到了。一则天明，二来还是怕你，只才还扯扯拽拽，忽然就不见了。』行者道：『你既与他叙话谈诗，就不曾问他个名字？』三藏道：『我曾问他之号。那老者唤做十八公，号劲节；第二个号孤直公；第三个号凌空子；第四个号拂云叟；那女子，人称

木仙庵三藏谈诗

长老真个欠身，向石屋前观看。门上有三个大字，乃『木仙庵』。遂此同入，又叙了坐次。忽见那赤身鬼使，捧一盘茯苓膏，将五盏香汤奉上。四老请唐僧先吃，三藏惊疑，不敢便吃。那四老一齐享用，三藏却才吃了两块。各饮香汤收去。

他做杏仙。』八戒道：『此物在于何处？才往那方去了？』三藏道：『去向之方，不知何所；但只谈诗之处，去此不远。』

他三人同师父看处，只见一座石崖，崖上有『木仙庵』三字。三藏道：『此间正是。』行者仔细观之，却原来是一株大桧树，一株老柏，一株老松，一株老竹。竹后有一株丹枫。再看崖那边，还有一株老杏，二株腊梅，二株丹桂。行者笑道：『你可曾看见妖怪？』八戒道：『不曾。』行者道：『你不知。就是这几株树木在此成精也。』八戒道：『哥哥怎得知成精者是树？』行者道：『十八公乃松树，孤直公乃柏树，凌空子乃桧树，拂云叟乃竹竿，赤身鬼乃枫树，杏仙即杏树，女童即丹桂、腊梅也。』八戒闻言，不论好歹，一顿钉钯，三五长嘴，连拱带筑，把两颗腊梅、丹桂、老杏、枫杨俱挥倒在地，果然那根下俱鲜血淋漓。三藏近前扯住道：『悟能，不可伤了他！他虽成了气候，却不曾伤我。我等找路去罢。』行者道：『师父不可惜他。恐日后成了大怪，害人不浅也。』那呆子索性一顿钯，将松、柏、桧、竹一齐皆筑倒，却才请师父上马，顺大路一齐西行。

毕竟不知前去如何，且听下回分解。

妖邪假设小雷音

行者道：『不可进去。此处少吉多凶。若有祸患，你莫怪我。』三藏道：『就是无佛，也必有个佛像。我弟子心愿，遇佛拜佛，如何怪你。』即命八戒取袈裟，换僧帽，结束了衣冠，举步前进。

第六十五回　妖邪假设小雷音　四众皆遭大厄难

这回因果，劝人为善，切休作恶。一念生，神明照鉴，任他为作。拙蠢乖能君怎学，两般还是无心药。趁生前有道正该修，莫浪泊。认根源，脱本壳。访长生，须把捉。要时时明见，醍醐斟酌。贯彻三关填黑海，管教善者乘鸾鹤。那其间愍故更慈悲，登极乐。

话表唐三藏一念虔诚，且休言天神保护，似这草木之灵，尚来引送，雅会一宵，脱出荆棘针刺，再无萝蓏攀缠。四众西进，行够多时，又值冬残，正是那三春之日：

物华交泰，斗柄回寅。草芽遍地绿，柳眼满堤青。一岭桃花红锦浣，半溪烟水碧罗明。几多风雨，无限心情。日晒花心艳，燕衔苔蕊轻。山色王维画浓淡，鸟声季子舌纵横。芳菲铺绣无人赏，蝶舞蜂歌却有情。

师徒们也自寻芳踏翠，缓随马步。正行之间，忽见一座高山，远望着与天相接。三藏扬鞭指道：『悟空，那座山也不知有多少高，可便似接着青天，透冲碧汉。』行者道：『古诗不云：「只有天在上，更无山与齐。」但言山之极高，无可与他比并。岂有接天之理！』八戒道：『若不接天，如何把昆仑山号为「天柱」？』行者道：『你不知。自古「天不满西北」。昆仑山在西北乾位上，故有顶天塞空之意，遂名天柱。』沙僧笑道：『大哥把这好话儿莫与他说。他听了去，又降别人。我们且走路。等上了那山，就知高下也。』

那呆子赶着沙僧，厮耍厮斗。老师父马快如飞。须臾，到那山崖之边。一步步往上行来，只见那山：

林中风飒飒，涧底水潺潺。鸦雀飞不过，神仙也道难。千崖万壑，亿曲百湾。尘埃滚滚无人到，怪石森森不厌看。有处有云如水滉，是方是树鸟声繁。鹿衔芝去，猿摘桃还。狐貉往来崖上跳，麖獐出入岭头顽。忽闻虎啸惊人胆，斑豹苍狼把路拦。

唐三藏一见心惊。孙行者神通广大，你看他一条金箍棒，哮吼一声，吓过了狼虫虎豹，剖开路，引师父直上高山。行过岭头，下西平处，忽见祥光蔼蔼，彩雾纷纷，有一所楼台殿阁，隐隐的钟磬悠扬。三藏道：『徒弟们，看是个甚么去处。』行者抬头，用手搭凉篷，仔细观看，那壁厢好个所在！真个是：

珍楼宝座，上刹名方。谷虚繁地籁，境寂散天香。青松带雨遮高阁，翠竹留云护讲堂。霞光缥缈龙宫显，彩色飘飘沙界长。朱栏玉户，画栋雕梁。谈经香满座，语箓月当窗。鸟啼丹树内，鹤饮石泉旁。四围花发琪园秀，三面门开舍卫光。楼台突兀门迎嶂，钟磬虚徐声韵长。窗开风细，帘卷烟茫。有僧情散淡，无俗意和昌。红尘不到真仙境，静土招提好道场。

行者看罢，回复道：『师父，那去处是便是座寺院，却不知禅光瑞蔼之中，又有些凶气，何也。观此景象，也似雷音，却又路道差池。我们到那厢，决不可擅入，恐遭毒手。』唐僧道：『既有雷音之景，莫不就是灵山？你休误了我诚心，担搁了我来意。』行者道：『不是，不是！灵山之路，我也走过几遍，那是这路途！』八戒道：『纵然不是，也必有个好人居住。』沙僧道：『不必多疑。此条路未免从那门首过，是不是一见可知也。』行者道：『悟净说得有理。』

那长老策马加鞭，至山门前，见『雷音寺』三个大字，慌得滚下马来，倒在地下。口里骂道：『泼猢狲！害杀我也！现是雷音寺，还哄我哩！』行者陪笑道：『师父莫恼，你再看看。山门上乃四个字，你怎么只念出三个来，倒还怪我？』长老战兢兢的爬起来再看，真个是四个字，乃『小雷音寺』。三藏道：『就是小雷音寺，必定也有个佛祖在内。经上言三千诸佛，想是不在一方：似观音在南海，普贤在峨眉，文殊在五台。这不知是那一位佛祖的道场。古人云：「有佛有经，无方无宝。」我们可进去来。』行者道：『不可进去。此处少吉多凶。若有祸患，你莫怪我。』三藏道：『就是无佛，也必有个佛像。我弟子心愿，遇佛拜佛，如何怪你。』即命八戒取袈裟，换僧帽，结束了衣冠，举步前进。

只听得山门里有人叫道：『唐僧，你自东土来拜见我佛，怎么还这等怠慢？』三藏闻言，即便下拜。八戒也磕头，沙僧也跪倒，惟大圣牵马，收拾行李，在后。方入到二层门内，就见如来大殿。殿门外宝台之下，摆列着五百罗汉、三千揭谛、四金刚、八菩萨、比丘尼、优婆塞，无数的圣僧、道者。真个也香花艳丽，瑞气缤纷。慌得那长老与八戒、沙僧一步一拜，拜上灵台之间。行者公然不拜。又闻得莲台座上厉声高叫道：『那孙悟空，见如来怎么不拜？』不知行者又仔细观看，见得是假，遂丢了马匹、行囊，掣棒在手，喝道：『你这伙孽畜，十分胆大！怎么假倚佛名，败坏如来清德！不要走！』双手轮棒，上前便打。只听得半空中叮当一声，撇下一副金铙，把行者连头带足，合在金铙之内。慌得个猪八戒、沙和尚连忙使起钯杖，就被些阿罗、揭谛、圣僧、道者一拥近前围绕。他两个措手不及，尽被拿了。将三藏捉住，一齐都绳缠索绑，紧缚牢拴。

原来那莲花座上装佛祖者乃是个妖王，众阿罗等都是些小怪。遂收了佛祖体象，依然现出妖身。将三众抬入后边收藏；把行者合在金铙之中，永不开放。只搁在宝台之上，限三昼夜化为脓血。化后，才将铁笼蒸他三个受用。这正是：

碧眼猢儿识假真，禅机见象拜金身。
黄婆盲目同参礼，木母痴心共话论。
邪怪生强欺本性，魔头怀恶诈天人。
诚为道小魔头大，错入旁门枉费身。

那时群妖将唐僧三众收藏在后；把马拴在后边；把他的袈裟、僧帽安在行李担内，亦收藏了。一壁厢严紧不题。

却说行者合在金铙里，黑洞洞的，燥得满身流汗，左拱右撞，不能得出。急得他使铁棒乱打，莫想得动分毫。他心里没了算计，将身往外一挣，却要挣破那金铙；遂捻着一个诀，就长有千百丈高，那金铙也随他身长，全无一些瑕缝光明。却又捻诀把身子往下一小，小如芥菜子儿，那铙也就随身小了，更没些些孔窍。他又把铁棒，吹口仙气，叫：『变！』即变做旛竿一样，撑住金铙。他却把脑后毫毛，选长的，拔下两根，叫『变！』即变做梅花头，五瓣钻儿，挨着棒下，钻有千百下，只钻得苍苍响喨，再不钻动一些。

行者急了，却捻个诀，念一声『唵嚂静法界，乾元亨利贞』的咒语。拘得那五方揭谛、六丁六甲、一十八位护教伽蓝，都在金铙之外道：『大圣，我等俱保护着师父，不教妖魔伤害，你又拘唤我等做甚？』行者道：『我那师父，

不听我劝解，就弄死他也不亏！但只你等怎么快作法将这铙钹掀开，放我出来，再作处治。这里面不通光亮，满身暴燥，却不闷杀我也？』众神真个掀铙，就如长就的一般，莫想揭得分毫。金头揭谛道：『大圣，这铙钹不知是件甚么宝贝，连上带下，合成一块。小神力薄，不能掀动。』行者道：『我在里面，不知使了多少神通，也不得动。』

揭谛闻言，即着六丁神保护着唐僧，六甲神看守着金铙，众伽蓝前后照察；他却纵起祥光，须臾间，闯入南天门里。不待宣召，直上灵霄宝殿之下，见玉帝，俯伏启奏道：『主公，臣乃五方揭谛使。今有齐天大圣保唐僧取经，路遇一山，名小雷音寺。唐僧错认灵山进拜，原来是妖魔假设，困陷他师徒，将大圣合在一副金铙之内，进退无门，看看至死，特来启奏。』即传旨：『差二十八宿星辰，快去释厄降妖。』

那星宿不敢少缓，随同揭谛，出了天门，至山门之内。有二更时分，那些大小妖精，因获了唐僧，老妖俱犒赏了，各去睡觉。众星宿更不惊张，都到铙钹之外，报道：『大圣，我等是玉帝差来二十八宿，到此救你。』行者听说大喜。便教：『动兵器打破，老孙就出来了！』众星宿道：『不敢打。此物乃浑金之宝，打着必响；响时惊动妖魔，却难救拔。等我们用兵器捎他。你那里但见有一些光处就走。』行者道：『正是。』你看他们使枪的使枪，使剑的使剑，使刀的使刀，使斧的使斧；扛的扛，抬的抬，掀的掀，捎的捎；弄到有三更天气，漠然不动，就是铸成了囫囵的一般。那行者在里边，东张张，西望望，爬过来，滚过去，莫想看见一些光亮。

亢金龙道：『大圣啊，且休焦躁。观此宝定是个如意之物，断然也能变化。你在那里面，于那合缝之处，用手摸着，等我使角尖儿拱进来，你可变化了，顺松处脱身。』行者依言，真个在里面乱摸。这星宿把身变小了，那角尖儿就似个针尖一样，顺着钹合缝口上，伸将进去。可怜用尽千斤之力，方能穿透里面。却将本身与角使法象，叫『长，长，长！』角就长有碗来粗细。那钹口倒也不像金铸的，好似皮肉长成的，顺着亢金龙的角，紧紧噙住，四下里更无一丝拔缝。

行者摸着他的角，叫道：『不济事！上下没有一毫松处！没奈何，你忍着些儿疼，带我出去。』好大圣，即将金箍棒变作一把钢钻儿，将他那角尖上钻了一个孔窍，把身子变得似个芥菜子儿，拱在那钻眼里蹲着，叫：『扯出角去！扯出角去！』这星宿又不知费了多少力，方才拔出，使得力尽筋柔，倒在地下。

行者却自他角尖钻眼里钻出，现了原身，掣出铁棒，照铙钹当的一声打去，就如崩倒铜山，咋开金铙。可惜把个佛门之器，打做个千百块散碎之金！唬得那二十八宿惊张，五方揭谛发竖。大小群妖皆梦醒。

老妖王睡里慌张，急起来，披衣擂鼓，聚点群妖，各执器械。此时天将黎明。一拥赶到宝台之下。只见孙行者与列宿围在碎破金铙之外，大惊失色，即令：『小的们！紧关了前门，不要放出人去！』

行者听说，即携星众，驾云跳在九霄空里。那妖王收了碎金，排开妖卒，列在山门外。妖王怀恨，没奈何披挂了，使一根短软狼牙棒，出营高叫：『孙行者！好男子不可远走高飞，快向前与我交战三合！』行者忍不住，即引星众，按落云头，观看那妖精怎生模样。但见他：

蓬着头，勒一条扁薄金箍；光着眼，簇两道黄眉的竖。悬胆鼻，孔窍开查；四方口，牙齿尖利。穿一副叩结连环铠，勒一条生丝攒穗绦。脚踏乌喇鞋一对，手执狼牙棒一根。此形似兽不如兽，相貌非人却似人。

行者挺着铁棒喝道：『你是个甚么怪物，擅敢假装佛祖，侵占山头，虚设小雷音寺！』那妖王道：『这猴儿是也不知我的姓名，故来冒犯仙山。此处唤做小西天。因我修行，得了正果，天赐与我的宝阁珍楼。我名乃是黄眉老佛。这里人不知，但称我为黄眉大王、黄眉爷爷。一向久知你往西去，有些手段，故此设象显能，诱你师父进来，要和你打个赌赛。如若斗得过我，饶你师徒，让汝等成个正果；如若不能，将汝等打死，等我去见如来取经，果正中华也。』行者笑道：『妖精，不必海口！既要赌，快上来领棒！』那妖王喜孜孜，使狼牙棒抵住。这一场好杀：

两条棒，不一样，说将起来有形状：一条短软佛家兵，一条坚硬藏海藏。都有随心变化功，今番相遇争强壮。短软狼牙杂锦妆，坚硬金箍蛟龙象。若粗若细实可夸，要短要长甚停当。猴与魔，齐打仗，这场真个无虚诳。驯猴秉教作心猿，泼怪欺天弄假象。嗔嗔恨恨各无情，恶恶凶凶都有样。那一个当头手起不放松，这一个架丢劈面难推让。喷云照日昏，吐雾遮峰嶂。棒来棒去两相迎，忘生忘死因三藏。

看他两个斗经五十回合，不见输赢。那山门口，鸣锣擂鼓，众妖精呐喊摇旗。这壁厢有二十八宿天兵共五方揭谛众圣，各掮器械，吆喝一声，把那魔头围在中间，吓得那山门外群妖难擂鼓，战兢兢手软不敲锣。

老妖魔公然不惧，一只手使狼牙棒，架着众兵；一只手去腰间解下一条旧白布搭包儿，往上一抛，『滑』的一

妖邪假设小雷音
四众皆遭大厄难

只听得山门里有人叫道：『唐僧，你自东土来拜见我佛，怎么还这等怠慢？』三藏闻言，即便下拜。八戒也磕头，沙僧也跪倒，惟大圣牵马，收拾行李，在后。方入到二层门内，就见如来大殿。殿门外宝台之下，摆列着五百罗汉、三千揭谛、四金刚、八菩萨、比丘尼、优婆塞，无数的圣僧、道者。

声响喨，把孙大圣、二十八宿与五方揭谛，一搭包儿通装将去，挎在肩上，拽步回身。众小妖个个欢然得胜而回。老妖教小的们取了三五十条麻索，解开搭包，拿一个，捆一个。一个个都骨软筋麻，皮肤窊皱。捆了抬去后边，不分好歹，俱掷之于地。妖王又命排筵畅饮，自旦至暮方散，各归寝处不题。

却说孙大圣与众神捆至夜半，忽闻有悲泣之声。侧耳听时，却原来是三藏声音。哭道：『悟空啊！我

自恨当时不听伊，致令今日受灾危。
金铙之内伤了你，麻绳捆我有谁知。
四众遭逢缘命苦，三千功行尽倾颓。
何由解得迍邅难，坦荡西方去复归！』

行者听言，暗自怜悯道：『那师父虽是未听吾言，今遭此毒，然于患难之中，还有忆念老孙之意。趁此夜静妖眠，无人防备，且去解脱众等逃生也。』

好大圣，使了个遁身法，将身一小，脱下绳来，走近唐僧身边，叫声：『师父。』长老认得声音，叫道：『你为何到此？』行者悄悄的把前项事告诉了一遍。长老甚喜道：『徒弟，快救我一救！向后事，但凭你处，再不强了！』行者才动手，先解了师父，放了八戒、沙僧，又将二十八宿、五方揭谛，个个解了，又牵过马来，教快先走出去。方出门，却不知行李在何处，又来找寻。亢金龙道：『你好重物轻人！既救了你师父就够了，又还寻甚行李？』行者道：『人固要紧，衣钵尤要紧。包袱中有通关文牒、锦襕袈裟、紫金钵盂，俱是佛门至宝，如何不要！』八戒道：『哥哥，你去找寻，我等先去路上等你。』你看那星众，簇拥着唐僧，使个摄法，共弄神通，一阵风，撮出垣围，奔大路，下了山坡，却屯于平处等候。

约有三更时分，孙大圣轻挪慢步，走入里面，原来一层层门户甚紧。他就爬上高楼看时，窗牖皆关。欲要下去，又恐怕窗棂儿响，不敢推动。捻着诀，摇身一变，变做一个仙鼠，俗名蝙蝠。你道他怎生模样：

头尖还似鼠，眼亮亦如之。
有翅黄昏出，无光白昼居。
藏身穿瓦穴，觅食扑蚊儿。
偏喜晴明月，飞腾最识时。

他顺着不封瓦口椽子之下，钻将进去。越门过户，到了中间看时，只见那第三重楼窗之下，火闪灼灼一道毫光，也不是灯烛之光，香火之光，又不是飞霞之光，掣电之光。他半飞半跳，近于光前看时，却是包袱放光。那妖精把唐僧的袈裟脱了，不曾折，就乱乱的揌在包袱之内。那袈裟本是佛宝，上边有如意珠、摩尼珠、红玛瑙、紫珊瑚、舍利子、夜明珠，所以透的光彩。

他见了此衣钵，心中一喜，就现了本象，拿将过来，也不管担绳偏正，抬上肩，往下就走。不期脱了一头，扑的落在楼板上，唿喇的一声响喨。噫！有这般事：可可的老妖精在楼下睡觉，一声响，把他惊醒，跳起来，乱叫道：『有人了，有人了！』那些大小妖都起来，点灯打火，一齐吆喝，前后去看。有的来报道：『唐僧走了！』又有的来报道：『行者众人俱走了！』老妖急传号令，教：『拿！各门上谨慎！』行者听言，恐又遭他罗网，挑不成包袱，纵筋斗，就跳出楼窗外走了。

那妖精前前后后，寻不着唐僧等。又见天色将明，取了棒，帅众来赶，只见那二十八宿与五方揭谛等神，云雾腾腾，屯住山坡之下。妖王喝了一声：『那里去，吾来也！』角木蛟急唤：『兄弟们！怪物来了！』亢金龙、女土蝠、房日兔、心月狐、尾火虎、箕水豹、斗木獬、牛金牛、氐土貉、虚日鼠、危月燕、室火猪、壁水㺄、奎木狼、娄金狗、胃土彘、昴日鸡、毕月乌、觜火猴、参水猿、井木犴、鬼金羊、柳土獐、星日马、张月鹿、翼火蛇、轸水蚓，领着金头揭谛、银头揭谛、六甲、六丁等神、护教伽蓝，同八戒、沙僧，——不领唐三藏，丢了白龙马——各执兵器，一拥而上。这妖王见了，呵呵冷笑，叫一声哨子，有四五千大小妖精，一个个威强力胜，浑战在西山坡上。好杀：

魔头泼恶欺真性，真性温柔怎奈魔。百计施为难脱苦，千方妙用不能和。诸天来拥护，众圣助干戈。留情亏木母，定志感黄婆。浑战惊天并振地，强争设网与张罗。那壁厢摇旗呐喊，这壁厢擂鼓筛锣。枪刀密密寒光荡，剑戟纷纷杀气多。妖卒凶还勇，神兵怎奈何。愁云遮日月，惨雾罩山河。苦捆苦拽来相战，皆因三藏拜弥陀。

那妖精倍加勇猛，帅众上前掩杀。正在那不分胜败之际，只闻得行者叱咤一声道：『老孙来了！』八戒迎着道：『行李如何？』行者道：『老孙的性命几乎难免，却便说甚么行李！』沙僧执着宝杖道：『且休叙话，快去打妖精也！』那星宿、揭谛、丁甲等神，被群妖围在垓心浑杀，老妖使棒来打他三个，这行者、八戒、沙僧丢开棍杖，轮着钉钯抵住。真个是地暗天昏，不能取胜。只杀得太阳星西没山根太阴星东生海峤。那妖见天晚，打个哨子，教群妖各各留心，他却取出宝贝。孙行者看得分明。那怪解下搭包，拿在手中。行者道声：『不好了，走啊！』他就顾不得八戒、沙僧、诸天等众，一路筋斗，跳上九霄空里。众神、八戒、沙僧不解其意，被他抛起去，又都装在里面，只是走了行者。那妖王收兵回寺，又教取出绳索，照旧绑了。将唐僧、八戒、沙僧悬梁高吊，白马拴在后边，诸神亦俱绑缚，抬在地窖子内，封了盖锁。那众妖遵依，一一收了不题。

却说行者跳在九霄，全了性命；见妖兵回转，不张旗号，已知众等遭擒。他却按下祥光，落在那东山顶上，咬牙恨怪物，滴泪想唐僧，仰面朝天望，悲嗟忽失声。叫道：『师父啊！你是那世里造下这迍邅难，今生里步步遇妖精。

似这般苦楚难逃，怎生是好！』独自一个，嗟叹多时，复又宁神思虑，以心问心道：『这妖魔不知是个甚么搭包子，那般装得许多物件？如今将天神、天将，许多人又都装进去了。我待求救于天，奈恐玉帝见怪。我记得有个北方真武，号曰荡魔天尊，他如今现在南赡部洲武当山上，等我去请他来搭救师父一难。』正是：

仙道未成猿马散，心神无主五行枯。

毕竟不知此去端的如何，且听下回分解。

诸神遭毒手

行者帅五龙、二将，与妖魔战经半个时辰，那妖精即解下搭包在手。行者见了心惊，叫道：『列位仔细！』那龙神、蛇、龟不知甚么仔细，一个个都停住兵，近前抵挡。那妖精幌的一声，把搭包儿撇将起去；孙大圣顾不得五龙、二将，驾筋斗，跳在九霄逃脱。他把个龙神、龟、蛇一搭包子又装将去了。

第六十六回　诸神遭毒手　弥勒缚妖魔

话表孙大圣无计可施，纵一朵祥云，驾筋斗，径转南赡部洲去拜武当山，参请荡魔天尊，解释三藏、八戒、沙僧、天兵等众之灾。他在半空里无停止。不一日，早望见祖师仙境，轻轻按落云头，定睛观看，好去处：

巨镇东南，中天神岳。芙蓉峰竦杰，紫盖岭巍峨。九江水尽荆扬远，百越山连翼轸多。上有太虚之宝洞，朱陆之灵台。三十六宫金磬响，百千万客进香来。舜巡禹祷，玉简金书。楼阁飞青鸟，幢幡摆赤裾。地设名山雄宇宙，天开仙境透空虚。几树榔梅花正放，满山瑶草色皆舒。龙潜涧底，虎伏崖中。幽含如诉语，驯鹿近人行。白鹤伴云栖老桧，青鸾丹凤向阳鸣。玉虚师相真仙地，金阙仁慈治世门。

上帝祖师，乃净乐国王与善胜皇后梦吞日光，觉而有孕，怀胎一十四个月，于开皇元年甲辰之岁三月初一日午时

降诞于王宫。那爷爷：

幼而勇猛，长而神灵。不统王位，惟务修行。父母难禁，弃舍皇宫。参玄入定，在此山中。功完行满，白日飞升。玉皇敕号，真武之名。玄虚上应，龟蛇合形。周天六合，皆称万灵。无幽不禁，无显不成。劫终劫始，剪伐魔精。

孙大圣玩着仙境景致，早来到一天门、二天门、三天门。却至太和宫外，忽见那祥光瑞气之间，簇拥着五百灵官。那灵官上前迎着道：『那来的是谁？』大圣道：『我乃齐天大圣孙悟空，要见师相。』众灵官听说，随报。祖师即下殿，迎到太和宫。

行者作礼道：『我有一事奉劳。』问：『何事？』行者道：『保唐僧西天取经，路遭险难。至西牛贺洲，有座山唤小西天，小雷音寺有一妖魔。我师父进得山门，见有阿罗、揭谛、比丘、圣僧排列，以为真佛，倒身才拜，忽被他拿住绑了。我又失于防闲，被他抛一副金铙，将我罩在里面，无纤毫之缝，口合如钳。甚亏金头揭谛请奏玉帝，钦差二十八宿，当夜下界，掀揭不起。幸得亢金龙将角透入铙内，将我度出，被我打碎金铙，惊醒怪物。赶战之间，又被撒一个白布搭包儿，将我与二十八宿并五方揭谛，尽皆装去，复用绳捆了。是我当夜脱逃，救了星辰等众，与我唐僧等。后为找寻衣钵，又惊醒那妖，与天兵赶战。那怪又拿出搭包儿，理弄之时，我却知道前音，遂走了。众等被他依然装去。我无计可施，特来拜求师相一助力也。』

祖师道：『我当年威镇北方，统摄真武之位，剪伐天下妖邪，乃奉玉帝敕旨。后又披发跣足，踏腾蛇神龟，领五雷神将、巨虬狮子、猛兽毒龙，收降东北方黑气妖氛，乃奉元始天尊符召。今日静享武当山，安逸太和殿，一向海岳平宁，乾坤清泰。奈何我南赡部洲并北俱芦洲之地，妖魔剪伐，邪鬼潜踪。今蒙大圣下降，不得不行；只是上界无有旨意，不敢擅动干戈。假若法遣众神，又恐玉帝见罪；十分却了大圣，又是我逆了人情。我谅着那西路上纵有妖邪，也不为大害。我今着龟、蛇二将并五大神龙与你助力，管教擒妖精，救你师之难。』行者拜谢了祖师，即同龟、蛇、龙神各带精锐之兵，复转西洲之界。不一日，到了小雷音寺，按下云头，径至山门外叫战。

却说那黄眉大王聚众怪在宝阁下说：『孙行者这两日不来，又不知往何方去借兵也。』说不了，只见前门上小妖报道：『行者引几个龙蛇龟相，在门外叫战！』妖魔道：『这猴儿怎么得个龙蛇龟相？此等之类，却是何方来者？』随即披挂，走出山门高叫：『汝等是那路龙神，敢来造吾仙境？』五龙、二将相貌峥嵘，精神抖擞，喝道：『那泼怪！我乃武当山太和宫混元教主荡魔天尊之前五位龙神、龟、蛇二将。今蒙齐天大圣相邀，我天尊符召，到此捕你这妖精，快送唐僧与天星等出来，免你一死！不然，将这一山之怪，碎劈其尸；几间之房，烧为灰烬！』那怪闻言，心中大怒道：『这畜生，有何法力，敢出大言！不要走！吃吾一棒！』这五条龙，翻云使雨；那两员将，播土扬沙，各执枪刀剑戟，一拥而攻。孙大圣又使铁棒随后。这一场好杀：

凶魔施武，行者求兵：凶魔施武，擅据珍楼施佛像；行者求兵，远参宝境借龙神。龟蛇生水火，妖怪动刀兵。五龙奉旨来西路，行者因师在后收。剑戟光明摇彩电，枪刀晃亮闪霓虹。这个狼牙棒，强能短软；那个金箍棒，随意如心。只听得扢扑响声如爆竹，叮当音韵似敲金。水火齐来征怪物，刀兵共簇绕精灵。喊杀惊狼虎，喧哗振鬼神。浑战正当无胜处，妖魔又取宝和珍。

行者帅五龙、二将，与妖魔战经半个时辰，那妖精即解下搭包在手。行者见了心惊，叫道：『列位仔细！』那龙神、蛇、龟不知甚么仔细，一个个都停住兵，近前抵挡。那妖精幌的一声，把搭包儿撇将起去；孙大圣顾不得五龙、二将，驾筋斗，跳在九霄逃脱。他把个龙神、龟、蛇一搭包子又装将去了。妖精得胜回寺，也将绳捆了，抬在地窖子里盖住不题。

你看那大圣落下云头，斜攲在山巅之上，没精没采，懊恨道：『这怪物十分利害！』不觉的合着眼，似睡一般。猛听得有人叫道：『大圣，休推睡，快早上紧求救。你师父性命，只在须臾间矣！』行者急睁睛跳起来看，原来是日值功曹。行者喝道：『你这毛神，这向在那方贪图血食，不来点卯，今日却来惊我！伸过孤拐来，让老孙打两棒解闷！』功曹慌忙施礼道：『大圣，你是人间之喜仙，何闷之有！我等早奉菩萨旨令，教我等暗中护佑唐僧，乃同土地等神，不敢暂离左右，是以不得常来参见。怎么反见责也？』行者道：『你既是保护，如今那众星、揭谛、伽蓝并我师等，被妖精困在何方？受甚罪苦？』功曹道：『你师父、师弟，都吊在宝殿廊下。星辰等众，都收在地窖之间受罪。这两日不闻大圣消息，却才见妖精又拿了神龙、龟、蛇，又送在地窖里去了，方知是大圣请来之兵，小神特来寻大圣。大圣莫辞劳倦，千万再急去求救援。』

行者闻言及此，不觉对功曹滴泪道：『我如今愧上天宫，羞临海藏！怕问菩萨之原由，愁见如来之玉象！才拿去者，乃真武师相之龟、蛇、五龙圣众。教我再无方求救，奈何？』功曹笑道：『大圣宽怀。小神想起一处精兵，请来断然可降。适才大圣至武当，是南赡部洲之地。这枝兵也在南赡部洲盱眙山虫宾城，即今泗州是也。那里有个大圣国师王菩萨，神通广大。他手下有一个徒弟，唤名小张太子，还有四大神将，昔年曾降伏水母娘娘。你今若去请他。他来施恩相助，准可捉怪救师也。』行者心喜道：『你且去保护我师父，勿令伤他，待老孙去请也。』

行者纵起筋斗云，躲离怪处，直奔盱眙山。不一日，早到。细观，真好去处：

南近江津，北临淮水；东通海峤，西接封浮。山顶上有楼观峥嵘，山凹里有涧泉浩涌。嵯峨怪石，槃秀乔松。百般果品应时新，千样花枝迎日放。人如蚁阵往来多，船似雁行归去广。上边有瑞岩观、东岳宫、五显祠、龟山寺，钟韵香烟冲碧汉；又有玻璃泉、五塔峪、八仙台、杏花园，山光树色映虫宾城。白云横不度，幽鸟倦还鸣。说甚泰嵩衡华秀，此间仙景若蓬瀛。

大圣点玩不尽，径过了淮河，入虫宾城之内，到大圣禅寺山门外。又见那殿宇轩昂，长廊彩丽，有一座宝塔峥嵘。真是：

插云倚汉高千丈，仰视金瓶透碧空。
上下有光凝宇宙，东西无影映帘栊。
风吹宝铎闻天乐，日映冰虬对梵宫。
飞宿灵禽时诉语，遥瞻淮水渺无穷。

行者且观且走，直至二层门下。那国师王菩萨早已知之，即与小张太子出门迎迓。相见叙礼毕，行者道：『我保唐僧西天取经，路上有个小雷音寺，那里有个黄眉怪，假充佛祖。我师父不辨真伪，就下拜，被他拿了。又将金铙把我罩了，幸亏天降星辰救出。是我打碎金铙，与他赌斗，又将一个布搭包儿，把天神、揭谛、伽蓝与我师父、师弟尽皆装了进去。我前去武当山请玄天上帝救援，他差五龙、龟、蛇拿怪，又被他一搭包子装去。弟子无依无倚，故来拜请菩萨，大展威力，将那收水母之神通，拯生民之妙用，同弟子去救师父一难！取得经回，永传中国，扬我佛之智慧，兴般若之波罗也。』

国师王道：『你今日之事，诚我佛教之兴隆，理当亲去；奈时值初夏，正淮水泛涨之时，新收了水猿大圣，那厮遇水即兴；恐我去后，他乘空生顽，无神可治。今着小徒领四将和你去助力，炼魔收伏罢。』行者称谢，即同四将并小张太子，又驾云回小西天。直至小雷音寺，小张太子使一条楮白枪，四大将轮四把锟铻剑，和孙大圣上前骂战。

小妖又去报知，那妖王复帅群妖，鼓噪而出道：『猢狲！你今又请得何人来也？』说不了，小张太子，指挥四将，上前喝道：『泼妖精！你面上无肉，不认得我等在此！』妖王道：『是那方小将，敢来与他助力？』太子道：『吾乃泗州大圣国师王菩萨弟子，帅领四大神将，奉令擒你！』妖王笑道：『你这孩儿有甚武艺，擅敢到此轻薄？』太子道：『你要知我武艺，等我道来：

祖居西土流沙国，我父原为沙国王。自幼一身多疾苦，命干华盖恶星妨。因师远慕长生诀，有分相逢舍药方。半粒丹砂祛病退，愿从修行不为王。学成不老同天寿，容颜永似少年郎。也曾赶赴龙华会，也曾腾云到佛堂。捉雾拿风收水怪，擒龙伏虎镇山场。抚民高立浮屠塔，静海深明舍利光。楮白枪尖能缚怪，淡缁衣袖把妖降。如今静乐虫宾城内，大地扬名说小张！』

妖王听说，微微冷笑道：『那太子，你舍了国家，从那国师王菩萨，修的是甚么长生不老之术？只好收捕淮河水怪。却怎么听信孙行者诳谬之言，千山万水，来此纳命！看你可长生可不老也！』

小张闻言，心中大怒，缠枪当面便刺，四大将一拥齐攻，孙大圣使铁棒上前又打。好妖精，公然不惧，轮着他那短软狼牙棒，左遮右架，直挺横冲。这场好杀：

小太子，楮白枪，四柄锟　剑更强。悟空又使金箍棒，齐心围绕杀妖王。妖王其实神通大，不惧分毫左右搪。狼牙棒是佛中宝，剑砍枪轮莫可伤。只听狂风声吼吼，又观恶气混茫茫。那个有意思凡弄本事，这个专心拜佛取经章。几番驰骋，数次张狂。喷云雾，闭三光，奋怒怀嗔各不良。多时三乘无上法，致令百艺苦相将。

概众争战多时，不分胜负。那妖精又解搭包儿。行者又叫：『列位仔细！』太子并众等不知『仔细』之意。那怪『滑』的一声，把四大将与太子，一搭包又装将进去，只是行者预先知觉走了，那妖王得胜回寺，又教取绳捆了，送在地窖，牢封固锁不题。

这行者纵筋斗云，起在空中，见那怪回兵闭门，方才按下祥光，立于西山坡上，怅望悲啼道：『师父啊！我

自从秉教入禅林，感荷菩萨脱难深。
保你西来求大道，相同辅助上雷音。
只言平坦羊肠路，岂料崔巍怪物侵。
百计千方难救你，东求西告枉劳心！』

大圣正当凄惨之时，忽见那西南上一朵彩云坠地，满山头大雨缤纷，有人叫道：『悟空，认得我么？』行者急走前看处，那个人：

大耳横颐方面相，肩查腹满身躯胖。
一腔春意喜盈盈，两眼秋波光荡荡。
敞袖飘然福气多，芒鞋洒落精神壮。
极乐场中第一尊，南无弥勒笑和尚。

行者见了，连忙下拜道：『东来佛祖，那里去？弟子失回避了。万罪，万罪！』佛祖道：『我此来，专为这小雷音妖怪也。』行者道：『多蒙老爷盛德大恩。敢问那妖是那方怪物，何处精魔，不知他那搭包儿是件甚么宝贝，烦老爷指示指示。』佛祖道：『他是我面前司磬的一个黄眉童儿。三月三日，我因赴元始会去，留他在宫看守，他把我这几件宝贝拐来，假佛成精。那搭包儿是我的后天袋子，俗名唤做「人种袋」。那条狼牙棒是个敲磬的槌儿。』

行者听说，高叫一声道：『好个笑和尚！你走了这童儿，教他诳称佛祖，陷害老孙，未免有个家法不谨之过！』

弥勒道：『一则是我不谨，走失人口；二则是你师徒们魔障未完：故此百灵下界，应该受难。我今来与你收他去也。』行者道：『这妖精神通广大，你又无些兵器，何以收之？』弥勒笑道：『我在这山坡下，设一草庵，种一田瓜果在此，你去与他索战。交战之时，许败不许胜，引他到我这瓜田里。我别的瓜都是生的，你却变做一个大熟瓜。他来定要瓜吃，我却将你与他吃。吃下肚中，任你怎么在内摆布他。那时等我取了他的搭包儿，装他回去。』行者道：『此计虽妙，你却怎么认得变的熟瓜？他怎么就肯跟我来此？』弥勒笑道：『我为治世之尊，慧眼高明，岂不认得你！凭你变作甚物，我皆知之。但恐那怪不肯跟来耳。我却教你一个法术。』行者道：『他断然是以搭包儿装我，怎肯跟来！有何法术可来也？』弥勒笑道：『你伸手来。』行者即舒左手，递将过去。弥勒将右手食指，蘸着口中神水，在行者掌上写了一个『禁』字，教他捏着拳头，见妖精当面放手，他就跟来。

诸神遭毒手
弥勒缚妖魔

妖王闻言，道：『也罢！也罢！我如今不使宝贝，只与你实打，比个雌雄。』即举狼牙棒，上前来斗。孙行者迎着面，把拳头一放，双手轮棒。那妖精着了禁，不思退步，果然不弄搭包，只顾使棒来赶。行者虚幌一下，败阵就走。那妖精直赶到西山坡下。

行者揝拳，欣然领教。一只手轮着铁棒，直至山门外，高叫道：『妖魔，你孙爷爷又来了！可快出来，与你见个上下！』小妖又忙忙奔告。妖王问道：『他又领多少兵来叫战？』小妖道：『别无甚兵，止他一个。』妖王笑道：『那猴儿计穷力竭，无处求人，断然是送命来也。』

随又结束整齐，带了宝贝，举着那轻软狼牙棒，走出门来，叫道：『孙悟空，今番挣挫不得了！』行者骂道：『泼怪物！我怎么挣挫不得？』妖王道：『我见你计穷力竭，无处求人，独自个强来支持，如今拿住，再没个甚么神兵救拔，此所以说你挣挫不得也。』行者道：『这怪不知死活！莫说嘴！吃吾一棒！』那妖王见他一只手轮棒，忍不住笑道：『这猴儿，你看他弄巧！怎么一只手使棒支吾？』行者道：『儿子！你禁不得我两只手打！若是不使搭包子，再着三五个，也打不过老孙这一只手！』妖王闻言，道：『也罢！也罢！我如今不使宝贝，只与你实打，比个雌雄。』即举狼牙棒，上前来斗。孙行者迎着面，把拳头一放，双手轮棒。那妖精着了禁，不思退步，果然不弄搭包，只顾使棒来赶。行者虚幌一下，败阵就走。那妖精直赶到西山坡下。

行者见有瓜田，打个滚，钻入里面，即变做一个大熟瓜，又熟又甜。那妖精停身四望，不知行者那方去了。他却赶至庵边叫道：『瓜是谁人种的？』弥勒变作一个种瓜叟，出草庵答道：『大王，瓜是小人种的。』妖王道：『可有熟瓜么？』弥勒道：『有熟的。』妖王叫：『摘个熟的来，我解渴。』弥勒即把行者变的那瓜，双手递与妖王。妖王更不察情，到此接过手，张口便啃。那行者乘此机会，一毂辘钻入咽喉之下，等不得好歹，就弄手脚。抓肠蒯腹，翻根头，竖蜻蜓，任他在里面摆布。那妖精疼得傞牙倈嘴，眼泪汪汪，把一块种瓜之地，滚得似个打麦之场，口中只叫：『罢了！罢了！谁人救我一救！』弥勒却现了本象，嘻嘻笑叫道：『孽畜！认得我么？』那妖抬头看见，慌忙跪倒在地，双手揉着肚子，磕头撞脑，只叫：『主人公！饶我命罢！饶我命罢！再不敢了！』

弥勒上前，一把揪住，解了他的后天袋儿，夺了他的敲磬槌儿，叫：『孙悟空，看我面上，饶他命罢。』行者十分恨苦，却又左一拳，右一脚，在里面乱掏乱捣。那怪万分疼痛难忍，倒在地下。弥勒又道：『悟空，他也够了，你饶他罢。』行者才叫：『你张大口，等老孙出来。』那怪虽是肚腹绞痛，还未伤心。俗语云：『人未伤心不得死，花残叶落是根枯。』他听见叫张口，即便忍着疼，把口大张。行者方才跳出，现了本象，急掣棒还要打时，早被佛祖把妖精装在袋里，斜挎在腰间。手执着磬槌，骂道：『孽畜！金铙偷了那里去了？』那怪却只要怜生，在后天袋内哼哼喷喷的道：『金铙是孙悟空打破了。』佛祖道：『铙破，还我金来。』那怪道：『碎金堆在殿莲台上哩。』

那佛祖提着袋子，执着磬槌，嘻嘻笑叫道：『悟空，我和你去寻金还我。』行者见此法力，怎敢违误，只得引佛上山，回至寺内，收取金磋。只见那山门紧闭。佛祖使槌一指，门开入里看时，那些小妖，已得知老妖被擒，各自收拾囊底，都要逃生四散。被行者见一个，打一个；见两个，打两个；把五七百个小妖，尽皆打死。各现原身，都是些山精树怪，兽孽禽魔。佛祖将金收攒一处，吹口仙气，念声咒语，即时返本还原，复得金铙一副。别了行者，驾祥云，径转极乐世界。

这大圣却才解下唐僧、八戒、沙僧。那呆子吊了几日，饿得慌了，且不谢大圣，却就虾着腰，跑到厨房寻饭吃。原来那怪正安排了午饭，因行者索战，还未得吃。这呆子看见，即吃了半锅，却拿出两钵头叫师父、师弟们各吃了两碗，然后才谢了行者。问及妖怪原由。行者把先请祖师，龟、蛇，后请大圣借太子，并弥勒收降之事，细陈了一遍。三藏闻言，谢之不尽，顶礼了诸天，道：『徒弟，这些神圣，困于何所？』行者道：『昨日日值功曹对老孙说，都在地窖之内。』叫：『八戒，我与你去解脱他等。』

那呆子得食力壮，抖擞精神，寻着他的钉钯，即同大圣到后面，打开地窖，将众等解了绳，请出珍楼之下。三藏披了袈裟，朝上一一拜谢。这大圣才送五龙、二将回武当；送小张太子与四将回虫宾城；后送二十八宿归天府；发放揭谛、伽蓝各回境。师徒们却宽住了半日。喂饱了白马，收拾行囊，至次早登程。临行时，放上一把火，将那些珍楼、宝座、高阁、讲堂，俱尽烧为灰烬。这里才：

无挂无牵逃难去，消灾消障脱身行。

毕竟不知几时才到大雷音，且听下回分解。